Positive पेरेंटिंग

Positive पैरेंटिंग

कुछ सवाल, कुछ जवाब

डॉ. नवनीत गांधी

प्रतिभा प्रतिष्ठान, नई दिल्ली

प्रकाशक : प्रतिभा प्रतिष्ठान,
694–बी (निकट अजय मार्केट), चावड़ी बाजार, दिल्ली–110006
 / संस्करण : 2025 / मूल्य : चार सौ रुपए
मुद्रक : आर–टेक ऑफसेट प्रिंटर्स, दिल्ली अनुवाद : श्री राहुल त्रिपाठी

POSITIVE PARENTING *by* Dr. Navniit Gandhi ₹ 400.00
(Hindi translation of 'DEAR PARENTS')
Published by PRATIBHA PRATISHTHAN,
694-B (Near Ajay Market), Chawri Bazar, Delhi-110006
ISBN 978-93-87980-81-5

सर्वप्रिय **पिताजी** एवं **माँ**
हम दोनों आपकी कमी महसूस करते हैं···
आपके बगैर जीवन पहले जैसा नहीं रहा···

कुछ बातें…

अभिभावक धर्म निभाने की कोई हैंडबुक या मार्गदर्शिका नहीं होती, इसलिए एक अभिभावक के तौर पर आप बहुत महीन रेखा पर चलते हैं, क्योंकि आप इन कच्ची चीजों को सामाजिक होने में मदद करते हैं। वे मेज पर कॉफी गिरा देते हैं और उँगलियों से मेज पर पेंटिंग करने लगते हैं। एक समय आता है, जब आपको कहना पड़ता है—'हम (दोनों) इसे साफ करेंगे, क्योंकि तुम जानते हो कि कॉफी से मेज पर पेंट नहीं किया जाता।'

—गैरी ओल्डमैन

बच्चे हमारे सबसे दुष्कर शिक्षक होते हैं। वे या तो हमारे पास बेहद कम विकल्प छोड़ते हैं या बिल्कुल भी नहीं छोड़ते और मजबूर कर देते हैं कि हम उनके साथ सीखें और उनके साथ ही बड़े हों। वे हमें चैन से सोने नहीं देते या वे आपके सपनों में चहलकदमी करते, भटकते नजर आते हैं और हमें कुछ सिखाने की कोशिश कर रहे होते हैं। उनके इर्द-गिर्द होने से, सीखने की प्रक्रिया एक पल के लिए भी बंद नहीं होती। यहाँ तक कि जब वे सो रहे होते हैं, उस दौरान भी वे हमें ढेर सारा होमवर्क दे चुके होते हैं और हम लगातार उनकी नई-नई भाव-भंगिमाओं और शब्दों के निहितार्थ खोजने में जुटे रहते हैं। हम हर समय सोचते रहते हैं…हम सोचते हैं, क्या करें और कैसे करें; और क्या न करें और कैसे उन्हें करने से रोकें—वे चीजें, जो हमने तय कर रखा है कि उनके लिए ठीक नहीं हैं। हम या तो धैर्यपूर्वक सुन रहे होते हैं या फुसला रहे होते हैं या डर में जी रहे होते हैं या असुरक्षित या हैरान या सामान्यतया भ्रम में जी रहे होते हैं। वे हमारे सबसे प्यारे शिक्षक भी होते हैं; उनका मासूमियत से भरकर देखना इस कदर अभिभूत कर देता है कि कठोर-से-कठोर हृदय भी पल भर में पिघल जाए। वे हमारे ऐसे शिक्षक होते

हैं, जिन्हें हम गले लगाना और दुलारना बंद नहीं करना चाहते।

इन सब प्रेम और नसीहतों के साथ, स्वाभाविक रूप से कुछ सबक भी मिलते हैं, जिसे हमें कठिनाईपूर्वक सीखना ही होता है। हमारे सामने हर दिन दुविधा खड़ी रहती है; चुनौतीपूर्ण हालात हमें व्याकुल कर देते हैं; जटिल दृश्य हमारी साँसें अटकाते और धड़कनें बढ़ा देते हैं और ये ही वे परीक्षा की घड़ियाँ होती हैं, जब हम खुद को एक किनारे पर महसूस करते हैं, आश्चर्यचकित होते हैं कि हमारे फैसले हमें कहाँ लेकर जाएँगे और हमें कहाँ का छोड़ेंगे।

ठीक है, ठीक है···प्रिय अभिभावको

मैं दावा नहीं करती···

मैं दावा नहीं करती कि जो मुद्दे अभिभावक झेलते हैं, उनका कोई सटीक समाधान है···

मैं दावा नहीं करती कि मैं सबकुछ जानती हूँ या सबकुछ वहन करना ही पड़ेगा···

मैं दावा नहीं करती कि मैं इतनी सक्षम हूँ कि अभिभावकों को अभिभूत करनेवाले सभी सवालों के सही जवाब ही दे पाऊँ।

मैं यह भी दावा नहीं करती कि मेरे पास सफल अभिभावकत्व का कोई फॉर्मूला मौजूद है।

यह किताब एक बातचीत की तरह है, जो मैंने अभिभावकों से करने का प्रयास किया है। ऐसा है और ऐसा हो भी नहीं सकता कि कोई हर चीज का ज्ञाता हो। अभिभावकत्व के लिए किसी तरह का पाठ्यक्रम नहीं है; न तो पहले से तैयार कोई समाधान है और न ही कोई जवाब परम सत्य है। आभास और अनुभव पर ही ज्यादातर अभिभावक भरोसा करते हैं और सीखने की प्रक्रिया एक पल के लिए भी रुकती नहीं है। कुछ मामलों और मुद्दों को मैंने जानबूझकर दूर रखा है और उनसे कोई प्रसंग या संदर्भ लेने का प्रयास नहीं किया है, क्योंकि उन क्षेत्रों में सामान्य टिप्पणियाँ या आभास सार्वभौमिक तौर पर अमल में नहीं लाए जा सकते थे। अभिभावकों और बच्चों से बात करके ही उन जटिल मुद्दों का परिप्रेक्ष्य समझकर उनके लिए फैसलों के निहितार्थ निकाले जा सकते थे।

—डॉ. नवनीत गांधी

अनुक्रम

1

मेरे बच्चे का वजन अधिक है

मेरा बच्चा दसवीं कक्षा में है, उसका वजन 90 किलो से ज्यादा हो चुका है। वह अपनी उम्र से काफी बड़ा और चौड़ा नजर आता है और देखने में भी असहज लगता है, साथ ही जिस शरीर के साथ उसे जीना पड़ रहा है और अपने साथ स्कूल ले जाना पड़ता है, उसमें वह दु:खी नजर आता है। अपने दोस्तों को देखकर उसे आँखें नीची रखकर निकल जाना पड़ता है। इसका विपरीत असर उसकी पढ़ाई पर भी नजर आने लगा है। वह चिड़चिड़ा हो गया है और ज्यादातर समय शांत रहता है और बेहतर महसूस करने के लिए अब ज्यादा खाता है।

प्रिय अभिभावक,

हम अपने बच्चों को क्या सौंपने जा रहे हैं और वह भी इस छोटी सी उम्र से, उसके बारे में सोचकर ही हमारा दिल बैठ जाता है और कई टुकड़ों में टूट भी जाता है। कोलेस्ट्रॉल का ऊँचा स्तर, उत्साह की कमी, आत्मग्लानि? 35-40 की उम्र में जब हमारा (वयस्कों का) वजन बढ़ता है, हम अजीबोगरीब महसूस करने लगते हैं। हम पर मजाकिया फब्तियाँ कसी जाती हैं और जब बीमारियाँ कदमताल करते हुए बढ़ती आती हैं, तब फिर जीवन उन्मुक्त नहीं रह जाता और अब, हम अपने नन्हे-मुन्नों को जो चिप्स और चीज, कैन जूस और सॉफ्ट ड्रिंक्स, बर्गर, फ्राइज, पिज्जा और तमाम अन्य जंक खिला रहे हैं, उससे वे स्वस्थ होने की संभावनाओं से कोसों दूर होते जा रहे हैं। उनका शरीर और दिमाग पूरी तरह विकसित होने से बहुत पहले जंक फूड उनकी नसों में दौड़ने लगता है और उनको स्पष्टवादी सोच बनाने और उत्कृष्ट प्रदर्शन करने से रोक देता है। अगर उनका शरीर भारी-भरकम, कब्ज ग्रस्त या एसिडिटी से जल रहा हो, तो वे खुद को लेकर बेहतर महसूस नहीं कर

सकते और इसका उनके शैक्षिक प्रदर्शन पर असर पड़ना तय है।

हर बार जब भी आप अपने बच्चे के लिए दो मिनट में तैयार होनेवाले रेडी टू ईट पैकेट को खोलते हैं, या पैकेज्ड या प्रोसेस्ड फूड के लिए उनके नाटकों के आगे हार मान लेते हैं, तो याद रखें कि उनका विकास और बढ़ोतरी कुछ कदम पीछे हो जाती है। बच्चे तो जिद करेंगे ही कि उनको बाहर ले जाकर खाना खिलाया जाए और कई बार मना करने के बावजूद हमें उनकी बात माननी ही पड़ती है, लेकिन कम-से-कम उन्हें प्यार से उन खाद्य पदार्थों की तरफ उन्मुख करना चाहिए, जो हमारा नुकसान कम करते हैं, या क्या हम कम-से-कम बाहर का खाना खाने की आवृत्ति को घटा सकते हैं? यह मामला पौष्टिक भोजन के प्रति स्वाद विकसित करने का है। ऐसे भी अभिभावक हैं, जो रेस्टोरेंट में जाकर अस्वास्थ्यकर पेय पदार्थ पीते हैं और पिज्जा और पास्ता पर टूट पड़ते हैं; ऐसे में क्या कोई हैरानी होगी, अगर उनके बच्चे जल्दी-जल्दी ऐसे दृश्यों को दोहराने के लिए नाटक दिखाएँ? ऐसे खाद्य पदार्थ, जिनमें मैदा, चीनी, स्वाद बढ़ानेवाले रसायन, स्टैबिलाइजर (खाने को खराब होने से रोकनेवाले रसायन), ढेर सारा तेल आदि पड़ता हो, वह न केवल उनके शरीर, बल्कि उनके दिमाग पर भी उलटा असर डालेगा ही।

हम अभिभावकों के दिन में अत्यधिक व्यस्त रहने की कीमत हमारे बच्चों को चुकानी पड़ती है। माता-पिता, दोनों के काम करने की दशा में बच्चा या तो डे केयर में छोड़ दिया जाता है, जहाँ उसे वही खाना होता है, जो उसने सीखा होता है, या जल्दी-जल्दी में उसकी माँ जो कुछ भी उसके लिए तैयार कर पाती है, या डे केयर में तैयार खाने पर बच्चे को निर्भर रहना पड़ता है। बहुत कम बच्चे ही खुशकिस्मत होते हैं, जिन्हें ताजा, गरमागरम खाना परोसा जाता है, जिसे प्यार से उनकी माँ या उनकी दादी ने घर पर पकाया होता है। बच्चों के माता-पिता इस कदर व्यस्त रहते हैं कि कभी-कभी तो उनके पास इतना समय भी नहीं होता कि वे अपने बच्चों को खाने-पीने का सलीका सिखा सकें, जैसे—हाथ-मुँह धुलाने में उनकी मदद करना, आराम से बैठना (अगर जमीन पर बैठ रहे हों तो पालथी मारकर बैठना सिखाना), प्रार्थना करना, खाने पर ध्यान लगाना, धीरे-धीरे चबाकर खाना, थोड़ा-थोड़ा खाना, आदि। खाना खाने के समय पर चूँकि माता-पिता मौजूद नहीं रहते, तो उस दौरान उनके आसपास ऐसा कोई मौजूद नहीं रहता, जो उनके नन्हे दिमाग में यह बात बैठा सके कि अमुक सब्जी, फल या अनाज से हमारे शरीर को क्या मिलता है और उनकी क्या महत्ता है, यहाँ तक कि अगर माता-पिता और बच्चे

खाने के लिए एक साथ बैठते भी हैं, तो उस दौरान भी या तो टी.वी. चल रहा होता है और कोई तनावपूर्ण न्यूज चैनल जहर उगल रहा होता है या खाते समय घर का कोई सदस्य मोबाइल में डूबा रहता है, या खाने के दौरान विचित्र सन्नाटा भी छाया हो सकता है और टेबल पर बैठा हर शख्स जल्दी-से-जल्दी खाकर अपना अधूरा काम पूरा करने की जद्दोजहद में नजर आता है। इन सभी छोटी-छोटी चीजों का शरीर और दिमाग पर असर तो पड़ता ही है।

सभी पढ़े-लिखे और संवेदनशील माता-पिता ने किताबों में पढ़ा होगा, या ऑनलाइन भी सर्च किया होगा कि जंक फूड वयस्क शरीर पर कितना घातक असर छोड़ता है, फिर भी वे विकसित होते बच्चों के शरीर और दिमाग को अकेला उनके हाल पर छोड़ देते हैं। आधुनिक दौर के पढ़े-लिखे माता-पिता ये सब जानते हैं और फिर भी हमारे बच्चों के शरीर में जंक फूड तेजी से प्रवेश कर रहा है? इसकी दो संभावित वजहें हो सकती हैं—एक, या तो हम इस कदर आलसी हैं कि इंस्टेंट नूडल्स या फ्रोजन फ्राइज का पैकेट खोलना ज्यादा आसान समझते हैं और 15 मिनट लगाकर सूप तैयार करना या घर में बन सकनेवाला नाश्ता तैयार करना हमें भारी लगता है। दूसरी वजह यह हो सकती है कि हम अपने बच्चों को खुश रखना चाहते हैं और इसलिए उनकी इच्छाओं और माँगों के आगे झुक जाते हैं। हम उनको अपनी माँग मनवाने के लिए चीखते-चिल्लाते या नाटक करते नहीं देखना चाहते, इसलिए पहले ही सरेंडर कर जाते हैं। बड़ी संख्या में माता-पिता कहते हैं कि दूसरे परिवारों के बच्चों के प्रभाव में और अन्य बच्चों की आदतों के चलते उनके बच्चों में भी जंक फूड की चाह बढ़ी है। हाँ, हमारे बच्चे अपने साथियों को जंक फूड खाते देखते हैं, आकर्षक विज्ञापन और संकेत उन्हें लुभाते हैं, लेकिन हमें बाहरी प्रभावों से तो मुकाबला करना ही चाहिए।

अगर हमारे माता-पिता ने भी हमारे सूजे हुए चेहरे पर हमारी पल भर की खुशी को तरजीह दी होती, अगर उन्होंने भी उबाऊ और कठिन रास्ता छोड़कर आसान राह चुनी होती, तो हम भी स्कूल से निकाले हुए छात्रों की कतार में खड़े दिखते और संभवत: लक्ष्यहीन और दु:खी जीवन जी रहे होते! हमारे दस या 12 साल की उम्र से ही ब्लड टेस्ट, दाँतों के डॉक्टर के पास दौड़-धूप, दवाएँ और तनाव हमारे जीवन का हिस्सा बन चुका होता।

हाँ, भारत के शहरी क्षेत्र का मध्य वर्ग फल-फूल रहा है और यह एक सकारात्मक विकास है। हम अच्छा कमा रहे हैं और नियमित तौर पर सप्ताहांत में

बाहर खाने पर खर्च भी कर सकते हैं, लेकिन हमारे बच्चों के नाजुक शरीर को उस खाने से मिला फैट, उसमें मिलाए गए रंग और रसायन से लंबे समय तक जूझना पड़ेगा। हम भूल जाते हैं कि आज के दौर में कैलोरी जलाने के साधन कितने कम हैं और शारीरिक थकान और गतिविधियाँ कितनी सीमित हो चुकी हैं। अगर छोटी उम्र में ही मेटाबॉलिज्म दर गिर जाएगी, तो थायराइड, डायबिटीज और अन्य तनावपूर्ण बीमारियों की पूरी शृंखला के लिए मैदान खुल जाएगा। ये बीमारियाँ छोटी उम्र में ही घर बसाने के लिए घात लगाकर बैठी हैं।

यह केवल मोटापा या गिरे आत्मविश्वास की ही बात नहीं है, इससे ज्यादा चिंता की बात यह है कि उनकी रोग प्रतिरोधक प्रणाली इस कदर कमजोर हो जाती है कि पूरी तरह ठप हो जाने के कगार पर पहुँच जाती है और तब हम उन्हें हलकी सर्दी या खाँसी होने पर उनके शरीर में एंटी बायोटिक्स ठूँस देते हैं। इसका नतीजा यह है कि उनका दिमाग और शरीर हलका सा भी मौसमी बदलाव सह नहीं पाता या अपने जीवन में आनेवाले जटिल उतार-चढ़ाव को वे बर्दाश्त नहीं कर पाते। उनकी रोग प्रतिरोधक प्रणाली को मजबूत करना हमारी जिम्मेदारी है और ऐसा करने के क्रम में इससे फर्क नहीं पड़ता कि वे हमें इस काम के लिए पसंद करते हैं या नहीं। क्या हम नहीं जानते कि कैसे चिप्स, कोला और तत्काल तैयार होनेवाले खाद्य पदार्थ हमारे अंदर के अंगों और प्रणालियों को खराब करते हैं? यहाँ तक कि अगर बच्चा भले मोटापे का शिकार न हो, उसे भी खराब पोषण नहीं मिलना चाहिए या उन्हें कम वजनवाला नहीं रहने देना चाहिए और यह हमारी चिंता का बड़ा कारण भी है।

हमारे मोटे बच्चे भीतर से असहज महसूस करते हैं और इसलिए वे लगातार दूसरों की आँखों में नहीं देख पाते। उनका भारी शरीर उनके दिमाग को भी भारी बना देता है… या तो हम कष्ट उठाएँ और उनको घर में तैयार व्यंजनों को खाने पर जोर दें (भले हम उनके गुस्से को सातवें आसमान पर पहुँचा दें), नहीं तो हम उन्हें उचित तरीके से आलोचना या व्यंग्य और कटाक्ष का मुकाबला करना सिखाएँ और परिवार, दोस्तों और पड़ोसियों के तानों को अनसुना करना सिखाएँ, साथ ही अपनी खराब सेहत और कमजोर दिमाग पर काम करना भी सिखाएँ।

किसी भी राह को चुनें, हमें आगे ही बढ़ते जाना है!!!

□

2

मेरी बेटी झूठ बोलती है और चोरी करती है

हमारी छोटी बेटी टीना सात साल और बड़ी बेटी तान्या 11 साल की है। हमारा छोटा खुशहाल परिवार है और बच्चों के प्रति हमारा रवैया पूरी तरह दोस्ताना है। पिछले एक साल से हम गौर कर रहे हैं कि टीना को दूसरों के इरैजर या चॉकलेट या यहाँ तक कि चिप्स अपने पास रखने की आदत लग गई है। इस बारे में उससे पूछने पर वह मासूमियत से जवाब देती है, 'मेरी दोस्तों ने ये सब मुझे दिया है।' एक अन्य मौके पर जब हमने उसके लाए एक गुब्बारे के बारे में पूछा तो उसका जवाब था, 'मैं इसे दुकान से ले आई और दुकानदार ने कोई आपत्ति नहीं जताई।' जब हम अपने रिश्तेदारों के यहाँ गए, तो वहाँ रखी छोटी-छोटी चीजों को उठाने में वह जरा भी नहीं हिचकी और उन्हें अपनी जेबों में भर लिया और बाद में अपनी चिर-परिचित मासूमियत से बोली, 'तो क्या हुआ, यह सिर्फ एक चॉकलेट या एक पैकेट बिस्किट ही तो है। इसे लेकर इतना हंगामा क्यों?' अगर वह रँगे हाथ न पकड़ी जाती, तो फिर कोई बहाना बनाती। हमने गौर किया है कि मेरी पत्नी के घर पर रखे पर्स से कुछ सिक्के गायब थे और हमें विश्वास था कि ये सिक्के टीना ने ही चोरी किए हैं। हमने पैसों के बारे में टीना से कुछ नहीं पूछा और सोचा कि एक-न-एक दिन उसकी यह आदत छूट जाएगी।

क्या वह बच्ची है और इसलिए यह नहीं समझ पाती कि कौन सी चीज उसकी है और कौन सी नहीं, या क्या वह इसके लिए योजना बनाती है और जानबूझकर चोरी करती है, अगर हम उस पर चोरी का इल्जाम लगाएँ और कहीं उसने चोरी करने की जिद पकड़ ली या आरोप लगाने पर हमें घूरने लग जाए या हमारे प्रति बेज़ार या अनिच्छुक हो जाए?

प्रिय अभिभावक,

यह एक तथ्य है कि बच्चों में जन्म से किसी-न-किसी तरफ झुकाव जरूर होता है, भले ही उनकी संतुष्टि के लिए भौतिक जरूरतें पूरी होती रहें।

बच्चों की आदतें उस माहौल पर निर्भर होती हैं, जिसमें वे पल रहे होते हैं और जिस तरह का अनुभव वे पाते हैं, उसका भी उनके व्यवहार पर असर पड़ता है। उदाहरण के लिए, अगर आप दोनों अपने निजी और पेशेवर मामलों में जरूरत से ज्यादा तल्लीन रहेंगे, तो बच्चों का इस तरह के व्यवहार (जैसे चोरी) आपका ध्यान अपनी तरफ खींचने का एक तरीका भी हो सकता है। हो सकता है, टीना भी ऐसा चाहती हो। इसके लिए बच्चे कुछ अलग करने का प्रयास करते हैं या कुछ खतरनाक कदम भी उठाने लगते हैं, या शायद, अगर माता-पिता उसके दूसरे भाई-बहन पर ज्यादा ध्यान देते हैं और उनकी तारीफ ज्यादा करते हैं तो बच्चा दुत्कारा हुआ और किनारे कर दिया गया महसूस करने लगता है और कुछ ऐसे कामों को खोजने लगता है, जिससे लोगों का ध्यान उसकी तरफ भी जाए। कोई भी व्यवहार वैक्यूम में हरकत में नहीं आता—उस व्यवहार को प्रदर्शित करने के पीछे जरूर कोई-न-कोई वजह या परिप्रेक्ष्य अवश्य होता है।

बच्चों में दिमाग का 'प्री-फ्रंटल लोब' हिस्सा मानसिक क्षमता को नियंत्रित करता है और वह लगातार विकसित हो रहा होता है, जिसके चलते बच्चे को अंतर करने में परेशानी होती है कि क्या अच्छा या अपेक्षित व्यवहार है और क्या नहीं। हर बच्चे को सिखाना पड़ता है कि क्या अच्छा है और क्या खराब है, वह भी मजबूती से अंतर बतानेवाले लहजे में। अब, यह भी याद रखनेवाली चीज है कि सभी बच्चे एक समान भाषा या लहजा नहीं समझ पाते या पकड़ पाते। उनमें कुछ ऐसे होते हैं, जिन्हें बोलकर समझाने की जरूरत नहीं पड़ती और वे चीजों को समझ जाते हैं, ऐसा शायद घर में बड़ों की संगत में रहने का असर होता हो। कुछ बच्चे ऐसे होते हैं, जिन्हें कहानियों और लोककथाओं के माध्यम से समझाना पड़ता है। कुछ बच्चे ऐसे भी होते हैं, जिन्हें अलग-अलग श्रेणियों में बाँटकर चीजों को बहुत ही आसान और सपाट तरीके से समझाना पड़ता है। हालाँकि अगर आपके बच्चे को बार-बार दोहराकर और श्रेणियों में विभाजित करके यह बताना पड़ता है कि उससे क्या अपेक्षित व्यवहार है और क्या नहीं, तो यह बहुत जरूरी है कि आप तीन बातों का विशेष ध्यान रखें—

पहला, माता-पिता को अपने व्यवहार को लेकर बहुत सचेत रहना पड़ेगा।

ऐसा न हो कि आप बच्चे को सच बोलना सिखा रहे हों और खुद खुलेआम झूठ बोल रहे हों। ऐसे मामले में, आप बच्चे को भयानक रूप से भ्रमित करने का ही काम करेंगे, इसलिए बच्चे को प्रशिक्षित करने से पहले पति-पत्नी एक-दूसरे के व्यवहार और भाषा को भलीभाँति परख लें और उसमें यदि कुछ सुधार की जरूरत हो तो पहले उस पर काम कर लें। कहीं अनजाने में ही बच्चे के दिमाग में कुछ ऐसा न जाए, जिससे वह भ्रमित हो जाए।

दूसरा, माता-पिता को चाहिए कि बच्चों को यह सिखाते समय कि क्या होना चाहिए और क्या नहीं होना चाहिए, वे नरमी और प्यार से बात करते हुए आगे बढ़ें और सख्त लहजा भी अपनाएँ। बच्चे पर अचानक ही भयानक आँखें बनाकर और तानाशाही लहजे में हमला न कर दें, न तो बच्चा ही उस स्थिति में रहता है कि यह सब सह पाए, साथ ही यह भी याद रखें कि बच्चे को वयस्क कभी न समझें। इसलिए कभी भी बच्चों से न तो व्यंग्यात्मक लहजे में बात करें, न टिप्पणी करें और न उसका मजाक उड़ाएँ या ज्यादा कठोर सजा से बचें।

तीसरा, कुछ स्थितियों या हालात से निपटते समय निरंतरता की जरूरत होती है, जैसे कभी भी बच्चे की हरकत पर तब न हँसें, जब वह किसी ऐसी जगह से कोई सामान, जैसे चॉकलेट आदि उठा ले, जहाँ से उसे नहीं उठाना चाहिए और न तो उस पर तब कठोरता से झपट पड़ें, जब वह कोई कीमती चीज, जिसे कि उसे नहीं उठाना चाहिए, वह उठा ले। किसी वस्तु की कीमत को अपना व्यवहार बदलने का पैमाना नहीं बना लेना चाहिए। जब बच्चा अपनी कक्षा के किसी साथी का इरैजर घर ले आता है, तब तो माता-पिता इसे छोटा-मोटा मामला समझकर दरकिनार कर देते हैं। अगर उसी समय न टोका गया या शुरुआती दौर में ही बच्चे की इस हरकत पर सख्ती से न चेताया गया, तो बच्चे के स्तर की गुस्ताखी या उसके दिमाग का भ्रम बढ़ता चला जाएगा। हमें हालात के गंभीर हो जाने का इंतजार नहीं करना चाहिए, किसी योजना को अमल में लाने के लिए, बल्कि शुरुआत में ही उसका इलाज किए जाने पर ज्यादा ध्यान केंद्रित करना चाहिए। यह भी देखा गया है कि साथी दोस्तों या भाई-बहन की मौजूदगी में बच्चे को डाँटने या उसका मजाक उड़ाने से बच्चे का आत्मविश्वास और उत्साह गिर जाता है और बच्चे के ढीठ होने का खतरा रहता है।

साथ ही, बच्चे को 15-20 मिनट तक झिड़कते ही नहीं रहिए और उसके तत्काल बाद ही, माहौल बदलने के लिए पूरे परिवार को बाहर खाने या फिल्म

दिखाने के लिए ही न चल दें। माता-पिता के स्तर पर इस तरह के विरोधाभासी पैटर्न बच्चे को और भी ज्यादा कन्फ्यूज कर दें या बच्चे में एक अजीबोगरीब सोच या भावना यह पनपने लगेगी कि शुरू में चाहे जो हो, अंत तक आते-आते सब चलता है।

बच्चे के अड़ियल या निरंकुश व्यवहार को स्वीकार करने में आप जितना ज्यादा समय लेंगे और निरंतरता का जितना अभाव आपके व्यवहार में रहेगा, हालात उसी तुलना में और भी ज्यादा गंभीर होते जाएँगे। सतर्क रहना सबसे उत्तम तरीका है और अगर उसका कोई भी व्यवहार या रवैया खटके तो इस पर बिना देर किए जरूरी काररवाई या उससे बच्चे को आगाह करने में जरा भी देर या कोताही नहीं करनी चाहिए। बच्चे के अंदर मूल्यों को समाहित करने या उसकी गलतियों और कमियों को बताने के लिए उसके बड़े या परिपक्व होने का इंतजार न करें। बच्चे बखूबी समझते हैं कि आप क्या कहना चाहते हैं, भले ही वे घुटने के बल चलनेवाली उम्र में ही क्यों न हों। बच्चे की किसी आपत्तिजनक हरकत को हँसी में न उड़ाएँ, खासतौर पर वे हरकतें, जो अनैतिक मानी जाती हैं।

अगर बच्चा दोबारा उस तरह से व्यवहार नहीं करता, जैसा कि आपने उसमें भरा है, तो अपने बच्चे की मन:स्थिति और बनावट को दोबारा समझने का प्रयास करें और उसके व्यवहार की संभावित वजहों का पता लगाएँ। इसके उपरांत, बच्चे के लिए आप जो जरूरी कदम उठाने जा रहे हैं, उसकी गंभीरता को परखकर तभी बच्चे पर उसका अमल करें, लेकिन हमेशा शुरुआत में संक्षिप्त, दोस्ताना और एक सख्त या दृढ़ बातचीत को आगे बढ़ाएँ और गंभीर परिणाम की ओर इशारा करते हुए आगे बढ़ें।

□

3

मेरा बच्चा हर समय झगड़ा करता है और जुबान लड़ाता है

हमारा बेटा प्रतीक इस अक्तूबर में 12 साल का हो जाएगा। उसकी बचपन से ही हर चीज पर बहस करने की आदत चली आ रही है और हम जिस चीज पर जोर देते हैं, वह उसका उलटा ही करता है। अब तो यह हालत है कि वह बेहद रूखा और कठोरता से पलटकर जवाब देता है। उसे जरा भी यह अहसास नहीं होता कि उसके इस रवैये और लहजे से हमें कितना दुःख पहुँचेगा। वह हमारा इकलौता बेटा है और उससे शांति के साथ बात करना बहुत मुश्किल होता जा रहा है। जिस पल हम कुछ कहते हैं, उसी पल वह बहस में जुट जाता है।

प्रिय अभिभावक,

बच्चों की देखभाल जैसे विषय पर लिखनेवाले प्रसिद्ध माइकल वाई. सिमोन ने कहा है, 'आप चाहे जिस भी भावनात्मक अवस्था में हों, आपके अभिभावक होने का रवैया आपके बच्चे पर ज्यादा असर डालता है, बजाय उस परिप्रेक्ष्य के कि आप उसके साथ क्या कर रहे हैं।'

जब प्रतीक बहुत छोटा था, उस दौरान कुछ शुरुआती मौकों पर जब उसने काफी तीखे तरीके और ऊँची आवाज में आपसे अपनी बात कही होगी या विचार रखे होंगे या वह इसी लहजे में आपसे असहमत हुआ होगा, तब उस दौरान आपका व्यवहार उसके प्रति कैसा था? क्या उसे अपने विचारों को रखने दिया गया था? क्या उसकी बात सुनने के लिए आप शांत और लालायित थे?

अपने आसपास की लगभग हर चीज को लेकर और घटित होनेवाली हर

घटना पर हर किसी के पास अपने विचार और अपना नजरिया होता है। कुछ के पास छोटी उम्र से ही अपने विचारों का खाका खींचने को लेकर स्पष्ट नजरिया होता है, जबकि दूसरों के पास ऐसा नहीं होता—वे मंथन करते हैं और बाद में अपने विचार व्यक्त करते हैं। कुछ लोग वाचाल होते हैं, जबकि कुछ अपने विचारों को रखने में आक्रामकता भी प्रदर्शित करते हैं, कुछ ऐसे भी होते हैं, जो केवल अपनी बात रख देना ही काफी समझते हैं और उन्हें व्यक्त करने के दौरान किसी तरह का खास रवैया नहीं अपनाते। संभवत: प्रतीक भी आक्रामक प्रवृत्ति का ही बालक है। ऐसा लगता है कि उसके पास कुछ निश्चित विचार हैं और वह उन्हें चर्चा में लाना चाहता है। बहुत संभव है कि शुरुआत में उसने अपने विचार रखने या किसी बात पर मतांतर को रखने की कोशिश की होगी, अपने जवाबों पर उसे हतोत्साहित करनेवाले जवाब मिले होंगे या अभिभावकों की तरफ से विचित्र थकान दरशानेवाले हाव-भाव दिखे होंगे या अभिभावकों की तरफ से सपाट प्रतिक्रिया मिली होगी। यही एकमात्र अंतर होता है और नकारे जाने या दरकिनार करने पर बच्चे आक्रामक प्रतिक्रिया देने लगते हैं। वह निश्चित रूप से अपने इस निष्कर्ष पर पहुँच गया होगा कि जब तक वह चीख-चीखकर अपनी बात नहीं बताएगा, आक्रामक नहीं होगा, तब तक आप लोग उसकी बात पर ध्यान या तवज्जो नहीं देंगे। क्या आपके परिवार में रोजाना की आपसी बातचीत के लिए कोई विशेष समय तय है? आपको इसे लेकर कोई औपचारिक अभ्यास बनाने की जरूरत नहीं है, लेकिन आप चाहें तो कर सकते हैं, बहुत ही अनौपचारिक तरीके से, चाहें तो खाने के समय या सोने जाने से पहले या रविवार सुबह के लिए ही फिक्स कर लें कि घर के सभी सदस्यों को अपनी बात कहने का मौका दिया जाएगा और सभी लोग उसकी बात ध्यान से सुनेंगे और उस पर गौर करेंगे। इस तरह से आप बच्चे को सुनने की महत्त्वपूर्ण कला भी सिखा सकेंगे और बोलने की भी, वह भी ध्यान खींचने के लिए चीखे-चिल्लाए बगैर।

उम्मीद है, आप अपने फैसले उसके गले उतारने के लिए जोर-जबरदस्ती नहीं करेंगे। कुछ लोग बचपन से ही अपने 'अहं' को लेकर बहुत संवेदनशील होते हैं और अपने विचारों और कृत्यों में 'आजादीपसंद' होते हैं। अगर कोई, चाहे वे माता-पिता ही क्यों न हों, उस पर चोट पहुँचाते हैं, तो वे इसे बिल्कुल बर्दाश्त नहीं कर पाते। बच्चे के रूखे जवाब और बदजुबानी के पीछे यह एक बड़ी वजह हो सकती है, यहाँ तक कि सीखने के तरीके के संबंध में भी काफी विविधताएँ होती

हैं। कुछ श्रोता ऐसे होते हैं, जो कॉग्निटिव लर्नर होते हैं, यानी वे अपनी समझ पर ज्यादा भरोसा करते हैं और खुद तय करते हैं कि वे क्या सुनेंगे और जानकारी हासिल करेंगे। इसी तरह, रिफ्लेक्टिव लर्नर की एक श्रेणी होती है, जो बहुत गहराई में जाकर मंथन करते हैं और तब किसी सबक को आत्मसात् करते हैं या स्वीकार करते हैं। एक श्रेणी होती है क्रिटिकल लर्नर की, जिसमें वे जो कुछ भी पढ़ते या सुनते हैं, उस पर सवाल उठाते हैं। वे किसी तथ्य को आत्मसात् करने या घटनाओं के दिए गए वक्तव्य को स्वीकारने से पहले तर्कों से संतुष्ट हो लेना चाहते हैं। यहाँ प्रतीक कॉग्निटिव और क्रिटिकल लर्नर की श्रेणी में आता है, जो अपनी राय बनाने या किसी बारे में कही गई सच्चाई को स्वीकार करने से पहले सवाल करना चाहता है, लेकिन याद रखें कि आप उसके सवालों के धैर्यपूर्वक जवाब दें और अपनी बातों और तर्कों को तथ्यों के साथ पेश करें, ताकि वह आपकी बातों को आसानी से स्वीकार कर ले।

हालाँकि आपके पास अपने बच्चे के बारे में तय करने का अधिकार है और कुल मिलाकर आपके फैसले उसकी बेहतरी के लिए ही होंगे और इसलिए यह जरूरी है कि आप दृढ़ता बनाए रखें और धैर्यपूर्वक उसकी बात सुनें। हर बार ऊँची आवाज या सख्ती से प्रतिक्रिया न दें। उसे भी यह महसूस होना चाहिए कि अपनी बात सुनाने या बताने के लिए उसे बहस करने या रूखा होने या ऊँची आवाज में कहने की जरूरत नहीं है। वह अभी उम्र के ऐसे दौर में है, जब ढेर सारी बुनियादी समस्याएँ और दिक्कतें दूर की जा सकती हैं। रोजाना बात करने के लिए समय जरूर रखें और चाहे जो भी अन्य प्राथमिकताएँ आती जाएँ, चाहे कितने भी जरूरी कामों में आप उलझे हों, आप तीनों एक साथ बैठकर बातें करने का अवसर बिल्कुल न गँवाएँ और वह बातचीत बेहद शांत वातावरण में ही होनी चाहिए। याद रखें, अगर आप सुनने और बात करने की कला को महत्त्व देंगे, तो वह भी देगा।

प्रतीक की उम्र के स्तर पर यह जरूरी है कि उसे यह आश्वासन मिले कि उसकी बात भी सुनी जाएगी; उसकी राय भी मायने रखेगी और अगर वह आपसे असहमत है या आप उससे असहमत हैं, तो भी दोनों पक्ष एक-दूसरे को पूरा समय और अवसर देंगे, ध्यानपूर्वक अपनी बात को विस्तार से रखने का। किशोरावस्था में आने से पहले उसके मन में यह बात अच्छे से बैठ जानी चाहिए कि उसकी आजादी को बेवजह छेड़ा नहीं जाएगा। अगर उसके अधिकारों में कटौती होगी, तो उसके पीछे उचित वजह भी होगी।

माता-पिता होने मात्र से ही हमें यह लाइसेंस नहीं मिल जाता कि हम अपनी बात सुनाने या उसके मनवाने के लिए जोर-जबरदस्ती कर सकते हैं। हमारी परिपक्वता और अनुभव के चलते हमें विचारों और दूरदर्शिता के संबंध में स्पष्टता का गुण मिला है। हमें इसका सदुपयोग हमारे बच्चों में बेहतर समझ पैदा करने में करना चाहिए, बजाय कि उम्र और अनुभव का नाजायज फायदा उठाकर निष्ठा पालन का आदेश देने में।

□

4

जब अन्य लोग आसपास हों तो हमें अपने बच्चे के सामने दृढ़ कैसे रहना है, यानी संयुक्त परिवार में दादा-दादी और बाकी लोगों के सामने, जिनके विपरीत विचार हों ?

मैं एक कारोबारी हूँ और हम एक संयुक्त परिवार में रहते हैं, जिसमें मेरी पत्नी और बच्चा, मेरे माता-पिता, मेरा भाई, उसकी पत्नी और उनके दो बच्चे और हमारी बहन अपनी बेटी के साथ रहती है। संयुक्त परिवार में रहने के अपने फायदे और नुकसान हैं। हम परिवार के ही कारोबार को आगे बढ़ा रहे हैं, जिसे मेरे पिता और उनके भाइयों ने शुरू किया था। आर्थिक मोर्चे पर जब कभी भी उतार-चढ़ाव आते हैं तो हम सब मिलकर उसका सामना करते हैं और बड़ों की मौजूदगी से आड़े वक्त में हमारा साहस बना रहता है।

हालाँकि जब बारी आती है हमारे बच्चे को मूल्यों की शिक्षा देने की, तो ढेर सारे लोगों के हमारे आसपास अच्छाई और बुराई की अपनी अपनी परिभाषा लेकर चले आते हैं, जिससे हमारे बच्चे में विचारों का द्वंद्व और भ्रम की स्थिति पैदा हो रही है। जब भी हम उसे दो-एक चीज सिखाने की कोशिश करते हैं तो हमारे माता-पिता तत्काल हस्तक्षेप करते हैं और हमारे प्रयासों को बेवजह अनुशासन से जोड़कर खारिज करने का प्रयास करते हैं और हमारे आधुनिक खयालात के लिए हमें झिड़कने लगते हैं। हालाँकि, यह भी सच है कि वे यह दावा

करते हैं कि बच्चों का लालन-पालन वे हमसे बेहतर जानते हैं और उन्होंने हम सबको काफी अच्छे से बड़ा किया है। फिर भी, कुछ ऐसी चीजें होती हैं, जिन्हें हम अपने बच्चों को सिखाना-बताना उचित समझते हैं, जो कि बदलते समय के मुताबिक होता है और बच्चों को उनसे वाकिफ होना जरूरी होता है। हालाँकि हम ऐसा करने में सफल नहीं हो पाते हैं, बल्कि हमारे बेटे ने इस पीढ़ीगत संघर्ष का फायदा उठाना शुरू कर दिया है और वह जान गया है कि उसे कैसे अपना उल्लू सीधा करना है और हमारे सख्त आदेशों की भी हवा निकालने लगा है।

प्रिय अभिभावक,

जीवन हर तरह की चीजों से भरा हुआ है। इसके अनेक रंग होते हैं, सफेद, काला, स्लेटी आदि। एक भरा-पूरा अविभाजित परिवार होना अपने आप में ईश्वर का आशीर्वाद है। दादा-दादी की मौजूदगी से जो प्रेम और सुरक्षा का बोध होता है, उसकी बराबरी दुनिया की किसी चीज से नहीं की जा सकती। वे हमेशा हमारा खयाल रखने, देखभाल करने, सलाह देने और सबसे जरूरी चीज कि अपने पोते-पोतियों के साथ समय गुजारने के लिए मौजूद रहते हैं।

कुछ बच्चे ही ऐसे खुशकिस्मत होते हैं, जिन्हें अपने माता-पिता के साथ-साथ अपने दादा-दादी की छत्रच्छाया में पलने और बढ़ने का अवसर मिल पाता है। अन्यथा आज के दौर में, जब ज्यादातर माँ-बाप नौकरीपेशा होते हैं, तो बच्चों को अपना ज्यादातर समय क्रेच में गुजारना पड़ता है। माता-पिता दिन की शुरुआत होते ही उन्हें क्रेच में छोड़ जाते हैं, ताकि उनका खयाल रखा जा सके, उन्हें समय पर खाना-पानी मिल सके और उन्हें साफ-सुथरा रखा जा सके, लेकिन क्रेच में उन्हें घर के जैसा और दादा-दादीवाला वह लाड़-प्यार नहीं मिल पाता और उन्हें स्नेह भरी वह थपकी नहीं मिल पाती, यहाँ तक कि वे अभिभावकोंवाली टोका-टाकी से भी वंचित रह जाते हैं।

दादा-दादी के पास अनुभव का इतना खजाना होता है, जिसमें से वे अनगिनत पाठ पढ़ा सकते हैं; वे नन्हे-मुन्नों को समझदारी का वह सबक याद करा सकते हैं, जो दुनिया का कोई स्कूल नहीं पढ़ा सकता। हालाँकि कोई भी यह कह सकता है कि यह तसवीर हमेशा गुलाबी नहीं होती। ऐसे भी परिवार हैं, जहाँ दो पीढ़ियाँ एक-दूसरे से अनुशासन और जीवन जीने के तरीके पर विचार साझा नहीं करतीं और ऐसे परिवारों की तीसरी पीढ़ी को भ्रम और अनियंत्रित तरीके से

पलना और बढ़ना पड़ता है। अगर मुद्दे गंभीर हों, जैसे कि बुजुर्गों की तरफ से अनुशासन का सर्वथा अभाव झलके, अगर हमारे बड़े-बुजुर्ग ऐसा माहौल रखते हों, जिसमें वे ज्यादातर धूम्रपान या शराब पीते या गाली-गलौज करते हों या अगर उन्होंने जीवन के प्रति दमघोंटू नजरिया अपना रखा हो, तब सबसे जरूरी हो जाता है कि 'बात' करें। ऐसे बहुत ज्यादा मसले नहीं होंगे, जिन्हें बातचीत के जरिए दोस्ताना माहौल में सुलझाया न जा सकता हो। हालाँकि कोशिश करें कि आप लोगों के बीच वार्त्तालाप या बहस ऊँची आवाज में न हो, क्योंकि दो पीढ़ियों के बीच होनेवाली बातें सुनकर हमारे नन्हे-मुन्ने भ्रम में पड़ सकते हैं, जो उनके मानसिक विकास के लिए ठीक बात नहीं है। बड़े-बुजुर्गों के साथ बैठकर उन्हें समझाने की कोशिश करनी चाहिए कि सख्त अनुशासन और लाड़-प्यार के बीच किस तरह संतुलन बनाने की जरूरत है।

यह जरूरी है कि किसी भी हाल में बच्चे यह न सीखने पाएँ कि दो पीढ़ियों के बीच किसी विवाद का फायदा उठाने लगें। दोनों पीढ़ियों को अलग-थलग करना भी कोई समाधान नहीं है। बच्चों को तो जहाँ तक संभव हो, बड़े-बुजुर्गों की छत्रच्छाया में ही पलना-बढ़ना चाहिए। अगर आपको यह झलके कि आपके और आपके बुजुर्गों के बीच समझ के स्तर पर मतभेद है और बच्चे इसका फायदा उठा रहे हैं तो आपको प्रयास करके कुछ अलग तरीके अपनाने होंगे और अपने अभिभावकों के सामने तर्कपूर्ण तरीके से अपनी बात रखनी होगी। अगर हालात आपसे सख्त होने की अपेक्षा करते हैं तो आप सख्त रवैया जरूर अपनाएँ और ढेर सारा वक्त अपने बच्चों के साथ बिताएँ, ताकि आपके विचारों और प्रभाव से बच्चों में आपकी बातें, विचार बैठें और उनका बाल मस्तिष्क आपके वजूद से कुछ सीखे और वे आपके मन-मुताबिक विकसित हों।

अगर आपके और उनके विचारों में बहुत ज्यादा अंतर न हो, तो बहुत ज्यादा फेरबदल या बदलाव न करें और चीजों को यूँ ही चलने दें। बुजुर्ग पीढ़ी अपने जीवन के ढलते दौर में होती है, जहाँ वे नरमदिल हो ही जाते हैं। भले ही अपनी युवावस्था में वे बहुत ज्यादा अनुशासनप्रिय रहे हों, 70 और 80 साल की अवस्था में प्राकृतिक रूप से उनकी प्राथमिकताएँ बदल जाती हैं। वे अपने पोते-पोतियों के साथ खेलना और आनंद उठाना चाहते हैं। वे सहज रूप से अपने आसपास नन्हे देवदूतों और परियों के आगे हारना और अपनी इच्छाएँ त्यागना पसंद करते हैं और इसके बदले वे उन बच्चों के मासूम चेहरों पर हँसी

और खुशी देखना चाहते हैं। अपने बुजुर्गों को उस परिप्रेक्ष्य में समझने का प्रयास करें, जिसमें वे अपने लिए छोटी-छोटी खुशियाँ तलाशना और पाना चाहते हैं। अपनी उस उम्र में वे अपनी समझदारी से नहीं, बल्कि भावनात्मक जरूरतों को पूरा करने के लिए काम करते हैं।

माता-पिता के तौर पर आपके लिए यह जरूरी है कि आप जिस सोच को उचित मान रहे हैं, वह इस तरह से प्रतिबिंबित होनी चाहिए कि वह वाकई सच है? हम जिन चीजों में विश्वास करते हैं, क्या वे हमेशा सही साबित होती हैं? नहीं, ऐसा नहीं हो सकता? इसका मतलब यह है कि आपके माता-पिता ने आपसे जो बात कही होगी, वह भी किसी तरीके से गलत नहीं रही होगी, साथ ही, जैसे उन्होंने आपके बेटे/बेटी से जुड़ाव गहरा किया है, उसी तरह आप भी अपने समय में अपने बच्चे से अलग तरह का जुड़ाव पैदा कर सकते हैं। उदाहरण के लिए, रोजाना पार्क जाने के दौरान आप, आपकी पत्नी और आपका बच्चा, जो समय गुजारें, वह आपका 'हमारा' समय होना चाहिए। आप और आपकी पत्नी उसके साथ कोई खेल खेल सकते हैं और उस दौरान आप बोलकर या करके, जो भी सबक देना चाहते हों, अपने सुझाव के तौर पर दे सकते हैं। फिर आपको हर समय अलग-अलग तरह से उसे सिखाने की जरूरत नहीं रह जाएगी कि हर वक्त उसे याद करना ही पड़े कि यह करना है और वह नहीं करना है। बच्चा भी यह महसूस कर सकता है कि आप उसे क्या बताना चाहते हैं और वह प्रयास करके आपके सामने दिखाना भी चाहेगा। कुछ जरूरी बातें तो बिना बोले या बगैर शब्दों का प्रयोग किए हुए भी सिखाई जा सकती हैं, साथ ही, अगर वह आपके पास बिना भय या चिंता के जाता है, जैसा कि उसने अपने दादा-दादी को हमेशा जरूरत के समय अपनी पहुँच में पाया है, तो जैसे-जैसे वह बड़ा होता जाएगा, आप उसके विश्वासपात्र बनते जाएँगे और वह अपनी बातें आपसे साझा करेगा। एक दिन ऐसा आएगा, जब उसे लगने लगेगा कि वह अपनी सारी बातें दादा या दादी को नहीं बता सकता, तो वह आपको चुनेगा। ऐसे ही समय में आपको उसका दोस्त, फिलॉस्फर और गाइड बनना है, जो हमेशा जरूरत के वक्त उसके साथ दिखता हो।

इस दौरान, दो पीढ़ियों को आनंद उठाने दें! हो सकता है कि जब आप वरिष्ठता की उम्र में पहुँचें, तब तक आपकी भी प्राथमिकताएँ बदल चुकी हों। आखिरकार दादा-दादी का प्रेम, उनके सबक और उनके जरिए बच्चों के भीतर

रोपी गई नसीहतें, कोई और नहीं दे सकता और नन्हे-नाजुक मस्तिष्क पर एक छत के नीचे रहते हुए जो खुशनुमा यादें छप जाएँगी, वे तो एक बेशकीमती विरासत के तौर पर याद की जाएँगी!

"नन्हे बच्चों के लिए कोई भी उतना नहीं कर सकता, जितना उनके दादा-दादी। दादा-दादी छोटे बच्चों के जीवन में एक तरह से सितारों की धूल के समान चमचमाते रहते हैं।"

—एलेक्स हैली

□

5

मेरे बच्चे को गैजेट्स की लत लग गई है

चेरिल की उम्र दो साल है। पूरे दिन में कभी भी आप गौर करें, तो दस में से नौ बार वह सिर झुकाए, मोबाइल की चमकती स्क्रीन पर एकटक देखती मिलेगी, वह अपनी उँगली से एक गाने या कार्टून से दूसरे पर बेइंतेहा भागती दिखेगी।

अद्वैत की उम्र 6 साल है और वह चाहे घर पर हो या रेस्टोरेंट में या कार में सफर कर रहा हो या हवाई जहाज में, उसका सिर हमेशा झुका ही रहता है। उसके माता-पिता को इसकी जरा भी फिक्र नहीं होती। वे उसकी इस आदत को आजकल की जरूरत बताते हुए कहते हैं, 'आखिरकार, आजकल हर बच्चा आई-पैड या आई-फोन में व्यस्त ही रहता है।' दिखनेवाले फायदे को लेकर वे भी राहत की साँस लेते हैं। अद्वैत की माँ भी जो चाहती हैं, उसे खिला पाती हैं, जबकि मोबाइल स्क्रीन पर घटित हो रही घटनाओं में डूबे अद्वैत का दिमाग बाहरी घटनाओं से बिल्कुल कटा हुआ रहता है। उसके माता-पिता भी चैन से एक-दूसरे से बात कर पाते हैं, क्योंकि घर में ऐसा कोई नहीं होता, जो खाने पर या घर आए मेहमानों के सामने किसी चीज की जिद पकड़ ले और माता-पिता में चिड़चिड़ापन बढ़े।

मालिया अगले महीने चार साल की हो जाएगी, लेकिन उसे दुलारना पड़ता है और परिचितों के सामने पड़ने या मेहमानों के घर आने पर उससे जबरन 'हैलो' बुलवाना पड़ता है। उसकी दुनिया बनकर रह गया है आई-पैड, जिससे बाहर निकलना उसे असहज लगता है। गैजेट अगर उसके हाथ में है तो अकेलापन उसे सुकून देता है, जबकि लोग उसे डिस्टर्ब करते हैं और उसे चिढ़ होती है! वह सोने भी जाती है, तो गैजेट को अपने सीने से चिपकाकर ही सोती है; अगर आँख खुलने पर उसके आसपास आई-पैड नहीं दिखता, तो वह चीख-चीखकर रोने लगती है। उसे दूसरे बच्चों के साथ या खिलौनों से खेलने में जरा भी दिलचस्पी नहीं रह गई है।

प्रिय अभिभावक,

नन्हे सिर झुकते जा रहे हैं, उनकी कोमल उँगलियाँ घूमती हैं और वे लगातार बैठे रहते हैं!!!

हमारा व्यक्तित्व, हमारे विचार, यादें और स्वाभाविक रूप से अनुभव एक-दूसरे से सर्वथा भिन्न हैं। हमारा बचपन भी किसी अन्य के बचपन से काफी अलग था और फिर भी, कुछ गतिविधियाँ, कुछ खुशियाँ और कुछ यादें समान भावनात्मक उद्वेग रखती हैं। कुछ ऐसे अनुभव और यादें होती हैं, जिनके जरिए हम सब एक-दूसरे के बचपन को जोड़ पाते हैं और समझ पाते हैं और दशकों बाद भी वे यादें सामने आते ही मुसकान चेहरे पर खिल जाती है।

गरमियों की छुट्टियों के शुरू होते ही दादा-दादी और नाना-नानी के घर जाने का जोश होता है।

रेडियो पर पुराने गाने बज रहे हों और रसोई से उठती किसी व्यंजन की खुशबू, जिसे माँ बना रही हो···उन व्यंजनों पर टूट पड़ने का बेसब्री से इंतजार और हाँ, कौन कितना ज्यादा ले लेता है, उस पर होनेवाली लड़ाइयाँ।

मैदान में पेड़ों के इर्द-गिर्द खेलते हुए गंदे हुए हाथ और चेहरे···दोपहर बाद होनेवाला बच्चों का शोर और उस हुड़दंग पर पड़ोस की आंटी के घर से आती डाँट-फटकार की आवाजें···।

कैरम, शतरंज, क्रिकेट, गुड्डे-गुड़ियों का खेल और किचन सेट और उसके बाद कागज की नाव तथा सिक्के और शीशे के टुकड़े जमा करने का शौक होता है।

घर आनेवाले मेहमानों के हाथों मिली मिठाइयों और तोहफों को पाकर खुशी से उछल पड़ना, या जब खास मौकों पर पापा के बाहर खाने जाने के ऐलान पर मचनेवाला धमाल···

हर अनुभव, हर सनसनी, हर पिटाई और हर दोस्त ने हमें वह बनाया, जो हम आज हैं। क्या आपके मन में ऐसी भी यादें हैं कि आप तीन या चार साल के हों, कहीं किसी कोने में घंटों बैठे हों, चारों तरफ सन्नाटा हो, आपका सिर झुका हुआ हो और आपकी उँगलियाँ लक्ष्यहीन कहीं भटक रही हों, क्या है आपके पास ऐसी कोई याद?

हमारे बच्चों को छोटी उम्र में ही गैजेट्स से परिचय कराने के प्रभावों पर काफी कुछ लिखा जा चुका है। हालाँकि बेचारे माँ-बाप अपने नन्हे बच्चे को सँभालते हुए इस कदर थक जाते हैं कि उनके पास केवल यही एक विकल्प

बचता है। उनको आई-पैड या पुराना मोबाइल पकड़ा दो और उनको इधर-उधर घूमने से रोक दो, तब वे ठहरकर बैठ जाते हैं। तब वहाँ कोई शोर नहीं होता, अस्त-व्यस्त बिखरी चीजें नहीं होतीं, वहाँ अंतहीन माँगें नहीं होतीं कि यह चाहिए, वह चाहिए और वहाँ अंधाधुंध भाग-दौड़ नहीं होती और कीमती चीजें नहीं टूटतीं, सबसे जरूरी, उन बच्चों को आसानी से कुछ भी खिलाया जा सकता है। उन्हें खिलाने का महामुश्किल काम तेजी से चुटकियों में हो जाता है, केवल उनके हाथ में गैजेट पकड़ा देना होता है। अफसोस! बच्चों को पता भी नहीं चलता कि वे क्या खा रहे हैं, मुँह में कुछ भी ठूँस दिए जाने पर उन्हें अकेले ही इसका आनंद उठाने के लिए छोड़ दिया जाता है। चूँकि उनको खिलाए जानेवाले निवाले में न तो जागरूकता और न ही भावनाएँ जुड़ी होती हैं, तो ऐसे में माँ के हाथों के बने खाने के स्वाद के साथ जुड़ी यादें भी नहीं होतीं—वह भी तब, जब वाकई माँ ही खाना बना रही हो!!!

कामकाजी माता-पिता के लिए स्वच्छता ही शायद उनकी प्राथमिकता होती है। उन्हें हर तरह का दबाव झेलना होता है, जबकि मदद के हाथ बेहद सीमित होते हैं। बच्चों के हाथों में गैजेट देना उन्हें अपने लिए कुछ सुकून भरे पल दे पाने की एक कोशिश भर होता है, लेकिन ये सुकून के कुछ पल अपनी कीमत भी माँगते हैं, जो देनी पड़ती है। चमकती टी.वी. स्क्रीन हो या आई-पैड या मोबाइल या कंप्यूटर, घंटों इनकी ओर देखने से इनकी तीखी रोशनी बच्चों की नाजुक आँखों पर जो बुरा असर डालती है, उसकी हम कल्पना भी नहीं कर सकते और एक ही अवस्था में घंटों बैठे रहना किस तरह उनके शरीर पर बुरा असर डालता है—सोफे पर टेक लगाकर घंटों एक ही अवस्था में रहने से उनकी गरदन और पीठ आधी झुक जाती है। कुछ माँएँ तो इस कदर अपने बच्चों के प्रेम में अंधी होती हैं कि वे उनके चेहरों पर मुसकान देखने के लिए सबकुछ करने को तैयार रहती हैं, भले ही इसमें बच्चों के एक तरफ चिप्स का पैकेट रखना शामिल हो या कैन जूस, जिसमें चीनी ठुँसी रहती है या सॉफ्ट ड्रिंक और आइसक्रीम ही क्यों न हो। बच्चों को खुशी से उछलता-फुदकता देखकर माँएँ भी गौरवान्वित महसूस करती हैं कि अपनी पूरी रसोई कुछ ऐसे ही सामानों से भर देती हैं, ताकि बच्चों के चेहरे से खुशी हटने न पाए।

प्रिय अभिभावक! कृपया सोचिए और स्पष्ट सोचिए। क्या यह विडंबना नहीं है कि हमारे ज्यादातर फैसलों की गंभीर कीमत हमारे बच्चों को ही चुकानी पड़ेगी?

गैजेट उनकी स्वतंत्र सोच को विकसित होने से रोक देंगे और उनके दिमाग को सुन्न या जड़ बना देंगे। आकर्षक और रंग-बिरंगी तसवीरें और अच्छे लगनेवाले गाने और जिंगल्स उनकी इंद्रियों पर हावी हो जाएँगे और बदले में बच्चों की विविध कल्पनाशीलता या रचनात्मक दृश्यशीलता में शामिल होने की वजह खत्म हो जाएगी या उसके लिए बेहद कम समय बचेगा। कोई हैरानी नहीं, कि जब वे स्कूल जाएँगे तो उन्हें अपनी किताबें उबाऊ लगेंगी और उनकी उनमें कोई दिलचस्पी नहीं रह जाएगी। ऐसा इसलिए होगा, क्योंकि स्कूल पहुँचने से काफी पहले ही वे चमकदार रोशनी, तेज संगीत और आकर्षक कार्टून फिल्मों और पात्रों के आदती होकर उनसे मिलनेवाली खुशियों के गुलाम हो चुके होंगे।

बच्चों के लिए यह बहुत जरूरी है कि वे लोगों को गौर करना सीखें, प्रकृति को गौर से देखें—आसमान, तारे और आगे बढ़ते हुए बादलों को देखें और चिड़ियों की चहचहाहट को सुनें, चींटियों को एक कतार में आगे बढ़ता हुआ देखें और हवा के झोंकों से पेड़ों की शाखाओं को झूमते हुए देखें और हवा से बातें करते हुए देखें। जमीन पर पैर पड़ना भी कितना जरूरी है और सुबह-सुबह घास पर नंगे पाँव चलकर ओस की बूँदों की ठंडक महसूस करनी चाहिए। दौड़ लगाना और खुद ही खेलों को ईजाद करना और थोड़ी देर के लिए पागलपन में डूब जाना; ऐसे ही नहीं जरूरी माने जाते। कॉमिक्स पढ़ना भी उतना ही जरूरी है और पड़ोसियों के यहाँ जाना भी और उनके स्नेह और गरमजोशी भरे स्वागत में खो जाना भी जरूरी है। क्या हमें यह ख्वाहिश रखनी चाहिए कि हमारे बच्चे भी बड़े होकर मोबाइल स्क्रीन की ही भाँति बेजान और मशीनी नजर आएँ? क्या यह उचित नहीं होगा कि उन्हें प्रकृति की खूबसूरती से वाकिफ कराया जाए और उसके प्यार में उन्हें खो जाने दिया जाए? क्या यह उचित नहीं होगा कि बच्चों को किताबों की हैरतअंगेज दुनिया में ले जाया जाए और खेलों, पहेलियों और खेलकूद के आनंद और रोमांच से रूबरू कराया जाए?

कितने घरों में ऐसा होता होगा कि जब माँ रसोई में कुछ पका रही हो तो बच्चा वहाँ जाकर उस व्यंजन की खुशबू पर गौर करता हो! क्या बच्चे वाकई उन चीजों पर आपसे बात करते हैं, जिनको लेकर वे रोज कल्पना में खोए रहते हैं, क्या वे अपनी खुद की कहानी या गाने की खोज करते मिलते हैं? क्या वे गुनगुनाते हैं? क्या वे रास्ते में चलते हुए सामने पड़नेवाले परिचितों को देखकर नमस्ते-बंदगी करते हैं और वह भी बिना माता-पिता के कहे?

एक अभिभावक ने एक वाकया साझा किया है, जो इन दिनों असामान्य नहीं कहा जा सकता है—'मैं अपने एक दोस्त के घर गया हुआ था। उनका एक तीन साल का बच्चा भी है। मेरे वहाँ लगभग एक घंटा बिताने के दौरान, मैंने देखा कि वह बच्चा अपनी माँ के मोबाइल में डूबा हुआ था। मेरा दोस्त उसे मोबाइल रखने के लिए लगातार कह भी रहा था, लेकिन उस बच्चे पर कोई असर नहीं पड़ रहा था। थक-हारकर उसकी माँ ने उसे धमकाया कि अगर उसने मुझे हैलो नहीं बोला, तो वह उससे मोबाइल ले लेगी और शाम तक नहीं देगी। बच्चे ने तुरंत ऊपर देखा, अनमना-सा चेहरा बनाकर मुँह में ही हैलो बोला और वापस स्क्रीन पर लौट गया।'

यहाँ तक कि एक वयस्क काम करना बंद कर दे, लोगों से मिलना-जुलना छोड़ दे और अपने शौक को कुछ दिनों के लिए टाल दे और बदले में यह तय कर ले कि अगले कुछ दिनों तक वह केवल टी.वी. देखेगा या लैपटॉप में घुसा रहेगा, लक्ष्यविहीन एक वेबसाइट से दूसरी वेबसाइट पर जाएगा, तो वह महिला हो या पुरुष, अपने अंदर बेचैनी और चिड़चिड़ापन बढ़ा हुआ महसूस करेगा। वहीं दूसरी ओर, अगर हमारा दिन नियमित रूप से बाहर की गतिविधियों से भरा-पूरा हो या अगर हम हर शाम समुद्र के किनारे या हरी घास पर नंगे पाँव चहलकदमी कर सकें। और अगर हमारे कुछ शौक हों, जिन पर हम कुछ काम कर सकें और चाय पर दोस्तों के साथ कुछ हँसी-मजाक साझा कर सकें, तो जिंदगी अलग ही चटख रंग लिये नजर आएगी। यह बड़े दुःख की बात है कि हमारे बच्चों पर ऑडियो-विजुअल संदेशों का हमला हो जाता है, जिसे वे चुपचाप झेल रहे होते हैं और आलू की तरह बेडौल हो जाते हैं और वह भी मात्र 10 साल से छोटी उम्र में ही! तब ऐसा लगता है कि बड़े होकर वे मोबाइल स्क्रीन पर ही अपने दोस्त पाएँगे और दोस्ती के तथाकथित आनंद को वहीं अनुभव कर पाएँगे। वे अपने दोस्तों को 'लाइक' करेंगे और सैकड़ों से चैट करेंगे और यह सब एक कमरे में कैद होकर ही करेंगे वे। जिस तेजी से हमारे नन्हे लड़के-लड़कियाँ इस लत के शिकार होते जा रहे हैं, उससे यह लगने लगा है कि उनकी सारी संवेदनाएँ और अनुभव, चाहे वह खरीदारी हो, चैटिंग हो, मनोरंजन, संगीत और यहाँ तक कि डेटिंग हो, उन सबका आनंद उनके गैजेट की स्क्रीन पर सिमटकर रह जाएगा। क्या आप इसे ठीक समझते हैं? क्या हमारे बच्चों का यह व्यवहार, जो कि गैजेट्स की लत के आगोश में तेजी से प्रभावित होता जा रहा है, वह उन्हें लंबे समय तक सामान्य रख पाएगा?

प्रिय अभिभावक, यह वाकई जरूरी है कि हमारे बच्चे लगातार बैठे रहकर

लंबे समय तक स्क्रीन पर बेवजह आँखें गड़ाए न रहने पाएँ। उनकी रचनात्मक ऊर्जा को यूँ ही बरबाद न होने दें। उनकी संवेदनशीलता को कमजोर न होने दें और उनकी भावनाएँ मृतप्राय न होने पाएँ। भले ही यह असुविधाजनक लगे, उन्हें अपने आसपास दौड़ने-धूपने दें, शोर मचाने दें, उन्हें पड़ोसियों के सुकून में खलल डालने दें और अगर वे घंटों खेलना चाहें तो उन्हें खेलने दें, उन्हें चिंतन करने दें और हैरान होने दें और अगर वे पूछते हैं तो सैकड़ों सवालों के भी जवाब देने को तैयार रहें। उनकी नन्ही उँगलियों से लिखवाएँ या पेंट करवाएँ या उनके हाथों को अपने हाथों में लिये रहें और उन्हें सपने बुनने दें, बजाय कि ठंडी और बेजान स्क्रीनों पर उन्हें बेवजह घूमने दें।

□

6

मैं अपनी बेटियों को अकेले बाहर नहीं जाने देती

मेरी बड़ी बेटी नौवीं में पढ़ती है, जबकि छोटी सातवीं में। मेरे पति और बेटियाँ अकसर मेरा मजाक उड़ाते हैं कि मैं जरूरत से ज्यादा डरी हुई इनसान हूँ। मैं तमाम चीजों और लोगों के डर के बीच बड़ी हुई हूँ। मैं हमारे बड़े संयुक्त परिवार में अपने चाचाओं और रिश्ते के भाइयों से डरती थी। मैं हमेशा छेड़खानी या मुझे नुकसान पहुँचाने के अंदेशे के साए में रहती थी और हर छोटी-बड़ी चीज, लोगों, अँधेरे से डरती थी।

इन दिनों अपराध, खासतौर से महिलाओं और बच्चों के साथ बहुत ज्यादा बढ़ गया है। यही नहीं, इस अपराध की क्रूरता भी इस कदर बढ़ गई है कि कोई भी, कहीं भी असुरक्षित महसूस करने लगता है। जब मेरी दोनों बेटियाँ स्कूल जाती हैं, तो मैं उनके सुरक्षित घर लौटने तक चिंतित रहती हूँ। मैं उन्हें नीचे जाकर खेलने या दोस्तों के साथ फिल्में देखने या स्कूल की तरफ से पिकनिक या टूर पर नहीं जाने देती। यहाँ तक कि वे अगर स्कूल में तमाम प्रतियोगिताओं में भी हिस्सा लेना चाहती हैं, जिसके लिए उनको स्कूल खत्म होने के बाद भी वहाँ रुककर अभ्यास करने की जरूरत हो, मैं उन्हें ऐसा नहीं करने देती। मैं जानती हूँ कि वे संगीत भी सीखना चाहती हैं, लेकिन जब तक वे घर लौटकर अपना होमवर्क पूरा करती हैं, तब तक काफी देर हो चुकी होती है और इसलिए मैं उन्हें म्यूजिक क्लास नहीं भेज पाती। निर्भया केस के बाद से मैं लगातार डर के माहौल में ही रह रही हूँ। मैं केवल अपने बच्चों को बचाए रखना चाहती हूँ।

प्रिय अभिभावक,

प्रसिद्ध नॉवेल 'हैरी पॉटर' की लेखिका जे.के. रॉलिंग कहती हैं, 'किसी चीज का डर केवल डर को बढ़ाने का ही काम करता है।'

आप एक माँ हैं और आपके डर बेवजह नहीं हैं। हालाँकि यह याद रखना जरूरी है कि आप न तो उनका जीवन नियंत्रित कर सकती हैं और न उनकी किस्मत। उनके जीवन को किसी भी तरह नियंत्रित करने की कोशिश उनके विकास और जीवन के लिए पूरी तरह तैयार होने की राह में बाधा पैदा करेगी।

माँओं को बहादुर समझा जाता है, वे होती भी हैं और एक बहादुर माँ वह नहीं, जो डर नहीं महसूस करती, बल्कि वह होती है, जो उस डर पर हावी हो जाती है और उसे हरा देती है। खौफ के चलते उनका विकास रुक जाएगा और उनका नजरिया भी संकीर्ण हो जाएगा। जीवन की यात्रा बेशकीमती है और आपको उनकी प्रतिभा और क्षमता को व्यर्थ जाने देने का कोई अधिकार नहीं है। यह सलाह हमेशा दी जाती है कि हमारे डर और आशंकाओं को दूर करने और उन पर विजय पाने की कोशिश लगातार करते रहनी चाहिए। जैसे-जैसे व्यक्ति परिपक्वता और आत्मज्ञान हासिल करता जाता है, वह अपने डर को पहचानने लगता है और उनकी मौजूदगी का उसे अहसास होने लगता है, वैसे-वैसे उसे अपने उस डर पर हावी होने का प्रयास शुरू कर देना चाहिए। अगर उसे छोड़ दिया गया, तो वे आपके मन और चेतनता पर हावी हो जाएँगे और अपनी सारी प्रतिक्रियाओं और गतिविधियों पर उनका असर दिखने लगेगा, यहाँ तक कि अगर आपको अपने डर पर काम करने का मौका न मिले तो आप अपने दैनिक कार्यों के चक्र को तोड़ें और धीरे-धीरे अपनी बेटियों को बेखौफ जीने के लिए प्रेरित करके उनके जीवन में सकारात्मक बदलाव लाने के प्रयास को तेज करें। याद रखें, बदलाव रातोरात नहीं आएगा, समय लगेगा। आपको एक बार में एक कदम उठाना है। हमेशा उनके साथ रहें, उनका साथ दें। उनको बताएँ कि वे अपने डर को कैसे स्वीकार करें, उनको बताएँ कि बेटियों को पता है कि ज्यादातर डर बेवजह होते हैं और आप उस डर और डर पैदा करनेवाले हालातों को ज्यादा बुद्धिमानी और मजबूती से निपटने के लिए तैयार करें।

क्या आपके लिए हमेशा उनकी रखवाली कर पाना संभव होगा, उनके आगे के जीवन में? धीरे-धीरे स्वाभाविक रूप से उन्हें अपने जीवन में आगे बढ़ना होगा और कॉलेज और उसके बाद विश्वविद्यालय स्तर पर जाना होगा। वहाँ वे अपने

सपनों को पूरा होते देखना चाहेंगी और आत्मनिर्भर भी बनना चाहेंगी। जीवन के खास मुकामों को हासिल करने के लिए मजबूती, साहस और खुद पर भरोसा होना जरूरी है। जिस दुनिया में आगे चलकर उनको खुद को टिकाए रखना है, वहाँ आपका या तो बेहद कम या बिल्कुल भी नियंत्रण नहीं होगा। अगर आप उनके अंदर साहस और आत्मविश्वास पैदा करेंगी तो जीवन में सभी अहम और नाजुक मौकों का सामना करते हुए उनके अंतर्मन में आपके बताए शब्द गूँजेंगे और वे आप पर गर्व करेंगी, क्योंकि तब वे जीवन के उतार-चढ़ाववाले दौर और चुनौतियों का सामना करने में घबराएँगी नहीं, बल्कि आपको हमेशा अपने साथ महसूस करेंगी।

बेटियों के विकास के बेशकीमती वर्षों को यूँ ही बेकार न जाने दें, बल्कि इस समय का इस्तेमाल उनको आत्मनिर्भर बनाने और स्वतंत्र जीवन जीने के लिए तैयार करने में करें। उन्हें वास्तविक दुनिया देखने दें, आपका काम केवल उन्हें संभावित खतरों से आगाह करने का होना चाहिए, जो उनके आसपास उन पर झपटने की घात लगाए होगा। उन्हें सतर्क रहने के लिए प्रशिक्षित करें। अगर उन्हें अभी हर तरह के लोगों और हालातों से निपटने का अनुभव और अवसर मिलेगा, तो वे जब अपने समय में प्रवेश करेंगी तो किन्हीं भी हालात से निपटने की अभ्यस्त हो चुकी होंगी और उन्हें किसी पर भी निर्भर रहने की जरूरत महसूस नहीं होगी।

कभी भी अपनी आशंकाओं और असुरक्षा बोध के चलते बेटियों को कमजोर न बनाएँ और न उन्हें नए कला-कौशल सीखने और लोगों से पेश आने के तौर-तरीके सीखने से वंचित रहने दें। बाहर की दुनिया बहुत खूबसूरत और विशाल है! हाँ, जीवन के साथ कुरूप हिस्सा भी जुड़ा है, लेकिन क्या आप सोचती हैं कि अगर सभी आपके विचारों को ही अपना लें, तो पूरी दुनिया बच्चों को अंदर ही बंद करके नहीं रखेगी और वे दुनिया-जहान से वाकिफ हो पाएँगे ? उस आनंद का क्या होगा, जो वे स्कूल पिकनिक में न जाकर और मजेदार गतिविधियों से जुड़े कार्यक्रमों में हिस्सा न लेकर गँवा देंगे ? निश्चित रूप से आप कठोर हृदयवाली नहीं होंगी और निश्चित रूप से आपकी बेटियाँ संगीत सीखना चाहती होंगी, लेकिन उचित प्रशिक्षण के लिए नहीं भेजी जाती हैं, जो सोचने से ही उनके प्रति कितना अन्याय प्रतीत होता है। ये समस्त फैसले लेकर आप उन बच्चियों के व्यक्तित्व पर वह बुरा असर डालेंगी, जो कि वास्तविक दुनिया भी उन पर नहीं डाल पाती।

आप अपनी आशंकाओं को धीरे-धीरे खत्म कर सकती हैं, लेकिन इसके लिए उनका सामना करना होगा और स्पष्ट रूप से सोचना होगा कि उन आशंकाओं से

आपको क्या हासिल हुआ और क्या उनके चलते आप जीवन को उसकी संपूर्णता में जी सकीं। आप चाहें तो इस विषय में अपने अच्छे मित्रों से भी सलाह-मशविरा कर लें या किसी काउंसलर या अपने पति से भी चर्चा करें और अपनी हर तरह की आशंकाओं को चुनौती दें, उनका सामना करें। इस मामले में हमारी मदद केवल एक ही शख्स कर सकता है और वह हम खुद हैं। स्पष्ट सोच रखना और समाधान निकालना बहुत जरूरी है, साथ ही खुद से पूछें कि क्या आप वाकई अपनी बेटियों से प्रेम करती हैं और अगर आप प्रेम करती हैं, तो उनको जीवन के व्यावहारिक सबक सीखने और बेशकीमती अनुभव हासिल करने से रोकना क्या उचित होगा? अगर आपके अंदर डर है, तो आप उनके साथ यात्रा शुरू कर सकती हैं, उदाहरण के लिए, म्यूजिक क्लास जाना या जब वे अपने दोस्तों के साथ फिल्म देखने जाना चाहती हों, तो कुछ दिन उनके साथ ही जाकर देखें। आप आकलन कर सकती हैं कि क्या उनके आसपास ऐसा कोई खतरा है, जो उनको नुकसान पहुँचा सकता है और अगर ऐसा कुछ है तो रणनीति यह होनी चाहिए कि उन खतरों से निपटने का क्या तरीका हो सकता है?

हमेशा जीवन के प्रति एक नजरिया रखें और प्रयास करें और केवल इसके कुरूप या अंधियारेवाले हिस्से को ही देखें। जीवन के चमकदार और ज्यादा खूबसूरत हिस्से को देखते समय इसके खराब पहलू को समझदारी से छाँटने का साहस जुटाएँ और एक सकारात्मक अंतर पैदा करने का प्रयास करें।

□

7

मेरी बेटी पूछती है, 'तुमने मेरे लिए किया ही क्या है ?'

हमारी बेटी सुरुचि बमुश्किल 12 साल की रही होगी, जब उसने यह बात कही थी और तब उसके कहे इन शब्दों ने हमारे दिलों को छलनी कर दिया था। उसकी माँ और मैंने कभी कल्पना भी नहीं की थी कि उसके अंतर्मन की गहराइयों में इस तरह की भावनाएँ पल रही हैं। उसने जिद की थी, आई-फोन दिलाने की। हमने उससे तीन साल इंतजार करने को कहा था। वह एकदम से भड़क उठी और बड़बड़ाने लगी, 'मैं जो भी चीज माँगती हूँ, उसके लिए आप लोग केवल न कहना ही जानते हो। बहरहाल, आप लोगों ने मेरे लिए किया ही क्या है ? और हाँ, कृपा करके पुराना राग न अलापने लगना—शानदार शिक्षा, घर और खाना वगैरहवाली। यह सब आप लोगों की जिम्मेदारी थी। हर किसी के माता-पिता इतना और इससे भी बढ़कर अपने बच्चों के लिए करते हैं। मैं आप लोगों से बात नहीं करना चाहती। मुझे पता है कि आप लोग रत्ती भर भी मेरी परवाह नहीं करते। मेहरबानी करके मुझे अकेला छोड़ दें।'

प्रिय अभिभावक,

क्या यह सच है कि आजकल के बच्चे जरा भी अहसानमंद नहीं रह गए हैं ?

कितने बच्चों को आप जानते हैं, जो माता-पिता से मिलनेवाली तमाम चीजों के लिए उनके आभारी रहते हैं या माँ-बाप उनके लिए जो कुछ भी करते हैं, उसके लिए वे कितना उनको मानते हैं ?

यह विचित्र नहीं है कि अचानक बच्चों की एक पूरी पीढ़ी ही ऐसी नजर आने

लगी है, जिनकी बड़ी संख्या ऐसी है, जो बिल्कुल भी परवाह नहीं करते? क्या यह विचित्र नहीं लगता कि आप चाहे डेंटिस्ट हों या स्कूल टीचर या एक मार्केटिंग मैनेजर या सॉफ्टवेयर इंजीनियर, थोड़े-बहुत अंतर को छोड़ दें तो घर का माहौल लगभग एक समान ही रहने लगा है? हम उनके लिए वे सारी चीजें मुहैया कराते हैं, जिन पर उनकी आँखें गड़ी होती हैं, या जिसकी वे जिद पकड़कर बैठ जाते हैं, जैसे कपड़े, सप्ताहांत के जंक खाने, या आई-फोन, आई-पैड, टैबलेट्स, जूते, खेल-खिलौने, साजो-सामान, बैग, छुट्टियों में बाहर जाना और इसके अलावा भी तमाम चीजें और हैरानी भरी बात ये कि यह सारी चीजें उनके सामने गौण हैं या कुछ भी नहीं हैं!

ऐसा नहीं कि वे खुश नहीं हैं। दरअसल, आजकल संतुष्टि तात्कालिक हो चली है। कोई भी चीज पाते ही उससे मिलनेवाला संतोष कुछ देर का ही रह गया है। मनोवांछित चीजें पाकर उनकी खुशी बमुश्किल कुछ मिनट, घंटे या दिन तक ही रहती है। कभी-कभी खरीदारी के लिए जाने के दौरान अनावश्यक चीजें भी ढेर सारी खरीद ली जाती हैं और फास्ट फूड रेस्टोरेंट में खाने के दौरान, वे खुशी-खुशी घर आते हैं और कुछ घंटों या कुछ मिनटों में ही, उनको उबन का शिकार होते या चिड़चिड़ा होते देखा जा सकता है या वे अपने भाई या बहन या माता-पिता से किसी बात पर लड़ने लगते हैं। मासूम चेहरों पर वह मुसकान, जिसे देखने की तमन्ना हर माँ-बाप में होती है, कुछ मिनटों की होकर रह गई है।

ज्यादातर अभिभावक इन दिनों हैरान रहने लगे हैं···दिन-रात कठोर परिश्रम करते, वे अपने बच्चों को सर्वश्रेष्ठ चीजें मुहैया कराने के लिए लालायित रहते हैं। वे काफी देर तक काम करते हैं, काम के साथ ही उनकी सुबह और रात होती है और वे अंतहीन काम के साथ निरंतर जूझते रहते हैं—उनके लिए केवल एक ही लक्ष्य होता है कि अपने बच्चों को सर्वश्रेष्ठ चीजें दे सकें। स्वाभाविक-सी बात है कि अगर बच्चा असंतुष्ट नजर आएगा, तो माता-पिता को इससे आघात लगेगा ही, यहाँ तक कि अगर वे संतुष्ट भी हैं, तो भी उनके चेहरे पर वे हैरानीवाले भाव या स्नेह से भरा चेहरा, जिसके लिए उन्हें ईश्वर का वरदान मिला होता है, वह शायद ही कभी देखने को मिले।

इसके लिए किया क्या जाए?

एक समाधान है, एक व्याख्या—बहुत सरल और बेहद आसान भी।

पहला कदम : अपने हाथों में एक शीशा पकड़ें।

दूसरा कदम : शीशे में पूरे एक मिनट के लिए खुद को देखें।

तीसरा कदम : अपनी आँखें बंद कर लें। गहरी साँस लें।

चौथा कदम : खुद से कुछ सवाल पूछें। क्या हम खुद से वाकई खुश हैं?

हमें जो छत नसीब है, जो दो जून का खाना हम खाते हैं और हमारी रोजी-रोटी के लिए हम कितनी बार ईश्वर का शुक्रिया अदा करते हैं और यह सब मुहैया कराने के लिए सम्मान में अपना शीश झुकाते हैं। दिन में कितनी बार?

क्या हम रोजाना खुद को याद दिलाते हैं कि हमें जो दो आँखें, दो भुजाएँ, दो पाँव, एक सीधी रीढ़ और स्वस्थ मस्तिष्क मिला है, उसके लिए हमें ईश्वर का शुक्रगुजार होना चाहिए?

कितना समय आप बिताती हैं, यह सोचने में कि हमारे पास क्या है, अपने आसपास देखते हुए और यह सोचते हुए कि औरों के पास क्या है, हम ज्यादा-से-ज्यादा पैसा क़माने की सोचते हैं और उसे संपत्ति, शेयरों, सोना आदि में निवेश करने की धुन में रहते हैं?

इस सवाल का जवाब मिलते ही सच्चाई के सूरज का उदय होगा और उसकी चमक आँखों में नजर आने लगेगी। हम अपने बच्चों के चेहरे पर हताशा और असंतोष बहुत जल्दी देख लेते हैं, लेकिन अफसोस, हम अपना ही चेहरा नहीं देख पाते, जब तक कि सामने शीशा न हो और हम उसमें देखें न।

हममें से कितने लोग ऐसे हैं, जो दिनभर खिलखिलाते रहते हैं, अपने पास जो कुछ भी है, उसके लिए अपने माता-पिता के आभारी रहते हैं और जो रोजगार मिला है, उसके प्रति शुक्रगुजार रहते हैं, हममें से कितने लोग ईश्वर के आभारी रहते हैं कि हमें स्वस्थ और सुंदर बच्चे मिले हुए हैं, क्या हम उन्हें इस उम्मीद से नहीं घसीटते कि वे दूसरों से ज्यादा नंबर ले आएँ? क्या हम अपने बच्चे में कमी महसूस नहीं करते, जब तक कि वह फुटबॉल, टेनिस, म्यूजिक, डांस, कराटे, एबेकस आदि में से कुछ अनोखा न सीख जाए, बच्चों का मन समझना कोई रॉकेट साइंस नहीं है कि वे हमारे प्रति आभारी क्यों नहीं हैं? हमारे प्रति उनका व्यवहार इसलिए रूखा होता है, क्योंकि उन्होंने हमारा खराब बरताव देखा होता है। उन्होंने लंबे समय तक हमें असंतुष्ट ही देखा होता है, शायद अंसतोष से मरते हुए भी वे देखते हैं। उन्होंने हमें दिन-रात लोगों की हैसियत और उपहारों पर चर्चा करते ही पाया होता है। क्या वे कभी हमारे संतुष्टि के भाव में यह सुन पाते होंगे—हमारे पास जो है, काफी है, हमें अब और कुछ नहीं चाहिए। हम खुश हैं, हम संतुष्ट हैं। हे ईश्वर! तूने अपने

आशीर्वाद के साथ हमें जो इतना सब दिया है, उसका शुक्रिया।

वे हमें केवल यह ही कहते हुए सुनते होंगे कि कौन सा घर और कौन सी कार आगे लेनी है… सोचिए कि आपके बच्चों ने कितनी बार आपको राहत भरी साँस लेते हुए पाया होगा कि आपके पास अच्छा जीवन जीने के लिए सबकुछ मौजूद है ? उन्होंने माँ को ज्यादा कपड़े, सोना, हीरे, बैग और जूतों के लिए विलाप करते सुना होता है। बच्चों ने अपने पिता को कई-कई घंटे लैपटॉप पर बिताते हुए पाया होता है—ज्यादा आकर्षक म्यूचुअल फंड और शेयरों की तलाश में।

हालाँकि बेहतर जीवनशैली के लिए ज्यादा कमाने और खर्च करने में कोई बुराई नहीं है, लेकिन जितना ज्यादा पाएँ, उतना ही असंतोष बढ़ता जाए और सुकून छिनता जाए, तो यह इसी बात का सबूत होता है कि आप अपने बच्चों की आत्मा के साथ छेड़छाड़ कर रहे हैं और इसके साथ यह भी जोड़ना चाहिए कि बच्चों को सर्वश्रेष्ठ चीजें मिलनी चाहिए, ऐसे जुनून भरे सोचवाला रवैया उनके विकास में बाधा पैदा करता है। एक मित्र, जो कि एक नामी बैंक में वरिष्ठ ओहदे पर था, उसने अपनी पत्नी (जो एक सॉफ्टवेयर पेशेवर है) के साथ मिलकर यह तय किया कि उनके लिए एक ही बच्चा काफी है, जिसे वे जीवन की तमाम खुशियाँ और सर्वश्रेष्ठ चीजें दे पाएँ। हालाँकि इस मामले में हर दंपती को निजी तौर पर फैसला लेने का हक है और किसी भी अन्य व्यक्ति को उस पर टिप्पणी करने का अधिकार नहीं है। फिर भी हमें इन चीजों पर गौर करना चाहिए, जो हम अपने बच्चों के हाथों में देने जा रहे होते हैं, जिसे हमने चुना है, बजाय कि उनके भाई या बहन के! दुनिया का कौन सा विश्वविद्यालय हमें सिखा पाएगा, जो हमारे भाई-बहन हमें सिखा देते हैं? और उस बच्चे को उसके असली भाई या बहन के रूप में उपहार देने से बड़ा गैजेट कौन सा हो सकता है, जिसके होने से बच्चे की सुरक्षा और आनंद निखरकर आपके सामने आता है?

एक या दो पीढ़ी पहले हमारे माता-पिता और दादा-दादी बेहद संतुष्ट हुआ करते थे और वे हमारे आदर्श भी थे। मैं तो उनको कभी भी आपस में पैसे, शेयर, दूसरे और तीसरे घर, या अन्य विलासिता की वस्तुओं पर चर्चा करते नहीं सुनता था, चाहे वह दादा-दादी की बात हो या माता-पिता की। क्या आपने सुना था? जहाँ तक मुझे याद आता है, हमें सख्त हिदायत थी कि खाने का एक भी निवाला कूड़ेदान में नहीं जाना चाहिए, अखबार ऊँची आवाज में बोलकर पढ़ना होता था, अच्छा व्यवहार करने पर किताबें इनाम के तौर पर दी जाती थीं, रेस्टोरेंट बहुत कम

जाना होता था, लेकिन वे यादगार लम्हे होते थे। इन सबके क्रम में कुछ भी सर्वश्रेष्ठ जैसा नहीं होता था। हमारे बच्चे अब कैन, पैकेट और बोतलें खोलते हैं और वह भी बगैर ध्यान दिए, एक टुकड़ा खाकर या एक घूँट पीकर बाकी बचा हुआ सामान फेंक देते हैं, बगैर यह सोचे कि हमारे देश में हजारों लोग ऐसे हैं, जिन्हें एक वक्त का खाना भी नसीब नहीं होता।

असंतोष इस कदर बढ़ चुका है कि पति और पत्नियाँ भी ऊपर देखने और शानदार जोड़ी बनाने के लिए ईश्वर का शुक्रिया अदा करना जरूरी नहीं समझते। हम अपने अधिकारियों, अपने सहकर्मियों, अपने दोस्तों, पड़ोसियों से असंतुष्ट ही रहते हैं। हम बेपरवाह होकर घर पर दूसरों के व्यवहार में कमियाँ ही निकालते रहते हैं। हमें मिलनेवाली बढ़ोतरी, बोनस, सैलरी इत्यादि को लेकर भी हम असंतुष्ट रहते हैं। अगर हम यह सोचकर नाखुश हों कि हम जिसके काबिल थे, वह सम्मान हमें नहीं मिला, तो हमारे बच्चे इस चीज को कैसे महसूस कर पाएँगे कि उनके पास बहुत कुछ उपलब्ध है और इसके लिए मुसकराकर वे शुक्रिया कब कहेंगे?

इन्हीं बातों में वह सार छिपा है कि क्यों हमारे बच्चे ज्यादा-से-ज्यादा चीजों के लिए उतावले हो रहे हैं, बजाय कि उन चीजों के लिए शुक्रगुजार होने के।

इन चीजों का जवाब छोटी-छोटी गतिविधियों में छिपा है, मसलन उनकी हरकतें हमारे सामने आईने के समान हैं, जिसमें हम अपनी गलतियों को देख सकते हैं, कुछ देर के लिए ठहरकर सोचें, उन चीजों पर मनन करें, जो हमारे जरिए गलत दिशा में जा रही हैं।

□

8

वह पढ़ाई पर ध्यान नहीं देता

हमारा बेटा नौवीं में पढ़ता है और काफी बुद्धिमान है। हालाँकि उसके साथ एकाग्रचित्तता का अभाव है और परीक्षाओं में बहुत छोटी-छोटी गलतियाँ करता है और तब स्वाभाविक है कि नंबर कम आएँगे। हम लगातार यह कोशिश करते हैं कि उसे पढ़ाई पर ध्यान लगाने की महत्ता समझा सकें, लेकिन वह नहीं सुनता। साथ ही उसका रवैया हर चीज को गैर-जिम्मेदाराना ढंग से लेने का होता चला जा रहा है। ज्यादातर समय वह भ्रमित-सा रहता है। हम जानते हैं कि उसके अंदर अपार क्षमता मौजूद है, लेकिन एकाग्रता और दृढ़ता की कमी के चलते वह खराब प्रदर्शन ही करता है।

प्रिय अभिभावक,

अगर यह समस्या गंभीर और लगातार बनी हुई हो और चिकित्सकीय स्तर की हो और डॉक्टर ने इसका आकलन किया हो, तो बेहतर है कि डॉक्टर या विशेषज्ञ की देखरेख में ही चरणबद्ध तरीके से इलाज कराएँ।

हालाँकि अगर यह एक सामान्य सीखने से जुड़ा मामला हो, यानी कि यदि वह स्कूल के विषयों को लेकर दिलचस्पी न दिखाता हो या अनमना व्यवहार करता हो, लेकिन उसे खेलकूद पसंद हो या कोई वाद्ययंत्र बजाने में उसकी दिलचस्पी हो, तो इसमें अभिभावकों की मदद से कुछ कदम उठाकर बच्चे में सुधार लाया जा सकता है।

यह एक सामान्य समस्या है, जो ज्यादातर परिवारों में देखने को मिल जाती है। अभिभावक चिंतित रहते हैं कि उनका बच्चा पढ़ाई पर ध्यान नहीं लगा रहा है। अभिभावक इस बात को लेकर भी आश्वस्त रहते हैं कि बच्चा बुद्धिमान है और

उसमें अपार क्षमता भी मौजूद है। अभिभावक परीक्षाओं में बच्चे के प्रदर्शन को लेकर बहुत उत्सुक रहते हैं और लगातार अपेक्षाएँ बढ़ाते जाते हैं। जहाँ तक बच्चे का सवाल है, तब भी यह बड़ा सामान्य सा है कि बच्चे का ध्यान उसके दोस्तों, संगीत, खेलकूद, सिनेमा और ऐसी ही तमाम गतिविधियों में ज्यादा नजर आता है, जबकि अन्य गतिविधियों जैसे कि पढ़ाई या घरेलू जिम्मेदारियों को निभाने या माता-पिता के यह पूछने पर कि क्लास में टीचर ने क्या पढ़ाया आदि को लेकर बच्चे में चिड़चिड़ापन नजर आता है या वह अनसुना करने की कोशिश करता है या लापरवाह और ध्यान न देने जैसा व्यवहार करने लगता है। ये सारी दिक्कतें रवैये से जुड़ी हुई हैं, जिसके लिए माता-पिता को अपने पेश आने के तरीके और बच्चे को लेकर भी आत्मचिंतन की थोड़ी-बहुत जरूरत होती है।

इसकी शुरुआत के लिए निम्नलिखित बातों पर गौर करना चाहिए—

- *क्या आपका बच्चा अच्छी नींद लेता है?* किशोरों को लगभग 8-9 घंटे रोज अच्छी नींद लेनी चाहिए। बढ़ते बच्चों के लिए कुछ विशेषज्ञ तो 10 घंटे की चैन भरी नींद लेने की सलाह देते हैं।
- *क्या आपके बच्चे पर पूरे दिन एक के बाद एक कई एक्टिविटीज में शामिल होने का बोझ रहता है?* गौर करें कि एक अभिभावक होने के कारण आपने अपने बच्चे को हर क्षेत्र में आगे रखने के लिए उसे हर एक्टिविटी में शामिल कर रखा होगा और इसके चलते उसे एक जगह से दूसरी जगह, एक क्लास से दूसरी क्लास, म्यूजिक से डांस, किसी खेलकूद से किसी शौकिया गेम में, आत्मरक्षा अभ्यास या कैलिग्राफी सीखने में भाग-दौड़ करनी पड़ती होगी। इसके अलावा उसे स्कूल के प्रोजेक्ट, होमवर्क पूरे करने होते ही होंगे। अगर ऐसा है तो आपके पास खुद इस सवाल का जवाब होना चाहिए कि वह बच्चा या बच्ची एकाग्र क्यों नहीं है?
- *क्या आपका बच्चा ज्यादातर समय गैजेट्स से चिपका रहता है?* अगर आप ऐसे अभिभावक रहे हैं, जिन्होंने अपने बच्चे को छोटी उम्र में ही गैजेट्स सौंप रखा है तो वे स्वाभाविक रूप से रूखी-सूखी चीजों, जैसे कि स्कूल की किताबों को उबाऊ समझेंगे और उससे दूर ही रहना चाहेंगे। अगर आपने उनको जरूरत से ज्यादा ग्लैमर और चकाचौंध से वाकिफ करा दिया, चमचमाते ऑडियो-विजुअल वस्तुओं से लैस

गैजेट्स उनके हाथों में दे दिया, तो इसमें पैदा हुई दिलचस्पी के चलते इन चीजों को वापस नहीं ले पाएँगे और अन्य चीजों, जैसे कि टेक्स्ट बुक या क्लास के अंदर शिक्षक के व्याख्यान के प्रति उनके अंदर आकर्षण पैदा नहीं होगा और वे उन्हें उबाऊ और नीरस लगने लगेंगे।

उनका पोषण स्तर भी जाँचें। क्या आपका बच्चा वे चीजें खा रहा है, जो उसके शरीर के विकास के लिए जरूरी हैं? क्या उसके खाने में विटामिंस, मिनरल्स और अन्य पोषक तत्त्व भरपूर मात्रा में मिल रहे हैं? क्या आप सभी, एक परिवार के तौर पर अकसर साथ में बैठकर खाना खाते हैं, साथ-ही-साथ अपने दिनभर के घटनाक्रम की खास बातें साझा करते हैं और क्या सभी को अपने अनुभव साझा करने के लिए प्रेरित करते हैं, या आप उस बच्चे पर क्या करें और क्या न करें, वाला हमला बोल देते हैं, जिससे बच्चा न तो दिल से खाने में रुचि लेता है और न अपनी राय या विचार या बातें आप दोनों से साझा करता है?

इन सबके अलावा, यह भी देखें कि घर का माहौल कुछ सीखने के प्रति सहयोगात्मक है? अगर घर में बच्चे पर भौतिक और भावनात्मक दबाव डालनेवाले तत्त्व ज्यादा हैं, तो प्राथमिकताओं पर एकाग्रता बढ़ाने के लिए बच्चा भरपूर प्रेरित हो पाता है? यह जरूरी है कि बच्चा हमेशा मानसिक रूप से सुकूनवाली अवस्था में रहे और उसकी जिज्ञासु और रचनात्मक प्रवृत्ति या झुकाव को समुचित रूप से बल मिले, उसे उचित ढंग से प्रेरित किया जाए। यदि माता-पिता हर समय झगड़ते रहें या आपस में बहस करते रहें या बच्चे से उलझे रहें, तो बच्चे के लिए भी एकाग्रचित्त हो पाना असंभव हो जाता है।

क्या आप जरूरत पड़ने पर बच्चे के स्कूल जाते हैं, क्या आप उन बातों से वाकिफ हैं कि उसके साथ स्कूल में क्या हो रहा है या जानने की जिज्ञासा दिखाते हैं? गौर करें कि आपका बच्चा हावी रहने की प्रवृत्ति रखता है या शर्मीला है, या कहीं उसे सहपाठी परेशान तो नहीं करते या वह किसी अन्य शख्स के अनावश्यक दबाव या प्रभाव में तो नहीं है? बच्चे के शिक्षकों और स्कूल में काउंसलर से नियमित तौर पर मिलते रहें, जिससे आपके बच्चे के विकास के संबंध में आप अपडेट रह सकें।

अगर आपका बच्चा पढ़ाई पर ध्यान नहीं लगा रहा है तो आपके लिए सबसे आसान रास्ता यह है कि उसे रोज घर पर दिया जानेवाला उबाऊ व्याख्यान बंद कर दें, उससे इस मुद्दे पर बात न करें कि वह एकाग्रचित्त होने के महत्त्व को नहीं

समझ रहा है और आप जानते हैं कि उससे क्या अपेक्षाएँ हैं—एक व्यापक रूप से असंतुष्ट, चिड़चिड़े और भ्रमित बच्चे से, जिसकी पढ़ाई किसी भी करवट बैठ सकती है।

कुल मिलाकर एक खतरनाक, लेकिन आसान तरीके से अलग हो जाने के इस उपाय से बचने की कोशिश करें। समस्या की जड़ में जाकर समझें और तब उसका निदान तलाश करें। आपकी जिज्ञासा होनी चाहिए कि आपके बच्चे या बच्ची के व्यवहार में कब, कहाँ और क्यों भटकाव आने लगा? जवाब मिलने पर उसी के अनुरूप समाधान पर आगे बढ़ें।

□

9

हम घर और बच्चों का स्कूल बदलने को लेकर उलझन में हैं। नतीजा बहुत अच्छा नहीं रहा। वे बहुत जिद्दी और विद्रोही हो गए

मुंबई के पश्चिमी उपनगर के एक केंद्र में स्थित आवासीय परिसर में हम अपने दो बच्चों के साथ रहते हैं। हालाँकि यह एक छोटा घर है और झुग्गी में गिना जाता है। हम पास के ही एक स्कूल में पढ़ाते हैं और यहाँ से आना-जाना काफी सहज होने के चलते हमने यहाँ रहने का फैसला किया था। जैसे-जैसे बच्चे बड़े होते जा रहे हैं, हम यह गौर कर रहे थे कि उन पर पड़ोस के लड़कों का अनचाहा प्रभाव बढ़ता जा रहा था। हमारे बच्चों ने भी गलत शब्दों का प्रयोग करना शुरू कर दिया था और उनका रवैया भी अशोभनीय और अनुशासनहीनता के दायरे में जा रहा था। यह देखकर हमारे कान खड़े हो गए और हमने आनन-फानन में तय किया कि हम घर बदल देंगे, लेकिन बच्चे जिद पर अड़ गए। उन्होंने कहा कि वे इस जगह को पसंद करते हैं और अपने दोस्तों को खोना नहीं चाहते। यह सही है कि ऐसा कोई तरीका नहीं था, जिससे कि वे अपने अंदर हो रहे खतरनाक बदलावों को पहचान पाते, जो हम बिल्कुल साफ देख रहे थे। उनके पास यह मजबूत तर्क था कि उनका स्कूल और हमारा स्कूल यहाँ से बहुत नजदीक है। हमने उन्हें समझाने का प्रयास किया कि हमें अब बड़ी जगह की जरूरत है, लेकिन सच्चाई यह थी कि पश्चिमी उपनगर में कहीं भी हम बड़ी जगह के लायक खर्च वहन नहीं कर सकते थे।

अंततः हमने बच्चों की जिद और गुस्से को दरकिनार करते हुए केंद्रीय

उपनगर से निकलकर थाणे जिले में रहने का फैसला किया। हमारे नए घर से कार्यस्थल तक पहुँचने में दो घंटे लगते थे, वह भी दोनों तरफ से। हमने बच्चों का दाखिला पास के ही एक स्कूल में करा दिया था, ताकि उन्हें ज्यादा सफर न करना पड़े और उतना न झेलना पड़े, जितना हम झेल रहे थे। हालाँकि बच्चों ने इस चीज को दिल में बैठा लिया और वे हमें माफ करने को बिल्कुल तैयार नहीं हुए। चार साल बाद भी उनके मन में हमारे प्रति नफरत के भाव बने हुए हैं, मानो हमने कोई महा अपराध कर दिया हो। वे बहुत जिद्दी हो गए हैं और हमारे हर काम का विरोध करते हैं, चाहे वह अच्छा फैसला हो या बुरा, छोटा हो या बड़ा। वे लगातार हमसे हर बात पर बहस करते और उलझते रहते हैं और उनके साथ सामान्य तौर पर बातचीत भी असंभव हो चली है।

प्रिय अभिभावक,

वे निश्चित रूप से उन बदलावों से दुःखी हुए हैं, जो आपने उन पर थोपे हैं, यहाँ तक कि हम बड़ों के लिए भी बदलावों को गरिमापूर्ण तरीके से स्वीकार करना आसान नहीं होता और वे तो किशोरावस्था में थे, जब आपने उन पर ये बदलाव थोप दिए।

अभिभावकों के साथ अमूमन यह दिक्कत रहती है कि वे बच्चों के साथ चर्चा नहीं करते और किसी भी विषय पर उनसे सलाह-मशविरा करने से इनकार कर देते हैं। वे यह मानते हैं कि वे ही सब जानते हैं और जो वे जानते हैं, वही सर्वश्रेष्ठ है! जो बच्चे इस तरह के माहौल में पले-बढ़े हों, वे कई तरह से प्रतिक्रिया दे सकते हैं। कुछ बच्चे हमेशा के लिए रूठ जाते हैं, कुछ तनावग्रस्त और कुछ अवसादग्रस्त हो जाते हैं और कुछ इसे अपनी बदकिस्मती मान बैठते हैं, जबकि कुछ बच्चे विरोधी प्रवृत्ति के बन जाते हैं। आपके मामले में शायद आपका भरोसा बातचीत में और अपने विचार बच्चों के साथ साझा करने में है। आपने अपने नजरिए से उनको वाकिफ कराने की कोशिश भी की और शायद उनके सामने अपनी चिंताओं के संबंध में वजहें भी रखीं। आपने अपने फैसले को लेकर उनसे बात करने की कोशिश की, लेकिन आप उनको तैयार कर पाने में विफल हुए, इसलिए आपने उन पर अपना फैसला थोप दिया। यहाँ, उनको लगा कि उन्हें ठगा गया है, उनके साथ धोखा हुआ है। समय के साथ अभिभावकों द्वारा दबाए जाने को बर्दाश्त करना आसान होता है, लेकिन बच्चे अपने साथ धोखा सहन नहीं कर पाते। उन्हें नहीं

पता होता कि आगे वे आप पर भरोसा करें या नहीं। आपने जबरन उनसे उनका सुकूनवाला इलाका छीन लिया और उनके दोस्तों से भी उनको दूर कर दिया।

हालाँकि आपने उनके भले के लिए यह कठोर फैसला लिया, लेकिन इसके पीछे क्या तर्क देंगे कि अपने बच्चों को संभावित नुकसान से बचाने के क्रम में आप उनको भावनात्मक रूप से इस कदर घायल कर दें और उनके मन-मस्तिष्क पर गहरे निशान बन जाएँ? अगर उनकी भाषा और व्यवहार सभ्यता के दायरे से बाहर जा रहा था, तो आप इसे किसी अलग तरीके से धैर्यपूर्वक सँभाल सकते थे और अफरा-तफरी मचाने से बच सकते थे। सबसे पहली चीज तो यह कि आपको अपनी अभिभावक की भूमिका पर भरोसा होना चाहिए था। हम बाहरी वातावरण को हमेशा नियंत्रित नहीं कर सकते और न ही यह संभव है कि हम बच्चों को एकदम अलग-थलग कर दें। बच्चे तो बाहरी दुनिया के बहुरंगी आयाम से वाकिफ होंगे ही और उनकी उम्र ही ऐसी होती है, जबकि तमाम गलत चीजें भी उन्हें बोलने और करने में सही लगती हैं और ढेर सारी अवांछित चीजें उन्हें आकर्षित भी करती हैं। आप हर समय अफरा-तफरी नहीं मचा सकते और न ही उन हालातों से भाग सकते हैं। ऐसा करके आप अपनी असुविधा भी बढ़ा देते हैं। बदले हुए हालात में, गौर करें तो आप चार घंटे सफर में बिता रहे हैं। इसका मतलब यह कि आप बच्चों को कुछ ही घंटे का समय दे पा रहे होंगे। इसके अलावा, यह भी स्पष्ट है कि आप घर आते-आते थक जाते होंगे और शायद अपने अंदर चिड़चिड़ापन भी महसूस करते होंगे।

कोई भी फैसला लेने से पहले आपको एक बार उन बच्चों से ज्यादा ठोस और तार्किक आधार पर बात करनी चाहिए थी। जगह बदलने की जरूरत को जब आप उनकी उम्र के हिसाब से समझाते तो ये चीजें उनको ज्यादा आकर्षक लगतीं और सबसे जरूरी बात यह कि या तो आपको उनके समझने तक का इंतजार करना चाहिए था, या शायद इस विषय में खुद से चर्चा शुरू नहीं करनी चाहिए थी।

खैर, अब आपको मौजूदा हालात से धैर्यपूर्वक निपटने की जरूरत है। दोस्तों को खोने से उन्हें जो चोट पहुँची है और भावनात्मक नुकसान हुआ है, उसके लिए आपको उनसे अफसोस जताना चाहिए और उनके मन को एक बार फिर से जीतने की शुरुआत करनी चाहिए। हालाँकि चार साल वैसे भी गुजर चुके हैं, ऐसे में उनको यह बताना कि आपको उनके लिए कितना खराब लग रहा है, इससे कोई नुकसान नहीं होनेवाला है, यहाँ तक कि अगर वे अड़ियल रवैया भी अपनाएँ और आपके साथ न बैठना चाहें और बात न करना चाहें, तो भी आपको उनसे बात करने का

प्रयास करते रहना चाहिए। चोटिल हृदय का घाव भरने में समय लगता ही है। चाहें तो उनके दोस्तों को किसी दिन चाय या खाने पर बुला सकते हैं। उनको बताएँ कि आपको उनके दोस्तों की कुछ चीजें दिलचस्प लगती हैं। उनके रूखे रवैये से चिड़चिड़े न हों। जब वे बेवजह जिद करें तो दृढ़ता दिखाएँ, लेकिन लगे हाथ वे रास्ते और तरीके भी तलाशें, जो उनके दिलों को एक बार फिर से जीतने की उम्मीद जगाते हों।

अंततः लगभग सभी बच्चे एक-न-एक दिन यह महसूस करते हैं कि माता-पिता उनके दुश्मन नहीं थे और जो कहते थे, वह उचित ही था और ऐसा ज्यादातर मामलों में लगने लगता है। इसमें समय लग सकता है, लेकिन वे स्वाभाविक रूप से महसूस करने लगते हैं। इस बीच, आप दोनों ही उन बच्चों से स्वस्थ बातचीत का क्रम बनाए रखें और उनको आश्वस्त करते रहें कि जगह बदलने से जीवन कितना आसान और सुकूनदेह हो गया है। नए पड़ोसियों और दोस्तों के बारे में खुशी-खुशी और सकारात्मक बातें करें और नई जगह के सकारात्मक पहलुओं को महसूस कराएँ। घर का माहौल अगर सुकूनदेह और गरमजोशी से भरा होगा, तो बच्चे भी इसे महसूस करेंगे और सकारात्मक रूप से प्रतिक्रिया भी देंगे। अगर आपके चेहरे और बातों से खुशहाली झलकेगी, तो वे भी उस घर में ज्यादा समय बिताना चाहेंगे। सप्ताहांत या छुट्टियों में साथ-साथ बाहर जाने का कार्यक्रम रखें और उनका भरोसा जीतने का हरसंभव प्रयास जारी रखें।

□

10

मेरा डेढ़ साल का बच्चा घर पर अपने दादा-दादी को परेशान करता है। क्या उसे क्रेच में डाल देना चाहिए?

हम दोनों ही कामकाजी अभिभावक हैं। पाँच साल पहले हमारी शादी के दौरान मैंने अपने होनेवाले पति को बताया था कि मैं चार्टर्ड अकाउंटेंट हूँ और अपने कॅरियर पर मेरा पूरा ध्यान है। कामकाजी बहू के घर में आने से हमारा हर शुभचिंतक खुश था। सालभर के अंदर ही, हालाँकि बच्चे को लेकर घरवालों का दबाव बढ़ने लगा था। हमने अगले दो साल तक और इस दबाव को झेला और उसके बाद बच्चे के लिए सोचना शुरू किया। हमें एक लड़के के रूप में ईश्वर का आशीर्वाद मिला और एक छोटे अंतराल के बाद मैंने एक बार फिर अपने कॅरियर पर ध्यान लगाने के बारे में गंभीरता से सोचना शुरू किया।

अब मेरा बेटा डेढ़ साल का हो चुका है और मेरे सास-ससुर कहते हैं कि वे उसका खयाल रख लेंगे, लेकिन मेरा बच्चा कुछ ही घंटों के अंदर उनके लिए चुनौती बन जाता है और उनकी उम्र के हिसाब से देखें, तो हमारे उम्रदराज अभिभावकों के लिए उसे सँभाल पाना मुश्किल हो जाता है। एक बार उसे उनके पास छोड़ने के बाद फिर हम उससे 12 घंटे बाद ही मिल पाते हैं। पता चला है कि वह लगातार किसी-न-किसी चीज की माँग करता रहता है या अपने आसपास की चीजों को उलटता-पलटता रहता है, खोजने की उसकी ललक ऐसी है कि घर का सारा सामान तितर-बितर कर देता है और हर संभव जगह पहुँच जाता है। हर दिन, जब हम घर लौटते हैं तो अपने माता-पिता को थका-माँदा और बेहाल ही पाते हैं।

उन पर बोझ डालकर मुझे आत्मग्लानि होने लगती है। ऐसे में क्या यह उचित होगा कि हम बच्चे को घर में रखने की बजाय क्रेच में डाल दें?

प्रिय अभिभावक,

"एक बच्चे को अपने दादा-दादी, या किसी के भी दादा-दादी की जरूरत होती है, ताकि एक अपरिचित दुनिया में वह कहीं अधिक सुरक्षित माहौल में पल और बढ़ सके।"

—चार्ल्स एंड एन मोर्स (Charles and Ann Morse)

मासूम बच्चों के लिए जो काम उनके दादा और दादी या नाना और नानी कर सकते हैं, वह दूसरा कोई नहीं कर सकता। अगर वे उस प्रवृत्ति के हैं कि आपके बच्चे पर निस्स्वार्थ और बिना शर्त अपना प्रेम न्योछावर कर सकते हैं तो आपका बच्चा खुशकिस्मत है कि उस पर असीम स्नेह की बौछार होती रहेगी। उसे इस दुनिया में इस तरह का बेशकीमती निश्छल स्नेह और देखरेख का अनुभव कहीं और नहीं मिल सकता। ऐसे कुछ ही दादा-दादी होते हैं, जो अपनी कड़वाहट या तनावग्रस्त व्यवहार अपने नाती-पोतों पर उतारते हैं, या ऐसे कुछ ही लोग होते हैं, जो अपने बच्चों को नुकसान पहुँचाने के लिए अपने पोते-पोतियों का अहित करते हैं और ऐसे वाकये बच्चों के लिए नुकसानदेह साबित होते हैं, लेकिन ऐसे मामले बेहद कम ही होते हैं। ज्यादातर यह होता है कि हमारे अभिभावक हमारे बच्चों का सर्वश्रेष्ठ तरीके से खयाल रखते हैं और उसी तरह पालते हैं, जैसे उन्होंने हमें पाल-पोसकर काबिल बनाया होता है। उनके झुर्रीदार काँपते हाथों को पकड़कर बढ़ने में बच्चे ज्यादा सुरक्षा का भाव पाते हैं, जो उन्हें क्रेच में दूर-दूर तक नहीं मिल सकता।

दादा-दादी की ऐसी उम्र होती है, जब उनके ऊपर बहुत मामूली दबाव रह जाता है और इसलिए वे जीवन के उस दौर में बहुत सुकून से होते हैं और अपनी सुकून भरी छत्रच्छाया में वे एक छोटे बच्चे पर सकारात्मक प्रभाव छोड़ सकते हैं। वे एक-दूसरे के साथ आमतौर पर धैर्यवान होते हैं, जितना धैर्यवान उस बच्चे के माता-पिता नहीं हो सकते। अपने दादा-दादी के साथ बच्चा सीखने की किसी हड़बड़ी में नहीं होता और बच्चे की गलतियों और उसकी अठखेलियों पर वे मुसकराकर रह जाते हैं। भले ही वे थके-माँदे हों, लेकिन वे खुश और इच्छुक नजर आते हैं। यही मायने भी रखता है। इसके उलट, अगर आप बच्चों को उनसे दूर ले

जाते हैं, जिसे कि आप भी बोझिल काम मानते हैं, आपके माता-पिता अकेले और खाली हो जाते हैं। दरअसल, ऐसा करने के अगले कुछ ही महीनों के भीतर आप अपने माता-पिता या सास-श्वसुर के साथ अनेक भावनात्मक और व्यावहारिक परेशानियों में घिरा पाएँगे और उनसे आपको ही जूझना पड़ेगा। इसके अलावा, आपके बच्चे के साथ रहने से उन्हें भी अपना बचपन जीने का अवसर मिलेगा, वे भी बच्चे के साथ बच्चे बन जाएँगे, जो कि अपने आप में बेशकीमती आनंद है!

माता-पिता के लंबे समय तक काम पर बाहर रहने के बावजूद, बच्चे को अगर अपने बुजुर्गों का साथ हासिल है तो उन्हें आपकी कमी महसूस नहीं होगी और उन्हें समान रूप से प्रेम मिलता रहेगा। बच्चों की उम्र के हिसाब से यह उनके व्यक्तित्व के विकास के लिए बहुत जरूरी होता है। कोई भी क्रेच उन्हें भरोसा नहीं दिला सकता। हमारे बच्चे जीवन और संबंधों के बहुमूल्य सबक परिजनों के अनुभवों से सीख सकते हैं, यहाँ तक कि उनका कामकाजी अनुभव भी किशोरवय बच्चों के सीखने के लिए दिलचस्प हो सकता है और याद रखें, हमारी संस्कृति की यह विशेषता है कि हमारे अंदर एक पीढ़ी से दूसरी में स्नेह और प्रेम की अलख जगाने का जुनून रहता है! नतीजतन, आपके बच्चे में अपनी पहचान और समाज से जुड़ाव के प्रति मजबूत भाव बनते हैं।

हालाँकि आपको केवल एक चीज ध्यान रखनी होगी कि अगर आप अपने माता-पिता के देखरेख के तरीके से असहमत हैं या अलग राय रखते हैं, खासतौर पर अपने बच्चे की देखरेख को लेकर, तो कृपया चीखें-चिल्लाएँ नहीं या झगड़ा न करें और खासतौर पर बच्चों के सामने तो विशेष ध्यान रखें। इसका आपके बच्चे पर खतरनाक नुकसानदेह असर पड़ेगा, साथ ही आपके बूढ़े होते माता-पिता के हौसले को भी नुकसान पहुँचाएगा। ऐसा होता है और हमेशा होता रहेगा कि सभी बड़ों के नजरिए में अंतर होता ही है, लेकिन अगर आप इसे समझदारी और रणनीतिपूर्वक सँभाल ले जाते हैं तो आप बहुत अच्छी तरह आगे बढ़ सकते हैं और अपने माता-पिता पर जिम्मेदारियाँ डाल सकते हैं। हालाँकि आप उनसे असहमति नहीं जता सकते, खुलकर उनके तौर-तरीकों पर उँगली नहीं उठा सकते या झगड़ा नहीं कर सकते और ऐसा करते हुए आप यह चाहें कि आपके बच्चे की देखरेख अच्छे से हो, तो ऐसी आपको कल्पना भी नहीं करनी चाहिए। किसी भी उम्र में, किसी भी काम के लिए जरा सी भी हौसलाअफजाई बहुत दूर तलक सुकूनदेह मुसकान फैलाती है। अपने माता-पिता और सास-श्वसुर की हर उस चीज के लिए

तारीफ करें, जो वे करते हैं। अगर आप उन्हें असहज महसूस कराते हैं और अपने कठोर व्यवहार से उन्हें यह याद दिलाते हैं कि जो वे कर रहे हैं, वह उनकी ड्यूटी है, क्योंकि वे आपके साथ रह रहे हैं, तो याद रखें कि एक पीढ़ी बाद आपको भी ऐसे ही मिलते-जुलते ताने सुनने के लिए तैयार रहना चाहिए।

अगर आप दोनों अपने कॅरियर पर अपना ध्यान लगाए रखना चाहते हैं और अगर आपके बच्चे की देखरेख के लिए आपके माता-पिता मौजूद हैं, तो आगे बढ़ें और उनको अपनी परेशानी सौंप दें!!! यकीन मानें, उनको बहुत अच्छा लगेगा और आपके बच्चे को भी मजा आएगा, लेकिन यह भी याद रखें कि जब आपकी बारी आएगी दादा और दादी बनने की, तो उस स्नेह और देखरेख को आपको उसी तरह से अगली पीढ़ी में समाहित भी करना होगा।

□

11

मैं सिंगल मदर हूँ। क्या मुझे अपने बच्चे को उसके पिता के घर जाने से रोक देना चाहिए, क्योंकि मुझे पक्का यकीन है कि वहाँ उसको मेरे खिलाफ भड़काया जा सकता है?

मैंने और मेरे पति ने तलाक की अर्जी तब लगाई थी, जब हमारी बेटी महज दो साल की थी। मेरे पास अपने पति और अपने सास-श्वसुर के साथ न रहने की बेहद मजबूत वजह थी और इसलिए मैं तलाक चाहती थी, लेकिन मैं अपनी बेटी को उन वजहों के बारे में नहीं बता सकती थी, क्योंकि वह उस समय बहुत छोटी थी। जब मैं उसे लेकर अपने माता-पिता के पास लौटी, तो मेरी बेटी अपने पिता को बहुत याद करने लगी और अकसर उनके पास जाने और रहने की जिद करती थी। मैंने महसूस किया कि उसे उसके पिता के स्नेह से वंचित करना बहुत गलत होगा। इसलिए मैं उसे उसके पिता के घर अकसर भेज दिया करती थी, चाहे बेटी इसकी इच्छा जाहिर करे या ससुराल पक्ष की तरफ से बेटी से मिलने की इच्छा जताई जाए।

हमारा तलाक हो चुका है और मेरी बेटी भी नौ साल की हो चुकी है। सप्ताहांत पर या अन्य छुट्टियों के दिन उसके पिता आकर उसे घर ले जाते हैं। मैंने इस पर कभी आपत्ति नहीं की। हालाँकि अब चूँकि मेरी बेटी बड़ी हो रही है, तो वह हमारे तलाक से जुड़े तमाम सवाल करती है—कि हमने तलाक क्यों लिया? मैंने अब तक उसे तलाक की अपनी वजहें नहीं बताई हैं, क्योंकि इससे उसके दिमाग में

अपने पिता के प्रति गलत चीजें भरेंगी, जो कि मैं बिल्कुल नहीं चाहती। मैं चाहती हूँ कि मेरी बेटी कम-से-कम नकारात्मक विचारों के साथ बड़ी हो। जब वह बड़ी हो जाएगी तो समझेगी कि उसके माता-पिता अच्छे लोग हैं, लेकिन साथ रह पाने में सक्षम नहीं हैं। हालाँकि बाद में चलकर मैंने यह महसूस किया कि उसने यह मानना शुरू कर दिया है कि उसका परिवार खुशहाल इसलिए नहीं है, क्योंकि मैं जिद पर अड़ गई थी और मेरे दोस्तों और अभिभावकों ने मुझे दिग्भ्रमित किया और मैं उसके पिता का घर छोड़ आई। संभवत: वे लोग उसे ऐसी ही कहानियाँ सुनाकर उसके दिमाग में गलत चीजें भर रहे होंगे।

अगर मैं उसे वहाँ जाने से रोकती हूँ, तो वह मुझे इसके लिए माफ नहीं करेगी। अगर मैं उसे वहाँ भेजना जारी रखती हूँ, तो उसे जो सिखाया जाएगा, उस पर मेरा कोई नियंत्रण नहीं रह जाएगा। अगर मैं उसे अपने पक्ष से वाकिफ करती हूँ तो नौ साल का बच्चा भ्रमित हो सकता है और हो सकता है कि खुद को असुरक्षित महसूस करने लगे और यह सोचने लगे कि किस अभिभावक पर भरोसा करे। मुझे क्या करना चाहिए?

प्रिय अभिभावक,

आप इस बात के लिए तारीफ के काबिल हैं कि आपने अपनी बेटी के अधिकार को पहचाना और उसे उसके पिता और दादा-दादी से मिलवाया ही नहीं, बल्कि उनको भी मौका दिया कि वे बेटी को समझें और उसके विकास में सहायक बनें, हालाँकि आप दुष्परिणामों को लेकर भी चिंतित रहीं। हाँ, कभी-कभी ऐसे जटिल मामलों में फैसले ले पाना जरा मुश्किल होता है। संबंधों के मामले में, सही और गलत के बीच की रेखा अकसर बहुत बारीक या धुँधली होती है और साफ-साफ कुछ तय कर पाना मुमकिन नहीं हो पाता।

अभिभावक के तौर पर, आपको याद रखना होगा कि जब हम शादी का फैसला करते हैं और उसके बाद कभी-कभी उससे बाहर आने की नौबत आती है, तो ऐसी कोई वजह नहीं रहती कि हम बच्चे को उसके बचपन में मिलनेवाली हर संभव चीज से क्यों न वाकिफ कराएँ या उसे क्यों न वे सारे अनुभव मिलें, जो सामान्य परिवारों के बच्चों को हासिल होते हैं और सामान्य बचपन जीने में उसकी मदद करें। आपने शादी का बंधन तोड़ने का फैसला किया, लेकिन अगर आपके बच्चे पर उसके पिता और दादा-दादी का स्नेह और प्यार बरस रहा हो तो बच्चा

उन संबंधों को लेकर खुश रहता है और उसे अच्छा अनुभव हासिल होता है। ऐसे में आपको उसका उस माहौल में जीना जारी रखना चाहिए।

नौ साल की बेटी को अपने तलाक के कारणों के बारे में न बताकर आपने एक संवेदनशील माँ का परिचय दिया है। वह वाकई उस उम्र में इन सब चीजों के बारे में कुछ नहीं समझ पाती, बल्कि इस मुद्दे पर अगर आप उससे विस्तार से बात करतीं तो वह और भी ज्यादा असुरक्षित और डरी हुई महसूस करने लगती, क्योंकि उसे नहीं पता होता कि वह अपनी आशंकाओं से कैसे निपटे। जो लोग इस दर्द से नहीं गुजरे हों, उनके लिए यह कल्पना कर पाना बेहद मुश्किल है कि जब बच्चा किसी भरे-पूरे परिवार को साथ-साथ हँसते-खेलते देखता है, उन्हें साथ-साथ बाहर जाते और पिकनिक मनाते देखता है तो उसके मन पर क्या गुजरती है। उनके मन में उदासी भरी चीजें घूमने लगती हैं, जिनकी थाह हम नहीं ले सकते। इसलिए आप जो कर रही हैं, उसे जारी रखें, साथ ही सकारात्मक सोच भी रखें कि आप जो कर रही हैं, वह आपकी बेटी की बेहतरी के लिए है। बेटी के पालन-पोषण को लेकर अपने संवेदनशील सोच और निस्स्वार्थ प्रेम पर भरोसा करें।

अगर आप उसे दूसरे घर जाने से रोकेंगी, तो वह आपके खिलाफ मन में गाँठ बना लेगी। आखिरकार कौन सा ऐसा बच्चा होगा, जो अपने दादा-दादी का बरसता प्रेम नहीं पाना चाहेगा? कृपया याद रखें कि आपकी बेटी ने जब अपनी उम्र के बच्चों को अपने पिता के साथ देखा होगा तो उसके मन में भी अपने पिता को लेकर सवाल उठता रहा होगा और उसे यह महसूस हुआ होगा कि वह एक टूटे हुए परिवार से ताल्लुक रखती है। अपने करीबियों का साथ पाकर वह उस कमी की ज्यादा-से-ज्यादा भरपाई करने और खुलकर जीने की कोशिश करती होगी।

रही बात आपके उस डर की कि उसके पिता के परिवार में रहकर उसके आपके खिलाफ चीजें सीखने का खतरा रहेगा और उन लोगों की कही बातें सुनकर वह आपके प्रति पूर्वग्रह से ग्रस्त हो सकती है तो इस मामले में आपको लालन-पालन के अपने तौर-तरीकों पर भरोसा करना होगा। आखिर बच्चों में भी समझदारी होती है और आपकी बेटी भी स्वाभाविक रूप से आपको और आपकी वजहों को समझेगी। अगर आप पिता के पास जाने से उसे रोक देंगी, तब इसकी आशंका ज्यादा है कि वह आपके अपने व्यवहार के आधार पर या अनेक माध्यमों से सुनी बातों के आधार पर आपके प्रति पूर्वग्रह बना ले। सबसे जरूरी बात यह है कि आपने जो मूल्य उसमें रोपे हैं और उस पर जो प्यार बरसाया है, उस पर भरोसा रखें। यह

मानकर चलें कि अगर वह सुनी-सुनाई बातों में कभी-कभार आ भी जाती है, तब भी वह एक दिन सच को समझेगी और असलियत को पहचानेगी और आप पर गर्व करेगी।

इस दौरान, उसे अपने जीवन के इस दौर में दोनों तरफ से मिलनेवाले प्रेम और स्नेह को जितना संभव हो, भर लेने दें।

□

12

वह हमेशा खुद को शीशे में निहारती रहती है। आत्ममुग्ध होती रहती है

हमारी बेटी 11 साल की है। दो साल पहले तक वह बहुत ही सामान्य बच्चे की तरह रहती थी, जो कभी भी किसी चीज की जिद नहीं करती थी, चाहे वे कपड़े हों, सामान हो या खाने-पीने या अन्य किसी तरह की चीज हो। वह काफी आज्ञाकारी थी और उसकी दिलचस्पी ज्यादातर अपनी पढ़ाई और दोस्तों के साथ खेलने में रहती थी। हम जो भी कपड़े उसके लिए पसंद करते थे, वह खुशी-खुशी उन्हें स्वीकार कर लेती थी। वह कभी शिकायत नहीं करती थी और न ही किसी तरह की उल्टी-सीधी हरकतें ही उसमें दिखाई देती थीं, लेकिन इधर बीच में लगभग एक साल से हम देख रहे हैं कि नियमित रूप से ज्यादातर समय वह चिड़चिड़ी-सी रहती है और हम पर भड़क उठती है—कभी-कभी तो बेवजह, साथ ही उसकी एक और आदत जो विकसित हुई है, वह यह कि वह लगातार खुद को आईने में निहारती रहती है, दिन में कम-से-कम छह बार और यही नहीं, अपनी तारीफ भी करती रहती है। अब वह ध्यान देती है कि उसने क्या पहन रखा है और क्या पहनना चाहिए और कान या नाक या गले में पहनने के लिए सामान की भी तलाश करती रहती है। अब किसी समझौते के लिए कोई जगह नहीं रह गई है। वह सुनने से भी इनकार कर देती है, यदि हम उसे सलाह दें या जोर-जबरदस्ती करें कि अमुक जगह के लिए अमुक कपड़े ठीक नहीं हैं। जब हम खरीदारी के लिए जाते हैं तो वह अकसर जिद पकड़ लेती है, किसी खास चीज को खरीदने के लिए और उसे समझाने की सारी

कोशिशें फेल हो जाती हैं। वह अपने मन की चमकदार नेल पेंट, ब्रेसलेट्स, फैंसी ईयररिंग्स आदि खरीदती चली जाती है।

पहले हमें कभी भी उसके साथ सख्ती नहीं करनी पड़ती थी। अब अकसर ही हमारा मिजाज बिगड़ जाता है—चाहे वह शादी हो या पार्टी या सामान्य सा रात्रिभोज ही क्यों न हो। अमूमन ऐसा तैयार होने के समय से शुरू होता है, जब कपड़ों के चयन को लेकर झगड़ा शुरू हो जाता है, क्योंकि वह जो कपड़े पहनने के लिए चुनती है, उस पर हमें आपत्ति रहती है। वह जिद पकड़ लेती है, जिससे हमें चिढ़ होती है और जब हम उसकी एक भी बात सुनने से इनकार कर देते हैं तो वह पैर पटकते हुए निकल जाती है। जब हम उसे धमकाते हैं, तब वह अनमने ढंग से तैयार होती है और अकसर ही ऐसा होता है, जब वह अनमने ढंग से घर से निकलती है और उसका चेहरा दु:खी-सा नजर आता है। घर पर रहने के दौरान भी जब उसे बार-बार आईना देखने से मना किया जाता है, तब भी उसका मिजाज बिगड़ जाता है।

प्रिय अभिभावक,

तमाम मनोवैज्ञानिकों ने इस पर किताबें लिखी हैं कि किशोरों का व्यवहार अचानक क्यों बदल जाता है? सामान्य तौर पर हम इसे हारमोंस के बदलाव और बढ़ाव का द्योतक मानते हैं। हालाँकि किशोरों के अप्रत्याशित तरीके से व्यवहार को लेकर तमाम और भी वजहें होती हैं, जिनमें ज्यादातर वजहें बायोलॉजिकल श्रेणी में रखी जा सकती हैं। आपकी बेटी अपनी किशोरावस्था के शुरुआती दौर में है, लेकिन जैसा कि आप जानती हैं, किशोरों में बदलाव कितनी तेजी से आ जाते हैं, इसलिए व्यवहार में बदलाव भी पहले की अपेक्षा अब जल्दी-जल्दी नजर आने लगते हैं।

बच्चों के 15 साल का होने तक उनके दिमाग के सभी हिस्से समान रूप से विकसित हो रहे होते हैं। ऐसा माना जाता है कि दिमाग का प्री-फ्रंटल कॉर्टेक्स यानी वह हिस्सा, जो लगातार सुधार में जुटा होता है, हमारी प्रतिक्रियाओं और अनुभूतियों को नियंत्रित करता है, वह उम्र के साथ लगातार विकसित होता रहता है। कभी-कभी हमारे बच्चे ही किसी भावना या जरूरत को नहीं समझ पाते और यह समझने की जरूरत है कि वे दूसरों के मनोभावों को गलत तरीके से या अपनी समझ के मुताबिक ही ग्रहण कर पाते हैं या समझने लगते हैं। उदाहरण के लिए, हमारे किशोरवय बच्चे अभिभावकों के दिखाए डर को उनके गुस्से के तौर पर ले लेते हैं।

इसके अलावा, विपरीत लिंगियों को लेकर भी दिलचस्पी बढ़ने लगती है। विपरीत लिंगियों को लेकर भी बच्चे सचेत होने लगते हैं और खुद से तुलना करते

हैं और स्वाभाविक रूप से उनके सामने अच्छा प्रभाव छोड़ने की कोशिश में होते हैं और खासतौर पर यह काम वे अपने साथ पढ़नेवाले विपरीत लिंगी साथियों के सामने करते हैं। इसके परिणामस्वरूप, लड़कियाँ लड़कों को प्रभावित करना चाहती हैं और लड़के लड़कियों को। यह एक प्राकृतिक इच्छा और झुकाव या रुझान होता है। इसे न तो नियंत्रित किया जा सकता है और न दबाया जा सकता है। इसके अलावा, दूसरों की सहमति जीतना और विशेष रूप से विपरीत लिंगी का, एक सामान्य मनोवैज्ञानिक गुण माना जाता है। हम सभी खुश और बेहतर महसूस करते हैं, यदि लोग हमें तारीफ भरी नजरों से देखते हैं। ये मनोवैज्ञानिक तथ्य, ताजातरीन बायोलॉजिकल बदलाव और व्यवहार से जुड़ी जरूरतें, कुल मिलाकर सभी युवा लड़कियों और लड़कों को एक-दूसरे को आकर्षित करने की प्रक्रिया से जुड़े होते हैं। हालाँकि इन दिलचस्पियों और इच्छाओं को बेहद सावधानीपूर्वक अमल में लाने की जरूरत होती है, ताकि बच्चे भटककर गलत रास्ते पर न चले जाएँ और इसके स्वस्थ प्रभाव ही सुनिश्चित हों।

अगर आपकी बेटी ने अचानक कपड़ों और सजने-सँवरने के सामानों के चयन पर ध्यान देना शुरू कर दिया है और वह अच्छा दिखना चाहती है, तो इसमें कोई बुराई नहीं है। आपकी शुरुआती प्रतिक्रिया हैरानी से भरी होनी चाहिए। अगर आप शुरू में एक दर्शकवाला रवैया अपनाएँगी, तो बेटी की ज्यादातर जिद शुरू में ही खत्म हो जाएँगी। उसका जिद्दी स्वभाव तब ज्यादा बढ़ेगा, जब आप नाराज होंगी, बहस करेंगी, लड़ेंगी या धमकाएँगी। तब वह अपनी मनमानी करके दिखाने की कोशिश करने लगेगी या साबित करने की फिराक में जुट जाएगी। अगर आप दोनों में असहमति बढ़ती जाएगी तो अपनी मनमानी करके आपको पछाड़ने में बच्ची को सुकून का अहसास होगा। वहीं, अगर आप असहमत नहीं होंगी, तो किसी तरह का तनाव पैदा ही नहीं होगा। कुछ साबित करने का उसका प्रयास या जंग जीतने की तैयारी धरी-की-धरी रह जाएगी।

अगर उसकी इच्छाएँ और माँग नुकसानदेह नहीं हैं, जैसे कि पहनने के लिए कपड़ों का चयन या आपके सुझाए कपड़े पहनने से इनकार करना और पहने जानेवाले सामानों या नेल पेंट चुनने जैसी तमाम चीजों के लिए बेवजह सख्ती से टोकना उचित भी नहीं है, हालाँकि अगर उसकी माँग ज्यादा ही दूर तक चली जाए और उसके पहनावे सभ्यता के दायरे से बाहर नजर आने लगें, तब ऐसे हालात के लिए आपको एक पैमाना तय करना होगा कि समाज के हिसाब से क्या स्वीकार्य है और क्या नहीं, तब आप दखलअंदाजी कर सकती हैं। अगर व्यवहार ज्यादा ही

अटपटा होने लगे और उसकी पढ़ाई और अन्य गतिविधियों पर इसका विपरीत असर पड़ रहा हो, तो आपको दखल देना होगा। जब तक वह शीशे के सामने बैठी है और खुद को निहारते हुए खुश हो रही है तो ऐसे में नकारात्मक तौर पर प्रतिक्रिया देने की कोई वजह नहीं है। अगर आप शांत रहेंगी तो कुछ समय बाद यह संभव है कि उसकी इन सबमें दिलचस्पी खुद-ब-खुद खत्म हो जाए। इस तरह के व्यवहार से जुड़े पैटर्न केवल यह दरशाते हैं कि यह एक दौर की चीज है, जो जल्दी ही गुजर जानी है।

लेकिन आप कैसे हस्तक्षेप करें?

स्वाभाविक है कि हर तरह का व्यवहार नजरअंदाज नहीं किया जा सकता। पहली जरूरी बात तो यह कि आपको बेटी के साथ एक अच्छा-खासा वक्त गुजारना चाहिए। उससे नियमित बात करती रहें और इस पर भी चर्चा करती रहें कि उम्र के हिसाब से व्यवहार का क्या तरीका होना चाहिए और क्रिस स्तर तक अलग होने की हिम्मत दिखाने की जरूरत है और कहाँ अनुपालन जरूरी है। अगर आप उसे बता रही हैं कि उससे किस तरह के व्यवहार की अपेक्षा है तो उसे यह भी बताएँ कि आप ऐसा क्यों सोचती हैं? बच्चे भी वे वजह जानना चाहते हैं, जो कि पुख्ता हो, केवल आदेश या निर्देश देने से काम नहीं चलेगा। बच्चों को डरावनी कहानियाँ सुनाकर डराने या धमकाने की कोशिश न करें, बल्कि तथ्यों के आधार पर बताएँ कि उनके व्यवहार से उनके शैक्षिक स्तर पर, संबंधों के स्तर पर, उनके लक्ष्यों आदि पर किस तरह का नकारात्मक असर पड़ सकता है। आप उसको गंभीरतापूर्वक बता सकती हैं कि दूसरों पर अच्छा प्रभाव छोड़ना महत्त्वपूर्ण माना जाता है और आप इस बात से खुश हैं कि बेटी इसका ध्यान भी रखती है, इसके निश्चित रूप से और भी रास्ते और तरीके हैं, जिन पर अमल करके वह अपने साथियों पर ज्यादा असर छोड़ सकती है। उदाहरण के लिए, अगर उसे अच्छे से गाना गाना आ जाए या कोई वाद्ययंत्र बजाना वह सीख ले या पेंटिंग करने में वह पारंगत हो जाए, तो उसकी कक्षा के अन्य साथी या पड़ोसी उसकी और तारीफ करेंगे।

बच्चों के साथ हर वक्त बहस में उलझना अच्छा नहीं माना जाता, बल्कि एक बार यह साबित करने की जरूरत है कि घर में मुखिया कौन है। इससे उनके अंदर एक डर बैठेगा और वे कोई भी गलत हरकत करने से बाज आएँगे। आपको जो कहना है, वह बेहद शांत होकर कहें। एक दर्शक की तरह से इस विचार पर सोचें—एक चालीस या पैंतालीस साल के शख्स को क्या ग्यारह या बारह साल के बच्चे से बहस करनी चाहिए, यह देखने में कैसा लगेगा? जब आपको सख्त होना है तो जरूर

हों, लेकिन बहस न करें। सामान्य, शांत समय में श्रेणीवार तरीके से जिक्र करें कि घर में किन चीजों की इजाजत है और किन चीजों से उन्हें बचना है। आप चाहें तो अपने आदेश को लेकर बच्चों को वजह बता सकती हैं और चाहें तो छोड़ भी सकती हैं।

लेकिन यह समझ लें कि बच्चों के स्तर पर जिस तरह के भावनात्मक और बायोलॉजिकल बदलाव हो रहे होते हैं, उनके लिए भी सहज रहना आसान नहीं होता। वे हमसे-आपसे कहीं ज्यादा जटिल चीजों से जूझ रहे होते हैं और उनके ऊपर हमारे-आपसे कहीं ज्यादा दबाव होता है और इसलिए उनको थोड़ी-बहुत छूट मिलनी चाहिए और एक ऐसा माहौल उनको मिलना चाहिए, जिसमें वे खुद को आजाद महसूस कर सकें और न तो उन्हें अपने आकलन का भय हो और न अपने व्यवहार को खारिज किए जाने का। अगर उन्हें नकारात्मक माहौल मिलेगा तो वे जिस चीज में मशगूल होंगे, उसे छिपाने की कोशिश करेंगे। उदाहरण के लिए, आपकी बेटी शीशे में खुद को देखना और सजना-सँवरना बंद नहीं करेगी, बल्कि तब करेगी, जब आप उसके आसपास न हों। कुछ लड़कियाँ और लड़के एक-दूसरे से छिप-छिपकर बातें करते हैं, क्योंकि उन्हें लगता है कि उन पर गलत आचरण का ठप्पा लग जाएगा या उनको सजा मिलेगी। एक बार जब वे जान जाएँगे कि उनके आचरण को सामान्य तरीके से लिया जाएगा, तो किसी भी गतिविधि को गुपचुप करने की प्रवृत्ति पैदा ही नहीं होने पाएगी।

आपकी बेटी जब खुद को शीशे में निहार रही हो और खुद को खूबसूरत महसूस कर रही हो, तो आपका फर्ज बनता है कि उसमें दो-चार बातें उसकी तारीफ में जरूर जोड़ें और अगर वह अपनी पसंद के कपड़े पहनना चाहती हो, तो आप ज्यादा-से-ज्यादा यह करें कि उसके शौक को साझा करें और उसके बाद बेहद शांत तरीके से उसे कुछ दोस्ताना सलाह दें, हो सकता है कि दूसरी ड्रेस उसकी खूबसूरती को और निखार दे, या कुछ ऐसा सकारात्मक कहें कि उसका मन बदल जाए। अपनी दृढ़ आवाज या सजा या बहस को बड़े मुद्दों के लिए छोड़ दें। अगर हर छोटी-छोटी बात पर बहस करने लगेंगी, तो उसकी अहमियत और असर खत्म होने लगेगा। इस बीच, अपनी बढ़ती बेटी के साथ आनंद उठाएँ और छोटी-छोटी खुशियाँ और आनंद साझा करें और उसके जोश की प्रतिक्रिया में अपनी तरफ से हैरानी भरी खुशी के हाव-भाव प्रदर्शित करें।

□

13

यह सब दोस्तों के लिए है

हमारे तीन बच्चे हैं, जिनकी उम्र 17 साल, 15 साल और 14 साल है। स्कूल में उनका प्रदर्शन औसत है और हमने भी कभी उन पर ज्यादा नंबर लाने का दबाव नहीं डाला। हमने घर पर एक संतुलित, तार्किक, अनुशासनवाला माहौल बनाए रखने की कोशिश की है। हम सामान्य लोग हैं, जो निरंतर संतुलित जीवन जी रहे हैं। हमने कोशिश की है कि हर किसी की जरूरत पूरी हो जाए और हमारे परिवार और मित्रों के साथ संबंधों में संतुलन भी बना रहे। हालाँकि हमारे बच्चों को देखकर ऐसा लगता है, मानो उनके जीवन में केवल एक ही प्राथमिकता हो—उनके दोस्त। ऐसा लगता है, मानो वे हर समय अपने दोस्तों के बारे में ही सोचते हों और हमेशा उन्हें खुश रखने में जुटे रहते हों।

उनके अंदर यह सोच जरा सी भी नहीं है कि वे हमारे साथ कुछ समय बिताएँ और हमसे भी बातें करें। वे किसी भी सलाह के लिए अपने दोस्तों को मैसेज भेजकर या फोन करके बात करते हैं और उनकी ही सलाह को तवज्जो भी देते हैं। दरअसल, भले ही तीनों भाई लगभग एक उम्र के हों, लेकिन उनमें आपसी संबंधों को लेकर जरा सी भी गरमाहट या गरमजोशी नहीं नजर आती। उनके अंदर अपने भाइयों और हम दोनों को लेकर एक शांत अलगाव-सा नजर आता है। दोस्तों के बीच उन्हें देखें तो वे एकदम खुशमिजाज नजर आते हैं—खुशनुमा बातें करते और ठहाके लगाते और हँसी-मजाक करते दिखते हैं और जब हम सब साथ बैठकर खाना खाते हैं या एक साथ कहीं एक जगह बैठे हों (जैसा कि अकसर नहीं होता), तब या तो सन्नाटा पसरा रहता है या कोई-न-कोई बेटा किसी-न-किसी बात को वजह बनाकर बेरुखी से बात करता नजर आता है, जबकि दूसरा कहीं बाएँ-दाएँ देख रहा होगा और बाकी कहीं और व्यस्त नजर आएगा। इस तरह कभी-कभार

सामान्य शिष्टाचार में कहे गए कुछ शब्द भी पूरी तरह खारिज कर दिए जाते हैं। क्या हम अपने बच्चों के लिए बिल्कुल मायने नहीं रखते, वे ऐसे क्यों हो गए हैं?

प्रिय अभिभावक,

ऐसा कहा जा चुका है—बच्चों के लिए आप चाहे जितने भी अच्छे हो जाएँ, लेकिन उनके दौर में किसी-न-किसी मोड़ पर वे अपनी आजादी स्वयं बना लेते हैं और खुद को साबित करने के लिए वे यह सोचने लगते हैं कि उनके माता-पिता उनके स्तर के समझदार नहीं हैं। किशोरावस्था में यही सारी चीजें देखने को मिलती हैं। चाहे कुछ भी हो जाए, बच्चे इस दौर से गुजरते ही हैं।

यह एक उम्र का तकाजा है...वह उम्र, जिसमें वे फिलहाल हैं, जिससे वे गुजर रहे होते हैं। उनकी तरफ देखते हुए सबसे जरूरी सवाल यही दिमाग में आता है, 'मैं उनकी उम्र के साथ कैसे सामंजस्य बैठा सकता हूँ?' उनके साथी समूह का आधार लें, तो वे चाहते हैं कि अपने साथियों के समूह में वे अपनी अलग पहचान रखें। वे केवल इसी बात की चिंता करते हैं...उस दौर में उनके लिए यही मायने रखता है। इसे प्राकृतिक ही माना जाना चाहिए। बच्चों के उस आक्रामक दौर में सबसे जरूरी चीज है—स्वीकार्यता। किशोरावस्था का दौर भावनात्मक और मनोवैज्ञानिक तौर पर बेहद आक्रामक होता है। वे अपने दोस्तों में अपनी स्वीकार्यता चाहते हैं। उनके लिए यह चुनौती होती है और वे खुद को उस चुनौती में डुबो लेते हैं, जी-जान लगा देते हैं, क्योंकि वे नहीं चाहते कि अलग-थलग पड़ें या बाहर हो जाएँ या दरकिनार कर दिए जाएँ। इस दौरान वे अपनी पहचान की भी तलाश में होते हैं और जब उनके दोस्त उनके बारे में बताते हैं कि वे जबरदस्त और कूल लग रहे हैं, तो वे ऐसा महसूस करते हैं, मानो उन पर गौर किया जा रहा है, यानी उनकी मेहनत रंग ला रही है और इससे उनका जोश और ज्यादा कुलाँचे मारने लगता है।

हमारे किशोरावस्था के दौर में केवल हमारी जरूरतों में ही मामूली सा अंतर रहा होगा, लेकिन जिस दौर में हमें अपने बच्चों को समझना पड़ रहा है, वह एकदम अलग है। असुरक्षा का भाव कम गंभीर था और पहचान बनाने और स्वीकार्यता बढ़ाने को लेकर ज्यादा चिंता या तनाव नहीं रहता था। हमारे बच्चे हर प्रकार की असुरक्षा और मनोवैज्ञानिक जटिलताओं के बीच जकड़े हुए हैं। इसकी तमाम वजहें तो हैं ही, इन्हें लेकर गहन आत्मचिंतन करने की भी जरूरत है।

किशोरावस्था में वे अपने पुराने खोल से बाहर आने का प्रयास कर रहे होते

हैं। वे आपको बचपन से देख रहे होते हैं और उनके अंदर आपको प्रभावित करने या आपके साथ ज्यादा वक्त गुजारने को लेकर कोई इच्छा नहीं रह जाती। वे अपनी दुनिया को ज्यादा-से-ज्यादा खँगालना चाहते हैं और जिन्हें वे अपने दोस्त के रूप में देखते हैं, उनके सामने अच्छी छाप छोड़ना चाहते हैं। इसमें नुकसान क्या है ? क्या आप नहीं चाहेंगे कि आपके बच्चे हर जगह पसंद किए जाएँ, चाहे वे जाननेवालों की नजर में हों या जिन्हें वे जानते हों, उनके बीच हों। आपको यह देखकर खुश होना चाहिए कि आपके बच्चों के ढेर सारे मित्र हैं और वे उनके साथ हँसते और खेलते हैं। यह स्वाभाविक है कि उनके अंदर संतुलन बनाने की भावना कमजोर होती है (परिवार और दोस्तों के बीच संबंधों में संतुलन), जिसे लेकर आप दोनों चिंतित रहते हैं। ऐसा होता है कि वे जिस उम्र में होते हैं, उस दौर में उनके लिए संतुलन मायने नहीं रखता या उन्हें इस शब्द की गंभीरता और गहराई का आभास नहीं होता, लेकिन इसके बावजूद उनका व्यवहार पूरी तरह से सामान्य माना जाएगा। जिस व्यवहार की अपेक्षा उनसे 30 की उम्र के अंतिम वर्षों में करनी चाहिए, उसकी उम्मीद आप अभी से करने लगेंगे तो यह ज्यादती ही कही जाएगी और पूरी तरह से व्यर्थ हो जाएगी।

जिन किशोरों को उनके दोस्तों की स्वीकार्यता नहीं मिलती, वे आगे चलकर अपने उस दौर को जब याद करते हैं तो बताते हैं कि उनकी किशोरावस्था का दौर कितनी पीड़ा में गुजरा है। वे पूरी तरह से अलग-थलग किए जानेवाले दर्दनाक अहसास के बीच बड़े हुए होते हैं, जिसमें उनके अंदर यह बात बैठ चुकी होती है कि उनकी कोई परवाह नहीं करता। ऐसे अहसास उनके मनोविज्ञान पर न केवल गहरे निशान छोड़ जाते हैं, बल्कि आगे के वर्षों में बननेवाले संबंधों पर भी एक साए की तरह मँडराते रहते हैं। उम्र के किसी दूसरे पड़ाव पर उनका आक्रामक व्यवहार या उनका सनकीपन भले ही डॉक्टरी सलाह के लिए मजबूर करे, लेकिन किशोरावस्था में यह सब जायज दायरे में आता है और सामान्य व्यवहार माना जाता है।

हालाँकि आपको इस पर नजर रखने की जरूरत है कि उनके दोस्त आपके बच्चों के मनोविज्ञान पर तो असर नहीं डाल रहे या उनके मूल्यों पर विपरीत असर तो नहीं पड़ रहा या उनको किसी तरीके से गलत रास्ते पर तो नहीं ले जा रहे। अगर ऐसा हो तो चिंता की बात जरूर है। थोड़ा सा भटकाव और मनमानापन सामान्य किशोरावस्था का पैमाना माना जाता है।

आप दोनों को ही कभी-कभार बच्चों को यह अहसास कराते रहना चाहिए कि आप न केवल उनके साथ हैं, बल्कि उनकी तरफ हैं। ज्यादा शब्दों का प्रयोग किए बगैर उन्हें यह महसूस होने दें कि आप उनकी प्राथमिकताओं को समझते हैं और जो भी छोटी-छोटी चीजें वे कर रहे हैं या जो कुछ वे हासिल कर रहे हैं, आप उसकी तारीफ करें। देखने में ऐसा लगेगा कि वे आपकी बातों की परवाह नहीं करते, लेकिन वे याद रखेंगे और खयाल भी रखेंगे। हम सब भी जब 30 और 40 के दशक में होते हैं, तो अपने माता-पिता की कही बातों को याद करते हैं, चाहे गर्व के साथ या गुस्से में ही सही।

जहाँ तक उनके एक-दूसरे के साथ संबंधों की बात है, आप उस पर ज्यादा नियंत्रण नहीं रख सकते। हालाँकि कुल मिलाकर अगर आपने उनमें अपेक्षित मूल्यों के बीज बो रखे हैं और अपने माता-पिता, भाई-बहनों और अन्य संबंधियों के साथ स्वस्थ संबंध बरकरार रखे हैं, तो आप पाएँगे कि आपके बच्चे भी अपनी सीमाओं से बढ़कर आपका साथ देंगे और उनका नजरिया हमेशा सकारात्मक रहेगा। यह माना जाता है कि माता-पिता के आपसी संबंध बच्चों के लिए अपने आप ही प्रेरणास्रोत और अनुकरणीय बन जाते हैं। बहुत ही परोक्ष अंदाज में, आप चाहें तो उनमें से हर एक के लिए अलग-अलग हैरानी भरी योजनाएँ बना सकते हैं, जिसमें योजनाबद्ध तरीके से अन्य दोनों बच्चों को भी उसमें शामिल कर सकते हैं, ताकि हर एक यह महसूस करे कि उसका खयाल रखा जा रहा है और बाकी के दोनों भाइयों की भी भावनाएँ जुड़ी रहें। अपने चेहरे खुशमिजाज बनाए रखें और आपका प्रयास भी जोशीला होना चाहिए और उसके बाद सबकुछ बहुत खूबसूरती से होता चला जाएगा!

इसे कुछ इस तरह से देखें—ऐसा नहीं कि वे आपका खयाल नहीं रखते या आपको नापसंद करते हैं। दरअसल, अगर आप इसे अलग तरह से सोचेंगे और आपके आहत होने का असर आपके चेहरे पर दिखेगा, तो वे खुद को आपसे और दूर कर लेंगे, क्योंकि वे सटीक तौर पर यह आकलन नहीं कर पाएँगे कि आपकी भावनाओं को कैसे दुरुस्त करें। इसलिए वे फिर से बचने का प्रयास करेंगे और घर से और आप दोनों से ही दूर रहने का प्रयास करेंगे। बजाय इसके, आप या तो एक गरिमापूर्ण चुप्पी साधे रहें या एक दर्शक की तरह का रवैया अख्तियार करें या चाहें तो एक हैरानी भरा नजरिया बनाए रखें या केवल इतना तय करें कि अपने बच्चों और उनके दोस्तों को लेकर एक खुशमिजाज रवैया रखेंगे और उनसे खुलकर

मिलेंगे। उनके दोस्तों को यदा-कदा घर पर बुलाएँ और शाम को मेल-मिलाप का कार्यक्रम रखें। याद रखें, बच्चों ने जानते हुए आपसे अलग या कटे रहने का निर्णय नहीं लिया है या आपकी बातों पर ध्यान न देने या आपके सामने मौजूद रहने का फैसला नहीं किया है। यह केवल उस गतिविधि का नतीजा है, जिसमें वे अपनी भावनाओं की पहचान करने में मशगूल हैं, बजाय कि खुद को स्थापित करने का प्रयास करने के। वे आपकी तरफ लौटेंगे, आपसे प्रेम करेंगे और आपकी देखभाल ऊँचे सम्मान के साथ करेंगे! वे जैसे-जैसे बड़े होंगे, वैसे-वैसे आपका खयाल रखने की जिम्मेदारी का अहसास उन्हें होगा और वे इसे भी बखूबी निभाएँगे। ऐसा होने तक, आपकी जिम्मेदारी है कि घर का माहौल खराब न होने दें या आप इस दौरान तनावग्रस्त या चिड़चिड़े स्वभाव के न हो जाएँ, या अपना स्वभाव बिगाड़ने की कोशिश न करें। अपनी भुजाएँ और दरवाजे खुले रखें, वे जरूर लौटेंगे!

□

14

छोटे कॉलेज में बेहद खराब प्रदर्शन के बावजूद क्या हमें डोनेशन देकर अपने बेटे को अच्छे कॉलेज में दाखिला दिलाना चाहिए?

हम मध्यमवर्गीय परिवार से ताल्लुक रखते हैं, मुंबई में बने रहने के लिए संघर्ष कर रहे हैं। हमारे पास सामान्य नौकरी है, जिसमें बहुत अच्छी पगार नहीं मिलती। हमारे दो बच्चे हैं, जिनकी उम्र 17 साल और 14 साल है। दोनों को लेकर हम यह महसूस करते हैं कि उनकी अच्छी परवरिश नहीं हो सकी, जिसके चलते शैक्षिक उत्कृष्टता के प्रति उनका बेहद नगण्य रुझान है। हम अपने कामों और चिंताओं में इस कदर व्यस्त रहे कि समय कब पंख लगाकर उड़ गया, पता ही नहीं चला और हम अपने बच्चों की उस तरह देखरेख नहीं कर पाए, जैसी कि हमें करनी चाहिए थी। हम जब भी उनसे मन लगाकर पढ़ाई करने को कहते हैं तो वे हमसे बहुत रूखे तरीके से बात करते हैं। उन दोनों का ही यह हाल है कि अगली कक्षा में जाने के लिए जरूरी न्यूनतम अंकों तक ही वे सिमटकर रह जाते हैं।

हमारे बड़े बेटे के जूनियर कॉलेज में दूसरे साल की परीक्षा में मात्र 43 फीसदी नंबर ही आए। दसवीं की बोर्ड परीक्षा पास करने के बाद हमने किसी तरह से उसका दाखिला विज्ञान वर्ग में कराया, लेकिन उसका रिजल्ट देखकर हमें बहुत धक्का लगा और हम तनावग्रस्त हो गए। हमें नहीं पता कि अब हम क्या करें? इस मार्कशीट के आधार पर तो उसे किसी अच्छे कॉलेज में दाखिला भी नहीं मिल पाएगा। किसी इंजीनियरिंग या मेडिकल या फार्मेसी कॉलेज में दाखिले के लिए

हमसे भारी-भरकम डोनेशन की माँग की जा रही है।

हम भ्रमित हैं, हमें अब क्या करना चाहिए? अगर हम डोनेशन नहीं देते हैं, तो उसे किसी कॉलेज में दाखिला नहीं मिलेगा। अगर हम डोनेशन देने के लिए तैयार होते हैं तो हमें किसी रिश्तेदार या बैंक से कर्ज लेना पड़ेगा और यह भी तय नहीं है कि वह आगे पढ़ाई कर पाएगा और हम कर्ज चुका पाएँगे।

प्रिय अभिभावक,

आपकी उलझन समझी जा सकती है। ऐसे हालात में फैसले लेना बिल्कुल भी आसान नहीं होता। वास्तव में, हर किसी की तरह ही आप भी अपने बच्चों के भविष्य को लेकर चिंतित हैं। जैसा कि अमूमन अभिभावक करते हैं, आप भी अपने बच्चे के बेशकीमती समय को बरबाद होते नहीं देख सकते और इसके लिए किसी भी हद तक जाने को तैयार हैं और अपनी क्षमता से बढ़कर काम करना चाहते हैं।

जो हो गया, उसे भूल जाएँ...जो हो चुका है, वह हो चुका...जब बच्चों पर ध्यान देने का समय था, तब आप दोनों ही उनके आसपास नहीं थे, इसलिए अब आप उन चीजों को सुधारने के लिए ज्यादा कुछ नहीं कर सकते। जब वे छोटे थे, तब से अगर आपने बच्चों के शैक्षिक प्रदर्शन पर ध्यान दिया होता तो बेहतर होता, आप इस तरह परेशान न हो रहे होते। इसके साथ यह भी सच है कि सारे बच्चे उच्चतम अंक नहीं ला सकते। बहरहाल, आपके बड़े बेटे की दिलचस्पी स्पष्ट रूप से किस चीज में है? निश्चित ही, अगर वह अपने पाठ्यक्रम पर आधारित पढ़ाई पर ध्यान नहीं दे रहा है, तो वह अपना मन किसी दूसरी गतिविधि या क्षेत्र में जरूर लगा रहा होगा। उसका रुझान किस तरफ है, जब वह स्कूल में पढ़ाई नहीं कर रहा होता है, तो वह किन चीजों को करने में मशगूल रहता है?

क्या आप इस बात से वाकिफ हैं कि उसकी दिलचस्पी किसी अन्य चीज को करने में है, क्या आपने कभी उन गतिविधियों या क्षेत्र में संभावनाएँ तलाशने की कोशिश की है? उदाहरण के लिए, आप चाहें तो उसे कह सकते हैं कि यदि वह चाहे तो किसी खेलकूद या किसी कला या किसी अन्य रचनात्मक गतिविधि में शामिल हो सकता है...अगर उसे कुछ ऐसा सीखने की इजाजत दे दी जाए, जिसके प्रति उसमें रुझान या ललक नजर आती हो, तो हो सकता है कि वह उस कला को खुशी-खुशी सीखे। जीवन का उद्देश्य है—अच्छे से काम करना और जो काम हम करते हैं, उसमें आनंद मिलना चाहिए। काम करने के दौरान कठोर परिश्रम जरूरी

है, लेकिन साथ-ही-साथ यह भी जरूरी है कि हम जो काम करें, उसे लेकर हमें अच्छा अहसास भी हो। आपके बताए मुताबिक आपका बेटा पढ़ाई में आनंद की अनुभूति नहीं पाता, या जो भी हो, वह अच्छे नंबर हासिल नहीं कर पाया, इसलिए... क्या आप वाकई ऐसा सोचते हैं कि अगर आपने कर्ज लेकर भारी-भरकम फीस भर भी दी, तो क्या आपका बेटा गंभीरतापूर्वक पढ़ने लगेगा ? इसमें मुझे संशय है, बशर्ते उसमें वाकई कुछ सीखने की छिपी हुई ललक हो और किन्हीं अज्ञात वजहों से अब तक स्कूल में वह अपना उच्चतम प्रदर्शन न कर पाया हो।

साथ ही, अगर आपने इस बार किसी तरह से डोनेशन लायक रकम का जुगाड़ कर भी लिया, तो ऐसे में आपके बच्चे में यह सोच बैठ जाएगी कि आप उसके लिए व्यवस्था करने के लिए हमेशा तैयार रहेंगे...इसलिए फिलहाल किसी चीज के लिए ज्यादा चिंता करने की जरूरत नहीं है, आप जब तक हो सकेगा, चीजें उपलब्ध कराते रहेंगे। याद रखें, छोटे बच्चे हमेशा बड़े भाई या बहन के दिखाए रास्ते पर चलते हैं या अनुसरण करते हैं। इसके अलावा, इसकी संभावना नहीं है कि आपके बेटे के रवैये में अचानक रातोरात आमूलचूल बदलाव आ जाएगा और वह पढ़ाई को गंभीरता से लेने लगेगा। सोचिए, तब क्या होगा, जब वह कॉलेज में लेक्चर्स के दौरान गैरहाजिर रहा और किसी तरह की जानकारी या ज्ञान हासिल नहीं कर सका ? मान लीजिए कि उसका खराब प्रदर्शन कॉलेज में भी बरकरार रहा और वह अपने लिए नौकरी सुरक्षित कर पाने में विफल रहा, तब क्या आप फिर से कर्ज लेंगे और उसे कहीं नौकरी दिलाने के लिए पैसे देंगे ?

आप और आपकी पत्नी मिलकर एकमत से इस पर फैसला लीजिए, क्योंकि आप दोनों ही अपने बच्चों के हित में बेहतर फैसले ले सकते हैं। आप उनको जानते हैं, आप उनकी जिम्मेदारी उठाने और गंभीरता के मनोभावों को अच्छी तरह समझते हैं, आपको उनकी क्षमताओं का पता है और आपको ही उनके हित में अपने कदम उठाने को लेकर उनकी होनेवाली प्रतिक्रिया का भी आभास है। एक तरफ जहाँ कॉलेज में दाखिले के लिए डोनेशन देने की कभी सलाह नहीं दी जा सकती, वहीं आजकल माता-पिता को बहुत सारी ऐसी दिक्कतों का सामना भी करना पड़ता है, जिनके बारे में कुछ कहा नहीं जा सकता। इसलिए बहुत ही सावधानी से सोचिए और केवल स्नेह और भावनाओं के वशीभूत होकर एकतरफा फैसला लेने से बचें।

इसके साथ ही, अपने बेटे से अलग से बात करें। उसकी अंदरूनी ताकत और क्षमताओं का पता लगाएँ। हर बच्चे में किसी-न-किसी क्षेत्र को लेकर प्रतिभा छिपी

होती है। आप उसे लेकर कॅरियर काउंसलर के पास जाएँ और अगर जरूरत पड़े, तो उसका एप्टिट्यूड टेस्ट भी कराएँ। इन दिनों, जूनियर कॉलेज की पढ़ाई के बाद ऐसे सैकड़ों विकल्प मौजूद हैं और देश को वाकई उस दर से इंजीनियर पैदा करने की जरूरत नहीं है, जैसी कि होड़ इन दिनों मची हुई है। इसके अलावा, ज्यादातर संस्थानों में दाखिले के लिए उनके अपने एंट्रेंस टेस्ट होते हैं और अगर आपका बेटा वाकई इंजीनियरिंग के अलावा किसी चीज में दिलचस्पी रखता है तो वह उस विधा से जुड़े एंट्रेंस टेस्ट में अच्छा प्रदर्शन करेगा और खुद-ब-खुद दाखिला पा जाएगा। आप देखें कि मैनेजमेंट, टेक्निकल स्किल्स, आर्ट्स, एंटरटेनमेंट, एनवायरनमेंटल स्टडीज आदि दर्जनों ऐसे क्षेत्र हैं, जिनमें तमाम विकल्प होते हैं। अगर उसमें रचनात्मक क्षमता है तो उसके पास डिजाइन, एनिमेशन, इंटरप्राइज आदि के क्षेत्र में ढेर सारे विकल्प हैं पढ़ाई के। इसलिए कोई भी फैसला लेने से पहले जितना भी हो सके, संभावनाओं को खँगालिए।

सामाजिक दबाव और भावनाओं में बहकर बच्चे का दाखिला कराने का फैसला लेना तो बहुत आसान सा विकल्प है। इस काम में आपका कोई रिश्तेदार पैसे-रुपयों से मदद भी कर देगा। कुछ समय के लिए आपका बेटा भी खुश हो जाएगा, लेकिन बात यहीं तक नहीं रह जानी है। इस बारे में भी सोचें कि इस पूरी प्रक्रिया में उसने क्या सीखा या वह क्या सीखेगा। उसके लिए इस सब में क्या सबक है और क्या आप चाहेंगे कि आपका बच्चा वही सीखे? उसे पता चलना चाहिए कि उस वित्तीय परेशानी का, जिसे उसके माता-पिता झेल रहे हैं। उसे काम और पैसे की कीमत का पता चलना चाहिए। अब भी देर नहीं हुई है। आपके शब्दों और आचरण से उसे जीवन के कुछ बहुमूल्य सबक सीखने चाहिए और उसे इनको याद कर लेना चाहिए। जब वह बड़ा होगा, तो वह इसके लिए आपका आभारी होगा।

□

15

मेरी बेटी में अपार क्षमताएँ हैं, लेकिन वह कठोर परिश्रम नहीं करती और जब मैं उसे ऐसा करने के लिए कई बार कहती हूँ तो वह चिड़चिड़ी हो उठती है

हमारी बेटी 14 साल और बेटा आठ साल का है। हम दोनों ही काफी अच्छे पढ़े-लिखे हैं और मेरी पत्नी घर सँभालती है, जबकि मैं एक सॉफ्टवेयर कंपनी में लोगों का प्रबंधन (HR) करता हूँ। हमारे दोनों ही बच्चे मिला-जुलाकर अच्छा व्यवहार दरशाते हैं। बेटी को लेकर ही थोड़ी चिंता रहती है, क्योंकि उसके तौर-तरीके हमें जरा असहज करते हैं। बेटी बुद्धिमान है, लेकिन आलसी भी है। वह कोई अच्छे काम की शुरुआत नहीं करना चाहती है। वह पढ़ने या किसी अन्य शैक्षिक गतिविधि में भी दिलचस्पी नहीं दिखाती, जैसे कि उत्साहित होकर अपने प्रोजेक्ट पूरे करना, या ज्ञान के तमाम अन्य स्रोतों से कुछ अतिरिक्त खोजकर पढ़ना। वह स्कूल में किसी अन्य करिकुलर एक्टिविटी में भी दिलचस्पी नहीं दिखाती। अगर वह प्रतियोगिताओं में हिस्सा लेती, तो उसे कई पुरस्कार हासिल होते, चाहे वह भाषण, डांस, ड्रामा या निबंध लेखन प्रतियोगिता होती। वह इनमें से किसी में भी दिलचस्पी नहीं रखती।

जो भी उसे दिखाया या पढ़ाया जाता है, उसे ग्रहण करने और याद कर लेने की उसकी क्षमता जबरदस्त है। अगर वह अपना दिमाग लगाना शुरू कर दे तो स्कूल में बहुत अच्छा प्रदर्शन कर सकती है। जब हम उसे कड़ी मेहनत करने को लेकर समझाते हैं, तो वह चिड़चिड़ी हो उठती है। अगर हम उसे पढ़ाई के लिए

लगातार बोलते हैं तो वह अपना जिद्दी रूप अख्तियार करके आक्रामक हो उठती है। खुद से तो वह कुछ करना ही नहीं चाहती और ज्यादातर समय हम उसे सोफे पर यूँ ही पड़ा हुआ पाते हैं। अगर हम उससे उसका हाल-चाल भी पूछते हैं, तो वह फिर से चिड़चिड़ी हो उठती है। उसको लेकर हमारी चिंता बढ़ रही है।

प्रिय अभिभावक,

आपकी बेटी के इस रवैये की कई वजहें हो सकती हैं। वह कब से इस तरह का बेरुखी भरा व्यवहार कर रही है या कब से उसने कामों से ऊबन दिखानी शुरू की है, कब से उसका मन पढ़ाई या अन्य गतिविधियों से उचटता हुआ दिखने लगा?

क्या आपके परिवार में हाल-फिलहाल कुछ ऐसा खास हुआ है, जिसके बाद से बेटी में ये बदलाव नजर आने शुरू हुए, जैसे कि परिवार के किसी सदस्य की मृत्यु, या पारिवारिक कारोबार में नुकसान या कोई शारीरिक समस्या घर में सिर उठा रही हो, क्या आपने हाल-फिलहाल ही बेटी में आ रहे बदलाव पर गौर किया है? क्या आपने बेटी से इस बारे में पड़ताल की है कि हर चीज को लेकर उसके शौक या जुनून में कमी क्यों आ रही है?

हो सकता है कि अगर इतनी छोटी सी उम्र में उसका पढ़ाई से मन हट गया है तो हो सकता है कि स्कूल में उसे कुछ खराब अनुभव मिला हो। क्या आपने उसके स्कूल में पता लगाने की कोशिश की कि कहीं क्लास में तो उसके साथ कुछ गड़बड़ नहीं हुई है, या क्लास के किसी साथी से कुछ विवाद जैसा? क्या स्कूल में उसे कभी कठोर सजा मिली है? यह पता लगाने की कोशिश करें कि ऐसा क्या हुआ कि उसका व्यवहार बदल गया। आप इस संबंध में अपनी पत्नी के साथ बैठकर चर्चा करें कि कब से बेटी के अंदर बदलाव नजर आना शुरू हुआ और उसकी वजह क्या रही होगी। चूँकि आप और आपकी पत्नी काफी व्यावहारिक और समझदार प्रतीत हो रहे हैं, ऐसे में यह मानना गलत नहीं होगा कि आपकी तरफ से उस पर छोटी उम्र से ही पढ़ाई को लेकर कोई दबाव रहा होगा। अगर माता-पिता की तरफ से पहली या दूसरी कक्षा में ही बच्चों पर पढ़ाई को लेकर अतिरिक्त दबाव रहता है तो बच्चों में पढ़ाई को लेकर एक दुराव-सा पैदा हो जाता है, वे पढ़ाई को एक ऐसी गतिविधि के तौर पर लेने लगते हैं, जो उन्हें खेलने या मौज-मस्ती करने में बाधा पैदा करती है।

बच्चों के मन में यह बैठाना बहुत जरूरी है कि पढ़ाई करना या कुछ सीखना उसी तरह से जरूरी है, जैसे कि खेलकूद, क्योंकि सीखने की दोनों ही प्रक्रियाएँ उनको बुद्धिमान और स्वस्थ बनाती हैं। आप चाहें तो बेटी के दोस्तों से भी बात करके पता लगा सकते हैं कि क्या वे ऐसा कुछ जानते हैं, जिसके बारे में आपको जानना भी जरूरी है। अगर तब भी यह स्पष्ट न हो कि उसमें आए बदलाव की असली वजह क्या है, तो चिंतित होने की कोई वजह नहीं है। इस संबंध में क्या किया जा सकता है, उसको लेकर ध्यान केंद्रित किया जा सकता है।

या तो बेटी की सहज रूप से स्कूल में पढ़ाए जानेवाले विषयों का अध्ययन करने में रुचि है या वे विषय उसे बिल्कुल आकर्षित नहीं करते। क्या आपने कोई और तरीका अपनाया है उसे पढ़ाने का, जो कि किताब पढ़ने से अलग हो? कुछ बच्चे देखकर सीखने में ज्यादा सक्षम होते हैं, जबकि कुछ बच्चों की सुनकर याद करने की क्षमता ज्यादा होती है और कुछ बच्चों में करके सीखने की ललक होती है, जिन्हें काइनेस्थेटिकली (kinesthetically) मोटिवेटेड कहा जाता है। वे सुनकर या देखकर नहीं सीख पाते, जब तक कि खुद न कर लें। छोटे-मोटे टेस्ट के जरिए आप पता लगा सकते हैं कि आपकी बेटी में किस प्रकार की सीखने की क्षमता विद्यमान है। फिर उसी के अनुसार आप अपने रवैये में बदलाव ले आएँ। उदाहरण के लिए, आप उसे विभिन्न विषयों से जुड़े दिलचस्प चार्ट दिखाकर या ऑडियो सीडी सुनाकर या उदाहरणों को दिखाकर पढ़ा सकते हैं। अगर संभव हो तो उसे किसी संग्रहालय और पढ़ाई से संबंधित किसी कार्यशाला में ले जाएँ।

अगर वह दिलचस्पी दिखाती है तो यह केवल उत्साह बढ़ाकर ही हो पाएगा, उस पर दबाव या जोर-जबरदस्ती न करें। आप उससे लगातार बात करते रहें, भले ही केवल आपको ही बोलना पड़े, या आप और आपकी पत्नी आपसी बातचीत में अपने अनुभव को याद करके एक-दूसरे से बात करें कि आप दोनों को पढ़ाई कितनी मजेदार लगती थी और किस तरह से मेहनत करके आपने ज्ञान हासिल किया और उस मेहनत से मिले फल का आनंद आज आप लोग किस तरह से उठा रहे हैं। बीच-बीच में किसी-न-किसी रिश्तेदार या किसी पारिवारिक मित्र को भी घर पर आमंत्रित करें, जिसे आपकी बेटी भी पसंद करती हो और उनसे बातें करें। बीच-बीच में ऐसे विषयों पर भी चर्चा करें कि किस तरह से पढ़ाई, लिखाई और अन्य गतिविधियाँ मजेदार लगती थीं और उससे किस तरह से वे लोग लाभान्वित हुए हैं।

इस बीच, इस पर भी ध्यान दें कि कौन सी चीजें बेटी के लिए खलल का काम करती हैं। क्या कोई व्यक्ति या कोई घटना ऐसी हुई है, जिससे वह इन दिनों तनावग्रस्त हुई है? या बातचीत के दौरान आप यह गौर करें कि किस तरह की बातचीत पर उसके चेहरे पर हँसी या मुसकान आती है। अगर उसे दोस्त पसंद हैं, तो ऐसी पिकनिक या खाने पर बाहर जाने की योजना बना सकते हैं, जिसमें उसके दोस्तों को भी शामिल किया जा सके।

आपको उससे बातचीत करने के प्रयासों को और ऊपर उठाना होगा। उससे सीधे यह न कहें कि उसे इतने घंटे बैठकर पढ़ना ही होगा, जब तक कि उसकी निराशा या ऊबन के ठीक-ठीक कारणों का पता न लगा लें। अगर वाकई उसे कोई चीज परेशान कर रही होगी, तो वह आपकी बात पर ज्यादा ध्यान नहीं देगी और इस क्रम में आप दोनों के बीच दूरियाँ और बढ़ जाएँगी। ऐसा भी होता है कि स्कूल में पढ़ाए जानेवाले तमाम विषय, जैसे कि लॉजिक, ग्रामर, गणित और विज्ञान में बच्चों को दिलचस्पी नहीं जगती। शायद, उसके दिमाग का दायाँ हिस्सा बाएँ हिस्से से ज्यादा मजबूत हो। क्या आपने उसकी रचनात्मक गतिविधियों का आकलन किया है? क्या वह पेंटिंग करते या गाना गाते या डिजाइनिंग करते हुए खुश नजर आती है?

उससे बात करें तो ढेर सारे विषयों पर बात करें और इससे आपको पता चलेगा कि किस विषय पर बात करते समय उसकी आँखों में चमक नजर आती है, साथ ही, एक बड़े की तरह उससे बात करें, उसे भी छोटा न मानें, बल्कि बराबर का दर्जा दें। उसका सम्मान करें और उसके विचारों और गतिविधियों की सराहना भी करते रहें। उसकी राय लें और उसकी पसंदगी-नापसंदगी की पहचान करें, चाहे वह छोटी चीज हो या बड़ी, जैसे कि कहीं बाहर जाने या किसी संगीत को लेकर उसका क्या सोचना है या किसी खास खेलकूद प्रतिस्पर्धा के नतीजों पर उसका क्या कहना है, आदि।

क्या आपने गौर किया है कि उसकी नींद, भोजन सब दुरुस्त है, या वह किसी तरह की शारीरिक परेशानी का अनुभव कर रही है? अगर आपको लगता है कि उसकी नींद पूरी हो रही है तो उसका पैथोलॉजिकल परीक्षण कराएँ। बच्चों को रात में तकरीबन 10 घंटे की नींद जरूरी होती है, ताकि अगले दिन वे जमकर मेहनत कर सकें। उनका भोजन भी बहुत संतुलित होना चाहिए। यह सुनिश्चित करें कि चाहे नाश्ता हो या खाना, वह पौष्टिक हो और साथ ही व्यापक रूप से देखने में भी

अच्छा लगे और स्वाद ग्रंथियों को भी आकर्षक लगे। कुछ मामलों में माता-पिता शिकायत करते हैं कि उनका बच्चा उदासीन नजर आता है और जब पूरी जाँच होती है तो पता चलता है कि पेट साफ न होने या कब्ज के चलते उसे चिड़चिड़ापन और दर्द होता है। एक अन्य मामले में, बच्चा एनीमिया, यानी शरीर में लौह की कमी से जूझ रहा था और भोजन में संतुलन और पौष्टिकता बढ़ाने के बाद वह खुश नजर आने लगा और दोबारा सक्रिय हो उठा।

घर में हलका माहौल बनाए रखने की कोशिश करें। अगर आप दोनों ही अपने चेहरों पर चमकदार मुसकान और जोश के साथ सुबह की शुरुआत करेंगे, तो यह हो ही नहीं सकता कि उसका असर बच्चे पर न पड़े। भले ही शुरुआत में बेटी उस कदर उत्साह न दिखाए, फिर भी आप अपना खिलंदड़ स्वभाव और एक-दूसरे के साथ हँसी-मजाकवाला माहौल बनाए रखें, बेटी के साथ भी।

कोई भी बच्चा बेवजह नाखुश या उदासीन नहीं होता। अगर हम उन वजहों का पता नहीं लगा सके, तो हमारा सारा प्रयास उसे उसकी दुनिया से बाहर लाने और उस वजह को उसे स्वयं बताने के लिए प्रेरित करने या तैयार करने से जुड़ा होना चाहिए। यह आपको थकाऊ लग सकता है, लेकिन अपनी तरफ से अतिरिक्त कदम अवश्य बढ़ाएँ और एकल संवाद या मोनोलॉग की तर्ज पर अपनी बात उससे कहें और बातचीत का क्रम चलाते रहें, साथ-साथ जितनी भी गतिविधियाँ कर सकते हैं, उनकी योजना तैयार करें, या शाम को साथ टहलें या रात में 10 मिनट के लिए बोलकर पढ़ने का छोटा सा सत्र रख लें या साथ बैठकर हँसी-मजाकवाली कोई छोटी फिल्म देखें या हर रात कोई वृत्तचित्र देख लें। शुरू-शुरू में अगर उसे जबरन अपने साथ जोड़ने की जरूरत पड़े तो वह भी करें।

ऐसे भी परिवार हैं, जहाँ माता-पिता साथ-साथ हँसते और गाते हैं, जीवन के प्रति उनका नजरिया उत्साह और ताजगी से भरा होता है। उनका व्यक्तित्व बेहद खुशनुमा और दिल एकदम हलका होता है। ऐसी कोई वजह नहीं कि बच्चे ऐसी भावना से अछूते रह जाएँ। उनका स्वभाव ही ऐसा होता है कि वे संक्रमण से बच नहीं पाते!!!

□

16

हो सकता है, वे हमारी वजह से शर्मसार हों

हमें नहीं पता कि हमसे कहाँ गलती हुई, हमने अब तक जो कुछ भी किया और करते चले जा रहे हैं, उसकी हमारे बच्चे कभी तारीफ नहीं करते, एहसान मानना तो भूल ही जाएँ। हम जो भी करें या कहें, हमारा बेटा और बेटी उसमें कमियाँ ही ढूँढ़ते रहते हैं।

हम दोनों ही पढ़े-लिखे हैं, लेकिन फायदेमंद पेशे से जुड़े हैं। मेरी एक ट्रेवल एजेंसी है, जबकि मेरी पत्नी टेलरिंग का काम करती है। हम अपने बच्चों को कोई ऐशोआराम तो जीवन में नहीं दे पाए, लेकिन हमने उनकी हर जरूरत पूरी की। जैसे-जैसे वे बड़े होते जा रहे हैं, ऐसा लग रहा है कि वे हमसे नाराज और शर्मिंदा होते जा रहे हैं। उनको लगता है कि हम लोग आधुनिक नहीं हैं और हमारे साथ कुछ गड़बड़ है, क्योंकि हम धाराप्रवाह अंग्रेजी नहीं बोल सकते। कभी-कभी, हमें उनके चेहरे पर शर्मिंदगी साफ-साफ नजर आती है, खासतौर पर जब हम उनके स्कूल जाते हैं या किसी रेस्टोरेंट में खाने के लिए।

बच्चों को हमारी पसंद, हमारे फैसले और यहाँ तक कि हमारे क्रियाकलाप भी कमतर नजर आने लगे हैं। वे हमारी धारणाओं और नजरिए पर या तो सवाल उठाने लगे हैं या उनसे अलग राय बनाते जा रहे हैं। उनसे हम अकसर यह सवाल सुनते हैं, 'हम ऐसा केवल इसलिए क्यों करें, क्योंकि इसे आप महत्त्वपूर्ण समझते हैं?' वे हमसे किसी बात पर भी सहमत नहीं होते। जब भी हम उनसे बाहरी दुनिया से सतर्क और सावधान रहने को कहते हैं, या अच्छे से पढ़ाई करने को बोलते हैं या किन्हीं मूल्यों की बात करते हैं तो वे व्यंग्यात्मक लहजे में 'हुँह' बोलकर कमरे

से बाहर निकल जाते हैं। कभी-कभी जब वे कमरा छोड़कर नहीं जाते, तो हमें ऐसे घूरते हैं, मानो हमसे बात करना भी फिजूल है। हम भारी उलझन में हैं—कृपया हमारी मदद करें!

प्रिय अभिभावक,

उनके भीतर बहुत कुछ चल रहा होता है और जिस उम्र में वे हैं, उसमें उनसे स्पष्ट सोच की अपेक्षा नहीं की जा सकती। उनका दिमाग अभी पूरी तरह परिपक्व नहीं हुआ होता, जिससे जीवन में उनके सामने जो कुछ भी आता है, उसमें वे सटीक तरीके से हर वास्तविकता और हालात को भाँप नहीं पाते।

अब, अब! इसे दूसरे तरीके से देखें—वे अब भी अपनी विकास यात्रा पर बढ़ रहे हैं और फिर भी, वे नहीं जानते कि वे क्या महसूस करते हैं या क्या बोलते हैं या क्या करते हैं। इसलिए इसे सहज रूप में लें। यह मानकर चलें कि यह एक दौर है, जो गुजर जाना है। बढ़ते हुए बच्चे पूरी दुनिया में लगभग एक जैसे ही होते हैं, वे थोड़े भ्रमित होते हैं, थोड़े डरे हुए, थोड़े सनकी, ज्यादा आक्रामक, यहाँ तक कि तनावग्रस्त भी। यही वजह है कि वे हमेशा एक छोर पर नजर आते हैं और उनके अंदर बड़ी तीव्र इच्छा होती है, आत्मनिर्भर बनने की।

अगर आपके बच्चों को अच्छा नहीं लगता कि आप उनके स्कूल जाएँ या उनको किसी बात पर नसीहत दें, तो यह केवल उनकी उस आक्रामक इच्छा की वजह से हो रहा होता है, जिसमें वे आत्मनिर्भर बनना चाहते हैं और अपना एक विशेष दायरा बनाना चाहते हैं। वे अपने लिए लगातार अपनी स्वतंत्र छवि की तलाश की प्रक्रिया में लगे रहते हैं। वे ऐसा केवल अपने लिए ही नहीं करते, बल्कि दूसरों के सामने अपनी स्वतंत्र और सक्षम छवि स्थापित करने के लिए मन में एक मॉडल गढ़ लेते हैं। इसलिए जब भी आप उनकी धारणाओं को प्रभावित करने की कोशिश करेंगे या उनके नजरिए को मोड़ने की कोशिश करेंगे तो उनके हाव-भाव से प्रतिरोधवाला नजरिया ही देख पाएँगे, क्योंकि उन्हें यह सब अपने अहं पर ठेस की तरह जान पड़ता है। वे आपसे किसी भी बात पर सहमत नहीं होंगे। स्पष्ट तौर पर वे वैसी ही उम्र में हैं।

उनको अपनी छवि की तलाश खुद अपने अंदाज में पूरी करने दें। उनके मन में उठनेवाली तरंगों को खुद शांत होने दें। इसके बाद उनको हर चीज स्पष्ट नजर आने लगेगी। इसके उपरांत वे आपके नजरिए और विचारों को भी स्वीकार करने

लगेंगे। अगर कुछ वर्षों बाद भी वे आपसे सहमत न हों तो आप दोनों को ही यह भी स्वीकार कर लेना चाहिए। यह न तो जरूरी है और न महत्त्वपूर्ण कि हम सभी एक-दूसरे से पूर्णतया सहमत हों, या सभी बच्चों का अपने माता-पिता से सहमत होना जरूरी नहीं है। जब तक आप उनके अंदर अपेक्षित मूल्य ढाल सकते हैं और वे दूसरों के विचारों का सम्मान करना सीख जाते हैं, तब तक आपको चैन की साँस लेनी चाहिए और सुकून से रहना चाहिए।

हाँ, यह बात निश्चित रूप से आप दोनों को ही आहत करती होगी कि पेशे या अंग्रेजी के चलते आपको बच्चों की नजर में शर्मिंदा होना पड़ता होगा। किसी-न-किसी वजह से शर्मिंदा महसूस करना हमारे अभिभावकों के लिए कोई असामान्य बात नहीं है। कुछ लोगों को उनके बोलने के तौर-तरीके पसंद नहीं आते, कुछ बच्चे अपने माँ-बाप की आदतों से झेंप महसूस करते हैं, तो कुछ बच्चे माँ-बाप के पुराने पारंपरिक विचारों और रवैये को पसंद नहीं करते हैं और कुछ बच्चे तो इस बात को लेकर भी सजग रहते हैं कि उनके माता-पिता मेहमानों के सामने कैसा बरताव करते हैं। बहुत से किशोरों को यह पसंद नहीं आता कि उनके माँ-बाप गैर-पारंपरिक कपड़े पहनते हैं या युवाओं की तरह तड़क-भड़कवाले कपड़े पहनते हैं। इसी प्रकार, कुछ बच्चे ऐसे होते हैं, जिन्हें यह पसंद नहीं कि उनके माता-पिता पारंपरिक कपड़े पहनें। दरअसल, ये सारी चीजें कपड़ों या दोस्तों या स्कूल जाने या ऐसी किसी भी चीज से जुड़ी हुई नहीं हैं। यह सारा भ्रम या चिड़चिड़ापन दिमाग में होता है। अगर बच्चों ने ऐसा नजरिया या समझ कहीं से ग्रहण कर ली है तो हम इसे एकदम से बदल नहीं सकते। हो सकता है कि बच्चों के दिमाग में ये चीजें उनके दोस्तों के प्रभाव के चलते बैठी हों या मीडिया के चलते। यह एक अस्थायी दौर होता है और जैसे-जैसे वे बड़े, यानी परिपक्व होते जाते हैं, वैसे-वैसे उनके मन से ये हवा-हवाई मामले खुद-ब-खुद निकल जाते हैं और उनके अंदर इन सबसे परे देखने की क्षमता बढ़ने लगती है। उम्र के साथ, शर्मिंदगी का अहसास अपने आप हलका पड़ने लगता है और हम कहीं ज्यादा सहज तौर पर आगे बढ़ने लगते हैं। आप खुद गौर करेंगे कि पहले जिन चीजों को लेकर आपको अजीब सा लगता रहा होगा, अब उनके बारे में सोचने का भी मन नहीं करता या कभी उन चीजों का खयाल आता है तो उस समय के खुद के सोच पर ही कोफ्त होती है। उम्र के साथ प्राथमिकताएँ भी बदलती रहती हैं और वे लोगों को उनके अनुसार महत्त्व देने लगते हैं और न कि वे उनसे क्या हासिल कर सकते हैं, या वे क्या कहते हैं या वे कैसे

दिखते हैं, वास्तविकता पर आधारित सोच विकसित होने से वे आपकी धाराप्रवाह अंग्रेजी न बोल पाने की कमी को लेकर शर्मिंदा नहीं होंगे। अगर वे अपने पाठ याद नहीं करेंगे और शर्मिंदा होते रहेंगे, तो नुकसान उनका ही होगा। आप दोनों को इस बात से सुकून मिलना चाहिए कि आप ईमानदारी की कमाई खा रहे हैं और अपनी जिम्मेदारियों को सर्वश्रेष्ठ तरीके से पूरी कर रहे हैं।

ज्यादातर किशोरों को यह बात नागवार लगती है कि उनके माता-पिता बिना उनकी जानकारी के स्कूल में उनकी पड़ताल करते हैं या दोस्तों के सामने अपने बच्चों को चौंका देते हैं। दोस्तों के सामने किशोर खुद को आत्मनिर्भर वयस्क के तौर पर देखा जाना पसंद करते हैं। हम सभी, यहाँ तक कि हमारे बच्चे भी, निजता को तरजीह देते हैं। इसलिए यह शर्मिंदगी और साथ-ही-साथ नाराजगी का भी सबब होता है, अगर माँ-बाप किसी तरह से बच्चों की निजता में हस्तक्षेप करते हैं, मसलन—उनकी जानकारी के बगैर दोस्तों से बात करना या उनके मोबाइल में मैसेज जाँचना आदि।

इसलिए यहाँ एक बात का ध्यान जरूर रखना चाहिए—बच्चों को अपने मन मुताबिक बनाने या उनके बीच अपनी छवि जरूरत से ज्यादा दखलअंदाजीवाली बनाने से बचें। यह दुर्भाग्यपूर्ण है कि हम सभी अपने बच्चों को सुरक्षा प्रदान करने में जरूरत से ज्यादा समय खर्च करते हैं, जबकि हमें उन बच्चों को ज्यादा-से-ज्यादा खुद से जीवन के सबक सीखने के लिए छोड़ते जाना चाहिए, प्रेरित करना चाहिए। उनकी माँगों और जिद के आगे हार मानने से पहले क्या आप एक बार भी सोचते हैं? सोचें। अगर आप उनकी हर इच्छा और ख्वाहिश पूरी कर देंगे तो वे जीवन में कभी भी किसी चीज की कीमत नहीं समझ पाएँगे। वे नहीं समझ पाएँगे कि अभाव और मनाही से किस तरह से निपटा जाता है। मनवाली होने पर बच्चों को जहाँ सीख मिलती है, वहीं मनवाली न होने पर होनेवाली अनुभूति भी सीखने की जरूरत होती है। अगर आप उन्हें उनकी हर मनोवांछित चीज मुहैया करा देंगे, तो वे किसी चीज की कीमत नहीं समझेंगे, भले ही वह चीज चाहे जितनी महँगी हो। ऐसे में वे 'आधिक्य-प्रेरित कमी' वाला रवैया अपना लेंगे, यानी वस्तुओं का आधिक्य होने से वे जीवन के सबसे कीमती सबक नहीं सीख पाएँगे, जो कि आगे चलकर उनके वास्तविक जीवन में असली कमी साबित होंगे।

□

17

मेरा बेटा चाहता है कि मैं काम ही करता रहूँ और घर पर न रहूँ

ध्रुव, जो कि अब 12 साल का हो चुका है, हमारा इकलौता बेटा है। हम दोनों ही जहाँ काम करते हैं, वहाँ हमें ज्यादा देर तक रहने की जरूरत होती है। मैं कोशिश करके 7 बजे के आसपास घर पहुँच पाती हूँ, जबकि मेरे पति कम-से-कम दो घंटे बाद घर लौट पाते हैं। जब वह बेहद छोटा था, तब मेरे सास-ससुर उसकी देखभाल करते थे, लेकिन जब उन्होंने गाँव लौटने का फैसला किया, तब ध्रुव घर पर अकेले ही रहने की जिद करने लगा। उसने कहा कि वह अपनी देखभाल खुद कर लेगा। वह किसी बेबीसिटर को घर में रखने के पक्ष में बिल्कुल नहीं था। उसने वादा किया कि वह ज्यादा-से-ज्यादा सावधानियाँ बरतेगा एवं खयाल रखेगा और कुछ भी उलटा-पुलटा नहीं करेगा। तब वह 10 साल का था। हमने जोखिम उठाने का फैसला किया और हाँ—उसने आज तक अपनी जिम्मेदारी बखूबी निभाई भी है। उसने सीखा कि कैसे अपना खाना गरम करना है और उसे पता है कि खाने के बाद आराम करना चाहिए और उसके बाद अपना होमवर्क पूरा करना चाहिए।

अगले साल वह सातवीं कक्षा में चला जाएगा। मेरे पति और मुझे लगता है कि ध्रुव के अगले तीन साल बेहद नाजुक हैं, ऐसे में यह जरूरी है कि हम दोनों में से कोई एक उसके साथ घर पर रहे। हमने हाल में ही तय किया है कि मैं नौकरी छोड़ दूँगी और अगले 3 से 4 साल के लिए ब्रेक ले लूँगी। हमारे लिए ध्रुव और उसकी पढ़ाई के ये अहम साल हमारी प्राथमिकता हैं। जब हमने अपनी यह बात ध्रुव के सामने रखी तो उसने हमारी अपेक्षा के उलट प्रतिक्रिया दी। वह हमारे इस फैसले के बिल्कुल खिलाफ था। उसने कहा कि नौकरी छोड़ने की

जरूरत नहीं है और वह खुद को सँभालने में सक्षम है। उसने कहा कि अगर मैं पढ़ाई में उसकी मदद करना चाहूँ तो घर लौटने या सप्ताहांत की छुट्टियों में उसकी मदद कर दिया करूँ।

उसने साफ-साफ लहजे में कहा, 'मम्मी, पूरे दिन घर पर रहने की मत सोचो··· तुम क्या करोगी इतने समय तक? आधे दिन मैं स्कूल में रहूँगा। लौटने के बाद मैं आराम करूँगा और अपना होमवर्क करूँगा। इस दौरान तुम क्या करोगी, इससे मुझे किस तरह से फायदा होगा? हो सकता है कि हर चीज के लिए तुम मेरे पीछे ही पड़ी रहो कि ये करो, वह करो।' मुझे उसकी बात सुनकर अजीब सा लगा। उसे मेरी जरूरत नहीं है, अपनी खुद की माँ की जरूरत नहीं है, वह नहीं चाहता कि मैं घर में रहूँ!

प्रिय अभिभावक,

हम सबको एक-दूसरे की जरूरत होती है और हम ऐसे सामाजिक प्राणी हैं, जो एक-दूसरे पर निर्भर रहते ही हैं। हालाँकि जब हम एक बार खुद से सबकुछ सँभालना सीख जाते हैं तो हमें ऐसा लगने लगता है कि दूसरे लोगों की लगातार मौजूदगी हमारे ऊपर अतिक्रमण जैसी है, यह एक तरह की कमी या नकारात्मक पहलू है। वाकई आप अपने बेटे से प्रेम करती हैं और वह भी आप दोनों को बखूबी मानता है। इसलिए बेटे की राय पर भावनात्मक तौर पर प्रतिक्रिया न दें और न ही उसकी कही बातों को तोड़-मरोड़कर समझने का प्रयास करें। ध्रुव ने अपने सभी काम खुद करने सीख लिये हैं और उससे अपने दायरे की कीमत पहचान ली है और अपनी निजता का आनंद भी उठा रहा है। उसके सामने रखे गए हालातों के मद्देनजर, वह समझदारीपूर्वक आपसे जानना चाहता है कि नौकरी छोड़ने के बाद आप उसे किस तरह से फायदा पहुँचा पाएँगी या किस तरह से उसकी बेहतरी में मदद कर सकेंगी। वह तो एकदम सीधा-सादा आपके सामने यह तथ्य रख रहा है कि आपके घर पर रहने से कोई भी उद्देश्य हल नहीं होगा, क्योंकि यह तो दुरुस्त ही कहा उसने कि आधे दिन वह स्कूल में रहेगा।

बहरहाल, आप क्या उन माँओं में हैं, जो बेहतरी चाहने और पीछे पड़े रहने, देखभाल करने और अफरातफरी मचाए रखने के बीच की बारीक रेखा को नहीं समझ पातीं? इस तरह से सोचें—अगर आप जरूरत से ज्यादा झल्लाती रहेंगी या चिंतित रहेंगी और अगर आप उसे लगातार यह याद दिलाती रहेंगी कि उसे क्या

करना चाहिए और क्या नहीं, तो आप खुद यह पता लगा सकती हैं कि आपके बच्चे ने नौकरी छोड़ने को लेकर आपको गलत सलाह दी है या सही।

हमारे बच्चे जो कुछ भी कहते हैं, महसूस करते हैं या करते हैं, उन सबके पीछे कोई-न-कोई वजह होती है। उनके शब्द या भाव यूँ ही शून्य में नहीं व्यक्त होते। उदाहरण के लिए, ध्रुव ने संभवत: यह भाँप लिया कि आप घर पर रहेंगी तो उसके ऊपर निर्देशों का हमला कर देंगी और उसे इस बात से चिंता हुई। वाकई, यह जरूरी नहीं कि हम बच्चों की सभी सलाह सुनें ही, क्योंकि उनकी दूरदर्शिता सीमित होती है। अगर आप दोनों, बतौर अभिभावक, यह मानते हैं कि आपकी घर में मौजूदगी उसके बेहतर हित में है, तो आप बेशक ऐसा कर सकती हैं, बल्कि अपनी शुरुआती काल्पनिक चिंताओं को दूर होता देखकर उसे भी आपकी घर में मौजूदगी अच्छी लगने लगेगी। हर बच्चे को यह अच्छा लगता है, जब उसकी माँ चेहरे पर मुसकान लिये उसके लिए दरवाजा खोलती है और बच्चे को गरमागरम ताजा खाना परोसती है। यह भी अच्छा है कि उसे अत्यधिक लाड़-प्यार से नहीं पाला गया है और आपने काफी छोटी सी उम्र में ही उसे जिम्मेदारी सँभालने लायक बना दिया। इस नजरिए से देखा जाए तो वह खुद को नए हालात के मुताबिक ढाल ही लेगा। कुछ ही दिनों में, वह और भी उत्साह से घर लौटेगा, स्कूल में हुई गतिविधियों को आपसे साझा करने के लिए ज्यादा-से-ज्यादा व्यग्र दिखेगा और उसे इस बात की भी तसल्ली रहेगी कि घर पर मौजूद सुकून से भरी माँ उसकी दिनभर की कहानियाँ सुनने के लिए हमेशा तैयार रहेगी। कामकाजी परिवारों के बच्चे इस ऐशो-आराम से वंचित रह जाते हैं। वे खाली पड़े घर का दरवाजा खोलते हैं, खुद खाना गरम करते हैं और खाने के लिए निकालते हैं (या उससे भी बुरा यह कि वे खाते वक्त टी.वी./आई-पैड/मोबाइल स्क्रीन पर आँखें गड़ाए रहते हैं) और शुरू-शुरू में तो अपने माँ-बाप का बेसब्री से इंतजार करते हैं कि वे घर आएँगे तो दिनभर के घटनाक्रम से उनको वाकिफ कराएँगे, बताएँगे कि स्कूल में क्या-क्या हुआ, लेकिन कुछ समय के बाद ही वे यह सब अपने मन में रखना सीख जाते हैं या फेसबुक पर शेयर करने लगते हैं या चुनिंदा दोस्तों से कहने लगते हैं। उनके थके हुए चेहरे, झुके हुए कंधे और अपने माता-पिता के अंदर बच्चों की भावनाओं के प्रति अनिच्छा के चलते, ऐसे बच्चे चुपचाप रहना सीख जाते हैं और अपनी बात किसी से नहीं कर पाते।

ध्रुव भी घर पर इंतजार करनेवाली माँ से सामंजस्य बैठाना सीख जाएगा। इसके अलावा चूँकि उसका कोई भाई या बहन नहीं है, ऐसे में यह जरूरी है कि घर

पर उसका कोई दोस्त रहे, जो उससे प्यार से बातें करे और उसे सुनने का इच्छुक हो। इसके अलावा, कुछ बच्चों को किशोरावस्था में निगरानी की ज्यादा जरूरत होती है और आप चौकन्नी और सक्रिय रहकर और उसके जीवन में दिलचस्पी लेकर, इस मामले में अच्छी भूमिका निभा सकती हैं। आपको केवल इस बात का ध्यान रखना होगा कि आप उस पर जरूरत से ज्यादा दबाव न डालें और न ही अपनी बात उस पर थोपने की कोशिश करें। आजकल के बच्चे कुछ अलग ही किस्म के होते हैं और उनका रवैया अप्रत्याशित होता है। सच्चाई यह है कि कोई भी बच्चा कभी भी छिद्रान्वेषी माता-पिता नहीं चाहता। चाहे आज की बात हो या 50 साल पहले की, बच्चों को कभी भी यह पसंद नहीं आता कि कोई अपनी बात मनवाने के लिए उनके पीछे ही पड़ा रहे। कुछ दशक पहले तक एक परिवार में 8 से 10 बच्चे तक रहते थे, जिसके चलते माता-पिता को सख्त निगरानी का मौका नहीं मिलता था। बच्चे भी ज्यादा-से-ज्यादा चिंतामुक्त रहते थे और बेपरवाह अपनी दुनिया में ही खोए रहते थे। आजकल यह हाल है कि अपने एकमात्र बच्चे को भी अतिरिक्त देखरेख और निगरानी में डालकर हम उनका दम घोंट देने का काम करते हैं। याद रखें, ध्रुव को अपनी आजादी और अपने दायरे की आदत पड़ चुकी है और अगर आप उसकी अत्यधिक निगरानी करेंगी या उस पर जरूरत से ज्यादा नियंत्रण रखने की कोशिश करेंगी या उसकी गतिविधियों में कमियाँ निकालेंगी तो वह इसका विरोध करने लगेगा।

उसने अपनी तरफ से बहुत कम इनपुट दिया है। भावनात्मक तौर पर प्रतिक्रिया या अति प्रतिक्रिया करने से बचें। किसी मामले में फैसले लेने का अधिकार माता-पिता के पास ही होता है।

आपके पास जो समय बचेगा, उसका आप अपने मन मुताबिक इस्तेमाल कर सकती हैं, चाहें तो उसे अपनी देखभाल या अपने ऊपर खर्च करें और अपना प्यार और स्नेह उसके लिए बचाकर रखें।

□

18

किस तरह का नाटक हम दरकिनार करें और किसे गंभीरता से लेने की जरूरत है?

मैं एक सिंगल पिता हूँ और मेरी दस साल की बेटी है, जो पूरी तरह मेरी ही देखरेख में रहती है। जब वह छह साल की थी, तब से वह मेरे साथ ही रहती आई है। दुर्भाग्य से छोटी सी उम्र से ही वह जीवन के तमाम उतार-चढ़ाव देखती आई है। मेरी भरसक कोशिश रहती है कि उसे एक संतुलित और समझदार अभिभावक का सुख दे पाऊँ। फिर भी, मैं तनाव और उलझन के संघर्ष से उबर नहीं पाता। हाँ, यह सच है कि बच्चों को पालने-पोसने का कोई नियम या नीति नहीं होते और जैसा समय पड़ता है, उसके मुताबिक इनसान सीखता और ढलता चला जाता है।

एक समस्या, जो मुझे पिछले कुछ वर्षों से परेशान कर रही है, वह यह कि मेरी बेटी के नखरे लगातार बढ़ते चले जा रहे हैं। मैं यह समझ नहीं पाता कि उसकी किन हरकतों को नजरअंदाज करूँ और किन नखरों पर उसे टोकूँ। कभी-कभी, घर में बना खाना खाने से इनकार करने के लिए वह अजीब-अजीब हरकतें करने लगती है, कभी-कभी अपने किसी दोस्त के जन्मदिन पर महँगे-महँगे उपहार खरीदने की जिद करने लगती है और कभी-कभी स्कूल जाने से बचने के लिए बीमारी का बहाना बनाने लगती है। किसी दिन अगर वह यह कहती है कि वह समय से उठ नहीं पाई और स्कूल नहीं जा पाई या ट्यूशन क्लास नहीं जा पाई, तो मैं यह नहीं तय कर पाता कि उसे जबरन स्कूल भेजूँ या कितना दबाव उस पर बनाऊँ। मैं नहीं जानता कि यह गंभीर चिंता की बात है या महज उसकी बेवकूफाना नखरे का महज हिस्सा भर है। वास्तव में, मैं जानता हूँ कि उसकी सभी माँगों और रोने-

धोने को मैं नजरअंदाज नहीं कर सकता, लेकिन मैं यह नहीं समझ पाता कि उसकी किन जिदों को बगैर किसी नुकसान के छोड़ सकता हूँ। इन दिनों, उसकी जिद इस बात को लेकर है कि वह अपने दोस्तों के साथ व्हाट्सएप के जरिए संपर्क में रहना चाहती है। अपने दोस्तों के साथ मॉल जाने की जिद करती है और तरह-तरह के फैशनेबल कपड़े पहनना और बाहर खाने की जिद भी शामिल रहती है।

प्रिय अभिभावक,

आपकी पहली चिंता यह समझने की नहीं होनी चाहिए कि बच्चे के नखरे वाकई उचित हैं और किन्हें नजरअंदाज किया जाए, आपकी प्राथमिक चिंता यह समझने की होनी चाहिए कि बच्चा नखरे क्यों कर रहा है। कभी-कभी भावनात्मक वजहें होती हैं और कभी-कभी दिमाग में उथल-पुथल के चलते दिमाग कुछ सोच-विचार करता रहता है, जिसका नतीजा बच्चे की जिद के रूप में हमें नजर आता है। बाहर जाकर खाना या फैशनवाले कपड़े पहनना या दोस्तों के लिए महँगे उपहार खरीदना या सेल फोन पर दोस्तों से घंटों चैट करना, ये सारे ऐसे स्पष्ट संकेत हैं कि आपकी बेटी अपने साथियों की रजामंदी पाने के लिए व्याकुल हो रही है। वह हर चीज में अपनी मौजूदगी और स्वीकार्यता चाहती है।

ऐसा केवल आपकी बेटी के ही साथ नहीं, बल्कि लगभग सभी किशोरवय बच्चों में यह चीज पाई जाती है, जिनके अंदर यह तीव्र इच्छा होती है कि उनको उनके साथी तवज्जो दें और हर चीज में उनको शामिल करें। उनकी इस प्रकृति के तमाम कारण होते हैं और यह बहुतायत में पाई जाती है। इसमें बाहरी तत्त्वों, जैसे कि अस्वास्थ्यकर भोजन, टी.वी., फैशन और ग्लैमर की अत्यधिक चकाचौंध का माहौल, संचार क्रांति, कामकाजी माता-पिता और हमारे आसपास का माहौल इसके लिए जिम्मेदार है। हमारे बच्चों को वाकई तमाम जटिल विचारों, सवालों और अपेक्षाओं से जूझना पड़ता है। इसके अलावा, उनमें से कुछ ऐसे होते हैं, जिन्हें परिवारों की टूटन से भी गुजरना पड़ता है और सिंगल पैरेंटिंग की चुनौतियों का असर भी बच्चों पर ही ज्यादा भारी गुजरता है। उनके अविकसित मस्तिष्क के लिए इन सारे हालातों के साथ सामंजस्य बैठाना मुश्किल होता है। चाहे उन्होंने अपना एक अभिभावक खोया हो या अभिभावक अलग हुए हों, उनके साथ यह स्वाभाविक-सी चीज जुड़ जाती है कि वे खुद को भूखा महसूस करते हैं। उनके जीवन में किसी चीज की कमी रह जाती है। अपने स्कूल या पड़ोस की तरह उनको

भरपूर पारिवारिक माहौल नहीं मिल पाता। उनकी नियति बन जाती है, असहज और अस्थिर रहना। हालाँकि जब वे अपने साथियों के बीच स्वीकार्य बन जाते हैं या दोस्तों के समूह का गहरा हिस्सा बन जाते हैं, तो वे कम खतरा महसूस करते हैं। तब वे सहज महसूस करना शुरू करते हैं।

हमारे मासूम, नन्हे बच्चे इस सोच के जाल में फँस जाते हैं कि उनको छोटी-छोटी चीजों से स्वीकार्यता मिल रही है, जिसमें फैशन ट्रेंड्स, व्हाट्सएप चैट, बाहर खाने, चमचमाती जीवन-शैली और इस तरह की चीजों से उनकी हैसियत बढ़ रही है। सूचना तकनीक की क्रांति ने केवल यही चीज तो सिखाई है उन्हें। वे अपने माता-पिता को भी यही करते हुए पाते हैं। हम भी कभी-कभी अपने समूह का हिस्सा बनने या स्वीकार्य होने के लिए अपना सर्वश्रेष्ठ प्रदर्शन करते हैं और चहल-पहल भरी जगहों पर खाते-पीते हैं और डिजाइनर कपड़े आदि पहनकर अपना ध्यान खींचना चाहते हैं। इसी प्रकार, हालाँकि माता-पिता किसी तरह के दबाव में नहीं होते और बहुत सहज तरीके से जीवन जी रहे होते हैं, उनके घरों के बच्चे नखरे दिखाने ही लगते हैं। इसके लिए देखें तो उम्र, बाहरी प्रभाव और थोड़ा बहुत उन बच्चों की प्रकृति और माता-पिता का व्यवहार जिम्मेदार होता है। कहीं-न-कहीं, हम भी उनकी धारणा को आकार देने के लिए जिम्मेदार होते हैं कि महँगे उपहार, बाहर खाने, खरीदारी आदि से अच्छा महसूस होता है और दूसरों की तुलना में संतुष्टि का आभास होता है।

इससे पहले कि आप अपनी बेटी के नखरों से निपटने के लिए विभिन्न तौर-तरीकों के बारे में विचार करने के लिए बैठें कि कौन सा तरीका कारगर होगा, आपके पास आनेवाले वर्षों में बेटी के भीतर होनेवाले शारीरिक बदलावों के जरिए आनेवाली चुनौतियों से निपटने के लिए निश्चित तौर पर योजना होनी चाहिए। अगर हम अपने बच्चों के बायोलॉजिकल सिस्टम या शारीरिक प्रणाली और उसके साइकिल या चक्र को समझ पाए, तो बच्चों के दिमाग को लेकर हमारे पास एक अच्छी समझ होगी। यह निश्चित रूप से सत्य है कि हमारे बच्चे बदलाव के मुहाने पर पहुँच जाते हैं। बचपन से किशोरावस्था और किशोरावस्था से वयस्क होने की ओर और फिर अधेड़ावस्था और अंततः वृद्धावस्था तक हमारे अंदर शारीरिक और मानसिक स्तर पर अथाह बदलाव होते रहते हैं। हमारे बच्चे बाद की उम्र में होनेवाले बदलावों से सामंजस्य बैठा लेते हैं, लेकिन शुरुआती दौर के बदलावों के प्रति उनमें समझ नहीं होती, इसलिए हमें उनके लिए मौजूद रहना होता है।

इसे बहुत गंभीरता से लें, आपको अपने पारिवारिक डॉक्टर या किसी महिला डॉक्टर या किसी भरोसेमंद पारिवारिक मित्र (चाची या नानी, जिसे बेटी पसंद करती हो) के साथ आपको अपनी बड़ी होती बेटी की जरूरतों को लेकर चर्चा करनी चाहिए। उसे साफ-सफाई की जरूरत और महत्त्व के बारे में बताया जाना चाहिए, स्वस्थ और पोषक भोजन लेने और अपनी ऊर्जा को खेलकूद या अन्य शारीरिक/रचनात्मक गतिविधियों में लगाने की राह दिखानी चाहिए।

अब, वापस उस मुद्दे पर आते हुए कि कब बेटी के नखरों के आगे झुकना चाहिए और कब उन्हें अनसुना कर देना चाहिए—यह किसी की भी अपनी मर्जी होती है, जिस पर माता-पिता खुद ही फैसला तय कर सकते हैं और उसे अमल में ला सकते हैं। यह तय करना उनका विशेषाधिकार होता है कि वे किस तरह के मूल्यों को अपने बच्चों में पिरोना चाहते हैं। उदाहरण के लिए, अगर आप ऐसे अभिभावक हैं, जिसके लिए जीवन में अनुशासन और निष्ठा जरूरी तत्त्व हैं, तो आप निश्चित रूप से अपने बच्चे के किसी दिन स्कूल न जाने के बहाने पर उँगली उठाएँगे, उसे ऐसा करने से रोकेंगे, लेकिन अगर आप यह महसूस करें कि किसी दिन स्कूल न जाने से कोई आफत नहीं आ जाएगी और ऐसा होना तो स्वाभाविक है या एक दिन अगर बच्चा स्कूल या ट्यूशन नहीं जाएगा तो दुनिया इधर की उधर नहीं हो जाएगी, तो ऐसी सोच से धीरे-धीरे छोटे-छोटे रूप में आप बच्चे के नखरों के आगे झुकते चले जाएँगे। यह आप पर निर्भर करेगा कि आप उसे क्या सिखाना चाहते हैं। अपनी प्राथमिकताओं के संदर्भ में सबसे पहले विचार करें और तब आपको स्पष्ट हो जाएगा कि कब दृढ़ होना है और कब छूट देनी है। आखिरकार, बच्चे अपने माता-पिता के आगे ही तो नखरे दिखा सकते हैं और वह भी केवल अपने बचपन के दौर में, साथ ही यह भी देखना चाहिए कि उसके नखरे दिखाने का अंतराल कितना है। खाने को लेकर अगर बच्चा महीनों तक कोई उत्पात नहीं मचाता, एकाध बार ही नाक-भौंह सिकोड़ता है और कभी-कभार ही बाहर जाकर खाने की बात कहता है तो माता-पिता को इसमें कोई दिक्कत नहीं होनी चाहिए। हमेशा किसी की इच्छाओं को नहीं मारा जा सकता, न ही हर समय इच्छाओं को दबाया जा सकता है। ऐसा भी जरूरी नहीं है कि बाहर खाने के लिए जाएँ तो महँगे रेस्टोरेंट में ही जाना जरूरी है। सामान्य जगहों पर भी स्वास्थ्यकर खाने-पीने की सुविधाएँ होती हैं।

कुछ ऐसा ही वित्तीय मामलों को लेकर भी करना चाहिए। एक सुझाव यह है

कि पैसे की कीमत के आधार पर फैसले की गंभीरता तय नहीं होनी चाहिए। इसका मतलब—अगर बच्चा 100 रुपए माँग रहा हो तो इसे उसी तरह से गंभीरता दें, जैसे कि उसने 500 रुपए माँग लिये हों। ऐसा न करें कि बच्चे के 100 रुपए माँगने पर तो उसे तुरंत निकालकर दे दें और 500 रुपए माँगने पर त्योरियाँ चढ़ाते हुए पारा गरम कर लें और न देने की जिद पर अड़ जाएँ। बच्चे को पता होना जरूरी है कि पैसे का मूल्य मायने नहीं रखता, बल्कि पैसा किसलिए माँगा जा रहा है, वह जरूरत कितनी बड़ी और कितनी जरूरी है, यह मायने रखता है। बच्चे को यह लगना चाहिए कि मनाही इसलिए नहीं हो रही है कि रकम ज्यादा है, बल्कि इसलिए कि मम्मी-पापा मना कर रहे हैं कि उसकी माँग जायज नहीं है। साथ ही, बतौर माता-पिता, यह आपको तय करना होता है कि जीवन की किन सामान्य खुशियों की आपको इजाजत देनी है और किन गैर-जरूरी चीजों पर आगे बढ़ने या उनके सिर उठाने से पहले आपको उन्हें रोक देना है या मना करना है।

बड़ी और छोटी इच्छाओं की पूर्ति या संतुष्टि की तीव्रता या समयावधि भी आपके द्वारा ही निर्धारित हो सकती है, जो कि आपके रवैये और वित्तीय स्थिति पर निर्भर करेगी। उदाहरण के लिए, महीने में कितनी दफा खाने के लिए या खरीदारी के लिए या फिल्में देखने के लिए या किसी और काम के लिए बाहर जाना उचित होगा, यह आप तय करेंगे।

अगर आप शांत होकर गौर करेंगे, तो आपको इसका जवाब स्वत: मिल जाएगा कि आप किन मूल्यों पर जोर देना चाहते हैं। आत्मचिंतन करके आप यह समझ जाएँगे कि आप अपने बच्चे को किस तरह बढ़ते हुए देखना चाहते हैं और किस तरह का इनसान उसे बनाना चाहते हैं और तमाम ऐसे ही सवालों के जवाब आपको मिलेंगे। इसी क्रम में आप यह भी तय कर सकेंगे कि आपको उसके किन नखरों को पूरा करना है और किसे दरकिनार करना है। अगर बच्चे में किसी तरह की बड़ी जटिलता या कमियाँ या असुरक्षा का भाव न हो, तो उसके नखरे और उनकी तीव्रता भी संख्या में कम ही होती है। अगर किसी तरह का आंतरिक शून्य या खालीपन अंदरखाने महसूस हो तो उसे दूर करने का प्रयास करें। बच्चों के नखरों से पार पाने का सबसे सरल तरीका होता है, यह समझना कि उसके पीछे वजह क्या है। अगर दोस्तों और/या मीडिया और चारों तरफ बढ़ते उपभोक्तावाद का प्रभाव दिख रहा हो—जो कि बड़ी वजहें हैं, तो आपको अलग उपाय और अतिरिक्त प्रयास करके उन वजहों को दूर करना होगा।

साथ ही, यह भी बहुत जरूरी है कि बच्चों के नखरों को स्वीकार करना या दरकिनार करना आपके मिजाज या अचानक आए खयाल पर आधारित नहीं होना चाहिए। अगर आप किसी एक मौके पर बच्चों की बात इसलिए मान लेते हैं, क्योंकि उस समय आप अपनी तनख्वाह में बढ़ोतरी से खुश महसूस कर रहे हैं, जबकि किसी और मौके पर उनकी उसी माँग को दरकिनार कर देते हैं, तो इससे आप न केवल बच्चों में भ्रम की स्थिति पैदा कर देंगे, बल्कि आगे से वह बच्चा अपनी माँगों को लेकर ज्यादा सोच-समझकर और नाटकीय अंदाज में आपके सामने आएगा। ध्यान रहे, अगर आपकी बेटी के मन में आपके बदले हुए रवैये को लेकर भ्रम की स्थिति बन गई और वो यह नहीं समझ पाई कि किसी एक ही माँग को लेकर आप कभी खुश और कभी नाराज क्यों हो जाते हैं, तो इससे उसकी जिद केवल बढ़ेगी ही और अगर इस क्रम में वह ज्यादा स्मार्ट हो गई कि अपनी माँग कब और किसके सामने पेश करनी है, तो इस दशा में आप अपने बच्चे की बेशकीमती मासूमियत के पहलू को हमेशा के लिए गँवा देंगे।

पहले, आप यह विचार करें कि किस तरह के मूल्य और ज्ञान आप अपने बच्चे में पिरोना चाहते हैं। इसके बाद, आप उस पर गौर करें और समझें। यह नोट करें कि वह किस दिन और किस चीज के लिए नखरेवाला रवैया अख्तियार करता है। उन दिनों को एक अवसर के तौर पर चिह्नित करें और उससे बात करें···उसकी माँग और जिदों के पीछे की वजहों पर जाएँ और वहाँ निदान खोजने का प्रयास करें, साथ ही थोड़ा-बहुत सामान्य रवैया भी मददगार होता है। आप उसके बरताव पर कभी-कभी हँसें और उसके दिमाग को कहीं और उलझाने का प्रयास करें। हमेशा धीर-गंभीर बने रहने की भी जरूरत नहीं है और उसे वक्त-बेवक्त कुछ नई-नई चीजें लाकर भी चौंकाते रहें, जिससे उसे खुशी मिले। इससे भी उसे कम-से-कम मौके मिलेंगे कि वह आपसे किसी चीज की फरमाइश करे या कुछ आपसे माँगे। □

19

हम बेटे की कम समझ के स्तर (Low Adversity Qutient) से चिंतित हैं

मेरे तीन बच्चों में सबसे बड़ा बेटा 17 साल का है और वह काफी समझदार भी है। पढ़ाई में वह ठीक-ठाक है, इसके साथ ही उसकी प्रकृति दयालु और संवेदनशील भी है। हम कुवैत में रहते हैं और 12वीं के बाद आगे की पढ़ाई के लिए हम उसे भारत भेज देंगे या बेहतरी के लिए भारत लौट आएँगे। अभी हम इस मुद्दे पर फैसला लेनेवाले हैं, लेकिन वह अभी से इस विषय पर चिड़चिड़ा-सा रहने लगा है। ऐसा लगता है, मानो वह अपने जीवन में किसी भी तरह के बदलाव को लेकर असहज-सा हो और शायद बदलाव चाहता ही न हो। किसी नई जगह जाने या रहने को लेकर वह चिंतित हो उठता है और उसके हाव-भाव में घबराहट झलकने लगती है। नई जगह पर वह नए दोस्त बनाने को लेकर भी सहज नहीं दिखता। ऐसे भी, मैंने यह देखा है कि वह किसी भी तरह की अप्रिय बात को लेकर असहज हो उठता है, जैसे कि अगर किसी हादसे या मृत्यु की खबर उसे मिल जाए, तो उसके व्यवहार में बेचैनी सी दिखने लगती है। यही वजह है कि वह किसी बीमार दोस्त से मिलने या यदि घर का कोई सदस्य अस्पताल में भर्ती हो तो वह उससे मिलने जाने से बचता है। अगर उसके पिता और मैं किसी तनाव भरे मसले पर बात कर रहे हों, तो उसकी आँखों से स्वत: आँसू फूट पड़ते हैं और वह रात में बमुश्किल सो पाता है।

हम अब वाकई उसे लेकर चिंतित हो रहे हैं। हम चाहते हैं कि वह जीवन में हर तरह के उतार-चढ़ाव से खुद निपटना सीखे। विपरीत हालात में खुद को सँभालने की उसकी क्षमता को हम कैसे विकसित करें?

प्रिय अभिभावक,

हाँ, इन दिनों ऐसे टेस्ट आ गए हैं, जिनके जरिए किसी व्यक्ति का एडवर्सिटी कोशेंट (AQ) पता लगाया जा सकता है। हम धीरे-धीरे इस बात को महसूस करने लगे हैं कि महज ऊँचे IQ (इंटेलिजेंट कोशेंट) स्तर से ही किसी व्यक्ति के बेहतर जीवन जीने का आधार तय नहीं हो जाता। ऊँचे IQ स्तरवाले लोग भी कमजोर इमोशनल कोशेंट (EQ) या AQ के चलते सामान्य जीवनयापन में दिक्कत महसूस करते हैं और शांति या सुकून से रह नहीं पाते। भावनाओं में संतुलन बनाने की क्षमता न होने से उनकी मानसिक अवस्था बिगड़ी रहती है।

हम सामान्य तौर पर विपरीत हालात, तनाव और बदलाव पसंद नहीं करते। दरअसल, उलझनों को दूर करने और बदलावों को जीवन के अभिन्न हिस्से के रूप में आत्मसात् कर पाने की हमारी अक्षमता और भविष्य को लेकर हमारे अंदर का डर, ये सब मिलाकर नतीजे के तौर पर हमें तनाव और निराशा ही हाथ लगती है। उपरोक्त के मुताबिक ढलने की क्षमता हममें है या नहीं, यह दो चीजों पर निर्भर करता है, एक—वंश परंपरा से प्राप्त गुण-दोष और वह माहौल, जिसमें हम काम कर रहे होते हैं। आपके बेटे की क्षमताएँ भी इन्हीं चीजों की द्योतक हैं—आनुवंशिकता और माहौल। आनुवंशिकता के मामले में ज्यादा कुछ किया नहीं जा सकता, लेकिन माहौल को थोड़ा-बहुत बदलकर बच्चे की काबिलियत को बढ़ाया जा सकता है। ये सवाल खुद से पूछें कि क्या आपने और आपकी पत्नी ने घर में बच्चों को जन्म से ही अति सुरक्षात्मक माहौल में पाला-पोसा है? क्या आपने बच्चों को अवांछित और तनावपूर्ण माहौल से बचाए रखने में कोई कसर नहीं छोड़ी है? AQ के घटने की बड़ी वजह यही हो सकती है। अगर आप बच्चों के सामने बहुत सुरक्षात्मक होकर बात करेंगे, हद से ज्यादा स्नेह दिखाएँगे और उनकी हर माँग और इच्छा को पूरा करते जाएँगे, तो बच्चे कभी भी किसी चीज की कमी महसूस नहीं कर पाएँगे और यह भी नहीं सीख पाएँगे कि अगर किसी चीज के लिए इनकार किया जाता है तो कैसा लगता है। सामान्य तौर पर, हमारे बच्चों को जरा भी पता नहीं चलता कि स्कूल की फीस समय पर भरी गई या नहीं, या बिजली का बिल जमा किया गया या नहीं, या घर में समुचित पानी की आपूर्ति हो रही है या नहीं, वगैरह-वगैरह। बच्चों को जरा भी चिंता नहीं होती कि उन्हें नए कपड़े मिलेंगे या नहीं या खिलौने या जो भी उनकी फरमाइश होती है। बचपन से ही वे यह जान रहे होते हैं कि उनके आसपास सबकुछ प्रचुर मात्रा में मौजूद है और उनकी जरूरत

की हर चीज उनको मिलनी ही है। ऐसे भी माता-पिता होते हैं, जो बच्चों के सामने ही फिक्स डिपॉजिट और अन्य निवेशों की चर्चा जानबूझकर करते हैं, ताकि बच्चों को यह न लगे कि वे किसी अभाव में हैं या उनको अपने भविष्य के लिए किसी तरह की चिंता करने की जरूरत है।

छोटी सी उम्र में ही बच्चों में यह आत्मविश्वास आ जाता है कि उनके माता-पिता के पास काफी संसाधन मौजूद हैं और उनका आगे का जीवन वित्तीय तौर पर सुरक्षित है। उनको बिगाड़ने का काम बाकी दुनिया करती है, जो उनके मन में बैठा देती है कि जीवन में अगर कोई चीज सबसे महत्त्वपूर्ण है तो वह है—पैसा, क्योंकि पैसा हर समस्या का समाधान कर सकता है। हमारे बच्चे यह सोचकर खुश हो जाते हैं कि अगर जीवन में सबसे कीमती चीज पैसा ही है तो उनके माता-पिता के पास तो यह प्रचुर मात्रा में है, इसलिए किसी चीज की चिंता करने की जरूरत नहीं है! इसलिए बाद के जीवन में, अगर अचानक किसी तरह का वित्तीय संकट आ जाए या नुकसान के हालात बन जाएँ या अभिभावक की मृत्यु हो जाए, तो बच्चे बिल्कुल असहाय हो जाते हैं, टूट जाते हैं और निढाल हो जाते हैं।

दु:खद है कि हमारे बच्चे छोटे से झटके, जैसे कि परीक्षा में विफलता या खराब अंकवाली स्थिति से भी उबर पाने में अक्षम नजर आते हैं और समस्याओं और मुश्किलों से लड़ने की बजाय, वे खुद को ही खत्म कर लेने का विकल्प चुन बैठते हैं और फिर भी माता-पिता ऊँचे अंक हासिल करने के लिए बच्चों पर अनावश्यक दबाव बनाते रहते हैं, जबकि विपरीत हालात झेलने या अपने अंदर की कमजोरियों से लड़ने की उनकी कमजोर क्षमता से अनजान रहते हैं। आप देश से बाहर रहते हैं और इसलिए बिजली और पानी की कमी जैसी समस्या, तपिश भरे मौसम की मार, लंबे-लंबे सफर की थकान आदि, आप सभी लोग समान रूप से नहीं झेलते होंगे। वहाँ रहनेवाला मध्यम वर्गीय परिवार भी एयर कंडिशंड घरों में रहता होगा और ए.सी. वाहनों में सफर करता होगा। आप लोगों का सप्ताहांत बाहर रात के खाने, पार्टियों, पिकनिक और खरीदारी में बीतता होगा, साथ ही, चूँकि आप भारत में नहीं रह रहे हैं, इसलिए मित्रों और रिश्तेदारों के दु:ख-दर्द में शामिल होने के अवसर भी कम ही मिलते होंगे। इसलिए आपके बच्चे बेरोजगारी, मृत्यु, बीमारी और यहाँ तक कि गरीबी जैसी चीजों से वाकिफ नहीं होंगे।

इसलिए हम जानबूझकर बच्चों को गरीबी या मृत्यु या बीमारी जैसी चीजों से वाकिफ नहीं करा सकते, लेकिन कम-से-कम आपको जरूरत से ज्यादा रक्षात्मक

नहीं होना चाहिए और बच्चों की क्षमताओं को प्राकृतिक रूप से बढ़ने देने की राह में रुकावट नहीं बनना चाहिए। बच्चों को प्रेरणादायक फिल्में दिखाएँ, या अपने बचपन की बहादुरीवाली कहानियाँ सुनाएँ या उनको ऐसी ही डॉक्युमेंट्री दिखाएँ और उन्हें ओजस्वी बातें सुनने के लिए प्रेरित करें और उन्हें जीवन की वास्तविकताओं से परिचित भी कराते चलें। उन्हें बताएँ कि जीवन अप्रत्याशित उतार-चढ़ाव तथा अनिश्चितता से भरा हुआ है और जीवन में शायद ही कभी ऐसा मौका आता है, जब वह सीधी रेखा में चले।

बच्चों से बात करने से ही ज्यादातर मसले हल हो जाते हैं और उनके नैतिक बल और क्षमताओं को बढ़ाने का यही सबसे अच्छा तरीका भी है, जिससे वे अपने आगे के जीवन में मुश्किल हालातों में सँभल पाएँगे। जब वे वाकई किसी मुश्किल हालात में फँसेंगे, तो आपके कहे शब्द उनके कानों में गूँजेंगे। आप चाहें तो बच्चों के जन्मदिन पर या किसी अन्य खास दिन उनको ऐसे लोगों से मिलवाने के लिए ले जा सकते हैं, जो अभावों में रह रहे हों। आपके बच्चों को पता होना चाहिए कि अनाथालयों में बच्चे कैसे रहते हैं और लोग अपना गुजारा करने के लिए क्या-क्या करते हैं। बच्चों को केवल इस दुनिया की चमक-दमक से ही केवल रूबरू नहीं कराना चाहिए साथ ही, बच्चों को ऐसे लोगों की कहानियाँ सुनाएँ, जिन्होंने जीवन में संघर्ष किया, हार नहीं मानी, बाधाओं को पार किया और विजेता बने। ऐसे लोगों की भी कहानियाँ सुनाएँ, जिनके जीवन में मुश्किलें-ही-मुश्किलें थीं और उन्होंने उन मुश्किलों से पार पाते हुए जीवन को उत्सव बनाया।

जीवन की खराब सच्चाइयों को छिपाना अच्छे अभिभावकत्व की निशानी नहीं मानी जाती, उनकी क्षमताओं को प्रभावी तरीके से निखारना, ताकि वे अपने जीवन में आनेवाले उतार-चढ़ाव से सामंजस्य बैठा सकें, यह वास्तविक देखभाल मानी जाती है। उनको सुरक्षा में रखना और हर चीज मुहैया कराना ही केवल अभिभावक के गुण नहीं होते, बल्कि बच्चों को भावनात्मक और मनोवैज्ञानिक तौर पर सटीक तरीके से जूझने लायक बनाने के लिए जितना हो सके, उतने तरीके से उन्हें लैस करना अभिभावक के असली गुण हैं।

□

20

क्या हमें अपने इकलौते बेटे को पढ़ाई के लिए विदेश भेजना चाहिए ? तब क्या होगा, अगर वह कभी नहीं लौटा और बेहतरी के लिए वहीं बस गया ?

मैं बहुत ही सशंकित माँ हूँ। मैं इसमें कुछ नहीं कर सकती। मैं अपने बच्चों से प्यार करती हूँ और उनको हमेशा अपने आसपास ही देखना चाहती हूँ। वे ही मेरी पूरी दुनिया हैं, जो मेरे जीने की वजह भी हैं। हमारे बेटे ने इस साल अपना बी.ई. पूरा कर लिया है और चूँकि उसके लगभग सारे ही दोस्त अपनी पोस्ट ग्रेजुएट की पढ़ाई के लिए अमेरिका जा रहे हैं, वह भी जाना चाहता है। यह ठीक है कि वह मेरी इच्छाओं से अलग नहीं जा सकता, लेकिन वह मुझे इस चीज के लिए समझाने की पूरी कोशिश कर रहा है।

वह कहता है कि अपनी आगे की पढ़ाई के लिए वह विदेश जाना चाहता है और इसके लिए वह तमाम वजहें भी गिनाता है, लेकिन मैं उसे अमेरिका या किसी अन्य देश में जाने देने के लिए खुद को समझा नहीं पा रही हूँ। पता नहीं क्यों मेरा मन यह मानने को तैयार नहीं है कि वह शायद भारत वापस न आना चाहे और विदेशी संस्कृति में ही घुल-मिल जाए और वहीं बस जाए। यह स्वाभाविक है, क्योंकि यहाँ से अनगिनत बच्चे विदेश पढ़ाई के लिए जाते हैं और लौटकर नहीं आते, वहीं बस जाते हैं। उनके माता-पिता बच्चों के लौटने का इंतजार ही करते रह जाते हैं, लेकिन ऐसा हो नहीं पाता। जाते समय तो वे यह वादा करके जाते हैं कि वे केवल दो साल में लौट आएँगे, फिर छह महीने की बात करते हैं और इसी तरह

समय बीतता चला जाता है और अंततः वे वहीं तरीके ढूँढ़ लेते हैं, बस जाने के। इसके बाद माता-पिता को यह बताने की औपचारिकता भर ही रह जाती है कि अब वे वहीं रहेंगे। वहाँ बसने के बाद शुरुआती कुछ सालों तक तो वे नियमित रूप से स्वदेश आते हैं, लेकिन उसके बाद यह क्रम घटता जाता है।

हम, उसके माता-पिता, ऐसी स्थिति अपने लिए नहीं चाहते…हम नहीं चाहते कि अपनी अंतिम साँस तक हम अपने बच्चों के लौटने का इंतजार ही करते रह जाएँ।

प्रिय अभिभावक,

"यदि हम दे सकें तो हमें अपने बच्चों को दो चीजें वसीयत कर देनी चाहिए। इनमें से एक है—अपनी जड़ें और दूसरा है—पंख।"

—जॉन वोल्फगैंग वैन गोएथे

ठीक है, ठीक है…प्रिय माँ, वाकई अपनी आँखों के सामने अपने बच्चों को पंख फड़फड़ाकर उड़ जाते देखना बिल्कुल आसान नहीं है। हाँ, हम अपने बच्चों को उड़ते हुए देखना चाहते हैं, लेकिन इतनी दूर भी नहीं कि वे किसी दूसरी धरती पर पहुँच जाएँ, जहाँ से लौटना मुश्किल हो जाए! हम चाहते हैं, उन्हें देखना आसमान में और ऊपर जाते हुए, लेकिन हमारी इच्छा यही होती है कि वे हमारे आसपास ही रहें। हम नहीं चाहते कि जिस डोर से हमारे बच्चे हमसे बँधे हुए हैं, वह टूटने पाए।

वाह! लेकिन काश कि ऐसा होता कि हमारी इच्छाएँ पूरी हो पातीं। क्या आपने वह लतीफा सुना है कि महिलाएँ अपने पतियों के कुछ गुण चाहती हैं? यह कुछ इस तरह का है कि जब किसी महिला से पूछा गया कि वह कैसा पति चाहती है तो उसने कहा कि वह सफल तो हो, लेकिन बहुत ज्यादा महत्त्वाकांक्षी न हो; साहसी हो, लेकिन प्रभुत्व जमानेवाला न हो; प्रेम करनेवाला हो, लेकिन मालिकाना हक न जताए; अच्छा श्रोता हो, लेकिन जोरू का गुलाम न हो; उदार हो, लेकिन बेवकूफ न हो, जो कि सबकुछ यूँ ही छोड़ दे; अगुआ हो, लेकिन खुद ही सारे फैसले न ले और इस तरह फेहरिस्त बढ़ती चली जाती है!

मैं आपकी चिंताओं को कमतर नहीं कर रही, क्या आप वाकई गंभीरता से सोचती हैं कि जिस वैश्विक गाँव में हम रहते हैं, उसमें ऐसी इच्छा रखना बुद्धिमानी

है कि हमारे बच्चे हमेशा हमारे आसपास ही रहें? देशों के बीच की सीमाएँ घटती जा रही हैं···चाहे पैसा हो या मानव संसाधन, तकनीक हो या उत्पाद, हर चीज उन्मुक्त रूप से इधर-से-उधर जा रही है। हमारे बच्चे भी स्वतंत्र रूप से कहीं भी उड़ रहे हैं, जहाँ जाने की वे इच्छा जताते हैं और चाहते हैं। आपके सम्मान में हो सकता है कि आपका बेटा आपकी इच्छाओं के आगे झुक जाए और विदेश में पढ़ाई की इच्छा का त्याग कर दे, लेकिन क्या आप उसका उतरा हुआ चेहरा देखना पसंद करेंगी और अपने बाकी बचे जीवन में इसे याद रखना चाहेंगी? हाँ, ऐसा है कि हमारे अपने देश में भी तमाम ऐसे विलक्षण शैक्षिक संस्थान हैं पढ़ाई के लिए और अगर आप इस तर्क से उसे समझा पाएँ तो यह सर्वश्रेष्ठ तरीका कहलाएगा। हमारे देश को भी युवा और पढ़े-लिखे लोगों की आवश्यकता है, जो देश के विकास में योगदान दे सकें।

इस मामले में भावनात्मक रूप से विचार करने की बजाय, समझदारी से काम लें और ऐसी बात करें, जो कि बच्चे को भी ठीक लगे। उसके सामने दोनों ही हालातों की अच्छी और खराब बातें रखें—विदेश जाने, पढ़ाई करने और पढ़ाई करके अपने देश में काम करना। अगर आप उससे इस तरह बात कर सकें, जो कि उसकी भी संवेदनशीलता को ठीक लगे और भारत में ही रहने को लेकर वह तैयार हो सके, तो इससे बढ़िया कोई बात ही नहीं। हालाँकि अगर इसके बावजूद वह आगे की पढ़ाई के लिए अमेरिका जाने पर अड़ा रहे, तब उस दशा में आप उसे अपने प्रेम और देखरेख को ढाल बनाकर उसकी इच्छाओं का दमन न करें। यह बहुत ही अन्यायपूर्ण होगा और तार्किक भी नहीं होगा।

अगर वह भारत में ही आगे की पढ़ाई करेगा, तो वह काफी कुछ सीखेगा भी। इसी तरह, अगर वह अमेरिका जाएगा, तो उसे अलग तरह का अनुभव सीखने को मिलेगा। थोड़े समय के लिए, अगर उसे सबकुछ खुद से करना पड़ेगा तो यह उसके व्यक्तित्व को पूरी तरह बदलकर रख देगा और उसमें और ज्यादा निखार आएगा। उसे नए क्षितिज पर नई चीजें सीखने को मिलेंगी और वह दूसरी संस्कृतियों और संवेदनशीलता से भी वाकिफ हो सकेगा। जैसा कि रिचर्ड बैच ने कहा है, 'अगर आप किसी से प्रेम करते हैं, तो उसे स्वतंत्र छोड़ दें।' एक फैसले पर अडिग होना कि आप उसे देश न छोड़ने के लिए समझाएँगी और अपनी भरसक कोशिश करेंगी, क्योंकि आपको यह आशंका है कि वह शायद वापस अपने देश न आना चाहे, यह व्यर्थ हो जाएगा। भारत भी बहुत विशाल देश है।

अगर वह अपने ही देश के किसी दूर-दराज के राज्य में नौकरी पा जाएगा, तब आप क्या करेंगी? और वह किसी दूसरे देश में नौकरी पा जाएगा, जहाँ आप भी जाकर उसके साथ रह सकती हैं या वह खुद भी कुछ घंटों के अंदर आप तक पहुँचनेवाली जगह पर काम करेगा। सोचिए!

इस पल, वह केवल बाहर पढ़ाई के लिए ही जाना चाहता है। कौन जाने कि कल क्या होगा? कोई नहीं जानता कि वह कहाँ नौकरी पाएगा। तब क्या होगा, यदि वह भारत में नौकरी कर रहा होगा और अचानक उसका तबादला किसी दूसरे देश में हो जाएगा? क्या हम किसी चीज या किसी शख्स पर हमेशा भौतिक या भावनात्मक नियंत्रण कायम रख पाएँगे? नहीं, हम ऐसा हरगिज नहीं कर सकते।

सबसे महत्त्वपूर्ण सत्य यह है कि जीवन अप्रत्याशित है और जो योजनाएँ हम बनाते हैं, हालात शायद ही उसे जस-का-तस अमल में आने देते हैं। अगर वह भारत में रहकर पढ़े और यहाँ तक कि अपने ही शहर में उसकी नौकरी लग जाए और वह आपके साथ ही घर में रहे, लेकिन आगे चलकर यदि आपमें और उसमें भावनात्मक दूरियाँ बढ़ने लगें, तब आप क्या करेंगी? क्या आपने ऐसे वाकयों के बारे में नहीं सुना है, जिसमें बच्चे माँ-बाप के साथ ही रहते हैं, लेकिन घर का माहौल बेहद खराब और कड़वाहट भरा रहता है? दिलों का जुड़ा रहना ज्यादा जरूरी है। भले ही सफर की दूरियाँ चंद घंटों की हों, लेकिन दिलों की दूरियाँ सहन नहीं होतीं। कभी-कभी, एक ही शहर में रहते हुए बच्चे अपने माँ-बाप की दुःख और तकलीफों से बेपरवाह होते हैं।

अगर आप बच्चे के लिए कुछ अच्छा चाहती हैं, तो उसे इस तरह देखें—वह अच्छे से पढ़ाई करे और अच्छे से रहे और संतुष्ट रहे और जुड़ा रहे, चाहे जहाँ रहे। बाकी सारी चीजें अपनी जगह बना लेंगी!

□

21

कब 'न' कहना चाहिए और कैसे उस पर टिके रहना चाहिए

मेरी बेटी आलिया जब नौ साल की भी नहीं हुई थी, तब से ही डांस सीखने की जिद पर अड़ गई थी। मैं भी खुश थी और चाहती थी कि वह सीखे, लेकिन मुझे तब झटका लगा, जब उसने कहा कि वह शास्त्रीय नृत्य नहीं सीखना चाहती। बल्कि वह बॉलीवुड गानों पर होनेवाला डांस सीखना चाहती है। मैं हतप्रभ हुई और स्पष्ट रूप से मना कर दिया।

इसका नतीजा यह हुआ कि वर्षों बाद भी उसने इस बात को लेकर अपने मन में एक गाँठ बना ली। कई अवसरों पर, उसके नखरों की तीव्रता और आवाज बहुत ऊँची हो जाती है, लेकिन इससे मेरे निश्चय पर असर नहीं पड़ा। मैं उसको कमर मटकाते और सीना हिलाते हुए भद्दी उछल-कूद करते नहीं देख सकती थी। मैंने पाया है कि ज्यादातर डांसवाले गाने भोंड़े और उत्तेजक होते हैं और वे निश्चित रूप से छोटी लड़कियों और लड़कों को नकल करने के लिए ठीक नहीं होते।

अब वह 14 साल की है और मेरे लगातार मना करने के बावजूद उसने यू-ट्यूब वीडियो से देखकर खुद से बॉलीवुड फिल्मों के चर्चित 'आइटम नंबरों' पर होनेवाले डांस में महारत हासिल कर ली है। जब भी उसके दोस्तों के बीच उनके माता-पिता को लेकर बात होती है कि किसके 'माता-पिता सुलझे हुए हैं' और 'किसके यहाँ दमघोंटू माहौल है', तो मेरी बेटी हमेशा मुँह टेढ़ा करके ही बात करती है।

ऐसे ही तमाम मसलों पर हम कोई-न-कोई फैसला लेते ही हैं और उसके बाद हम हैरान रह जाते हैं यह सोचकर कि क्या हमने सही फैसला लिया था? और

सबसे कठिन काम किसी फैसले को लेने के बाद उस पर टिके रहना होता है। अब हमें क्या करना चाहिए?

प्रिय अभिभावक,

हाँ, जब भी माता-पिता उलझन में होते हैं किसी खास मसले को लेकर तो वे बहुत तनावपूर्ण दौर से गुजर रहे होते हैं। एक चीज होती है, जिसमें हमारा विश्वास होता है और उसके बाद हमारे अपने माता-पिता की धारणाएँ और हमारे बच्चों और पड़ोसियों, फिर शिक्षकों, फिर दोस्तों और फिर हमारे बच्चों के दोस्तों और उन दोस्तों के माता-पिता की धारणाएँ होती हैं। ऐसे लोगों का पूरा समूह मौजूद है, जिनके बारे में बताने की जरूरत नहीं कि उनमें तमाम पेशेवर और अन्य स्वयंभू विशेषज्ञ शामिल हैं, जो किताबें और लेख लिखते हैं, जो सलाह देते हैं कि कौन सी चीज सर्वश्रेष्ठ है और हम पर लगातार अपने विचारों का हमला करते रहते हैं। फिर भी स्पष्ट कहें, अभिभावक की भूमिका ज्यादातर भावनाओं पर निर्भर होती है और बहुत कम ही सोच-विचार और समझदारी से चल पाती है। आपको जो ठीक लगता है, आप उस हिसाब से चीजें आगे बढ़ाते हैं। हालाँकि हमारे मन की गहराइयों में समाहित भावनाओं का ठीक-ठीक पता लगाने के लिए यह बेहद जरूरी है कि हम सोचें, मनन करें और अपने सवालों का अंतरमन की गहराइयों में जवाब तलाशें।

जागरूकता बेहद अहम चीज है और बेहतर जीवन के लिए बहुत गंभीर चीज है और साथ ही हमारे प्रियजनों की खुशहाली के लिए भी जरूरी है। एक तरफ जहाँ हमें यह जानना जरूरी है कि हम कौन हैं और हमारे अंतरमन के विचार कैसे हैं, दूसरी तरफ उसी क्षण हमें तार्किक रूप से यह भी समझना जरूरी है कि हमारे आसपास की दुनिया कैसी है। जीवन और पालन-पोषण की प्रक्रिया को यूँ ही गुजरने तो नहीं दिया जा सकता कि हम केवल मूकदर्शक बनकर और समय-समय पर आक्रामक तरीके से प्रतिक्रिया देकर ही रह जाएँ। हमें निश्चित रूप से सोचते और विचार करते रहना होगा और उसके अनुरूप फैसले लेने होंगे। बच्चों की भावनात्मक प्रतिक्रिया और आपके आसपास मौजूद लोगों की आत्मविश्वास से भरी सहमति पर बहुत ज्यादा अभिभूत होने की जरूरत नहीं है। अगर आपने एक बार फैसला ले लिया कि आप अपने बच्चे को बॉलीवुड के आइटम नंबरों पर होनेवाले डांस नहीं सिखाएँगी, तो आपको इसके लिए किसी को भी सफाई देने की जरूरत नहीं है, वह चाहे जो कोई भी हो।

निश्चित रूप से, आपके पास अपने लिये गए फैसले के पीछे आधार है और आपने किसी निष्कर्ष पर पहुँचने से पहले उसके अच्छे-बुरे हर पहलू को ध्यान में रखा होगा। आपने जब यह कठोर फैसला लिया होगा, तब यह भी महसूस किया होगा कि आपको अपने बच्चे की तीखी नाराजगी भरी प्रतिक्रिया झेलनी पड़ेगी। हमारे फैसले केवल इस बात से निर्धारित नहीं होने चाहिए कि इनसे बच्चों को हमेशा खुशी मिलेगी...अगर ऐसा होता, तो हमारे बच्चे ज्यादातर स्कूल से बाहर होते और जमकर जंक फूड खा रहे होते और बीमार हो चुके होते और यही नहीं, नशे के लती होकर अपराध की राह पर बढ़ चुके होते। हमारे फैसले उनकी बेहतरी को ध्यान में रखकर समझदारी से प्रेरित होते हैं। कभी-कभी माता-पिता यह सोचते हुए कि शायद उनकी बेटी के हित में हो, फैसला ले सकते हैं कि वे अपनी बेटी को स्कूल नहीं भेजेंगे, या 18 साल की होते ही उसकी शादी कर देंगे, यह मानते हुए कि यह उसके लिए अच्छा है। देखनेवालों के तौर पर हम यह महसूस कर सकते हैं कि उनके फैसले अतिरंजित थे, लेकिन हमें यह देखना होगा कि उन लोगों ने अपने नजरिए के मुताबिक जैसा ठीक लगा, वैसा फैसला लिया। इसी प्रकार, हमें अपना नजरिया इस्तेमाल करना होगा और ऐसे भी कुछ लोग जरूर होंगे, जो कहेंगे कि हम गलत हैं, लेकिन यह उनका नजरिया हो सकता है। कहने का मतलब यह है कि आप जो करें, वह जरूरी नहीं कि किसी और को उचित लगे ही, या दूसरा कोई फैसला ले तो वह आपको अटपटा न लगे।

हमें निश्चित रूप से अपने फैसले लेने चाहिए, जिसके लिए एक विशेष प्रक्रिया अपनाई जानी चाहिए, जैसे कि गहन मंथन करना और किसी फैसले पर पहुँचने से पहले उस पर हर तरह से खुले दिमाग से विचार करना। जब आप बाहरी दुनिया के दबाव में हों या अपने बच्चों के, ऐसे में आपको अपने फैसले पर टिके रहना होगा, क्योंकि आपने सोच-विचारकर यह निष्कर्ष निकाला होता है कि अमुक फैसला आपके अपने के लिए हमेशा के लिए अच्छा है और यह चीज आपको अपने फैसले पर अडिग रहने की ताकत देगी, लेकिन यहाँ ध्यान रखनेवाली बात यह है कि समझदारीपूर्वक लिये फैसले और अपने फैसले पर जिद में अड़े रहने में काफी अंतर है। इसी तरह, दूसरों से मिले समझदारी भरे विचारों के आगे झुक जाना और उन विचारों पर खुले मन से सोचने में भी काफी बड़ा फर्क होता है।

दूसरों के विचारों को अवश्य सुनें और किसी निष्कर्ष या फैसले पर पहुँचने से पहले उस पर तर्क-वितर्क करें और अगर किसी का तर्क आपको दुरुस्त लगे, तो

अपने नजरिए को बदलने में कोई बुराई भी नहीं है और अपने फैसले में भी बदलाव लाने में गुरेज नहीं होनी चाहिए। याद रखें, आखिरकार दीर्घकालीन अंतिम लक्ष्य बेहतरी का है। अगर आप गंभीरता से और जिम्मेदारीपूर्वक अपने बच्चे की बेहतरी को ध्यान में रखते हुए आगे बढ़ रहे हैं, न कि अपने अहंवश, या अपने भूतकाल के वशीभूत और दूसरों को खुश करना आपके ध्येय में नहीं है, तो आप दूसरों की बात खुले मन से विनम्रतापूर्वक सुनेंगे और गरिमामय तरीके से अपने फैसलों का निर्धारण करेंगे और जरूरत पड़ी तो उसमें बदलाव भी लाएँगे, क्योंकि इसमें आपके बच्चे का हित जुड़ा हुआ है।

अगर आपकी बेटी आलिया ने यू-ट्यूब देखकर कुछ डांस स्टेप्स सीख लिये हैं, तो इसे लेकर आपको निराश और हताश होने की जरूरत नहीं है। जरूरी यह है कि आपकी असहमति का उसे पता चले और यह भी कि आपने जो फैसला लिया है, वह उसकी बेहतरी के लिए है। फिलहाल उसकी उम्र ऐसी है कि उसकी तरफ से थोड़ा-बहुत विरोध या मनमानी गलत नहीं मानी जाती और यह मानकर चलना चाहिए कि उसकी प्रतिक्रिया स्वाभाविक है। उसे अच्छी तरह पता है कि आप बॉलीवुड गानों पर डांस के सख्त खिलाफ हैं और अगर आप इस मसले पर शांत रहकर अपने ऊपर काबू रखती हैं, तो धीरे-धीरे उसके मन से भी डांस सीखने का भूत उतर जाएगा। आप खुद गौर करें कि एक दौर आता है, जब लड़कियाँ मॉडल और एक्ट्रेस बनना चाहती हैं और लड़के खिलाड़ी या जादूगर और योद्धा बनना चाहते हैं। हालाँकि किसी चमक-दमकवाले जैसा बनने का शौक थोड़े समय के लिए ही होता है और समय गुजरने के साथ हलका पड़ जाता है।

अपनी भावनाओं और गंभीर इरादों की मदद लें। फैसले लेने में और अपनी सोच में स्पष्टता के चलते आप अपने फैसले पर अडिग रहें। केवल यह याद रखें कि किसी भी चीज पर बड़ा नजरिया रखें और अपने अंदर की समझदारी और जागरूकता को बचाकर रखें और अपने सभी अभिमान और अहं को निश्चित रूप से दूर रखें।

□

22

क्या अपनी बेटी को स्कूल ट्रिप पर कई दिनों के लिए बाहर भेजना उचित है?

मैं सिंगल मदर हूँ और मेरी बेटी 14 साल की है। बीते दो सालों से उसके स्कूल की तरफ से बच्चों को बाहर ट्रिप पर ले जाया जा रहा है और इस दौरान बच्चे हफ्ते भर के लिए घर से दूर किसी जगह पर ले जाए जाते हैं, जैसे कि उदयपुर, जयपुर, मैसूर, आदि। मेरी बेटी भी इस ट्रिप पर जाने की जिद करती है, लेकिन मैं इसको लेकर अनिच्छुक रहती हूँ और आज तक मैंने उसे रोक रखा है। इस मसले पर वह मुझसे नाराज भी रहती है। मैं यह जानना चाहती हूँ कि क्या किशोर लड़के-लड़कियों को इस तरह के लंबे ट्रिप पर भेजना उचित है? इन दिनों, बच्चे बहुत ज्यादा खुले माहौल में रहते हैं और उनका रवैया भी बेपरवाहीवाला होता है। ऐसे में मुझे शक है कि शिक्षकों की मौजूदगी के बावजूद क्या वे नियंत्रण में रहते होंगे?

इन दिनों, बच्चों की माँगों के आगे खुद को टिकाए रख पाना तनाव का बहुत बड़ा कारण बनता जा रहा है। वे बहुत ऊँची आवाज में अपनी बात कहते हैं और दरअसल, अगर आप उनकी माँगों को पूरा नहीं करते हैं तो वे आपसे झगड़ा भी करने लगते हैं। उनकी तेज और तीखी आवाज, जिसमें वे आक्रामक होकर बहस करते हैं और आप पर एक निष्क्रिय अभिभावक होने का ठप्पा लगा देते हैं, इससे माता-पिता का दिल टुकड़े-टुकड़े हो जाता है। सिंगल पैरेंट होने के चलते मेरे ऊपर दोहरा दबाव है और मुझे हर चीज खुद ही करनी पड़ती है और झेलना भी अकेले ही पड़ता है। अगर मैं अपनी बेटी को यह बताऊँ कि उसका ट्रिप पर जाना सुरक्षित नहीं है और वह स्कूल में या दिन की पिकनिक पर जाकर भी अच्छा महसूस कर सकती है, तो वह मुझसे बहस करने लगती है और दरवाजा पीटने लगती है, साथ ही वह अन्य अभिभावकों की तरह न होने का मेरे ऊपर लांछन भी लगाने लगती है। ऐसे मौकों

पर उसका एक ही सवाल होता है, जो वह अपनी कड़क आवाज में मुझसे पूछती है—अगर तुमको हर चीज से इतना डर लगता है तो तुमने मुझे पैदा ही क्यों किया? किसने कहा था कि मुझे पैदा करो?

प्रिय अभिभावक,

आपको अपनी बेटी की फिक्र करने और उसकी बेहतरी के लिए हर फैसला लेने का पूरा अधिकार है। हालाँकि हमें केवल अपने इस डर के वशीभूत कि उनके साथ कुछ हो जाएगा, या कुछ अप्रत्याशित घट जाएगा, उनकी इच्छाओं का दमन करने और उनके पंखों को उड़ान से रोकने से पहले दो बार सोचना चाहिए। आपने जिक्र किया कि बेटी को दिन में होनेवाले ट्रिप पर भेजने में कोई आपत्ति नहीं है। हाँ, वे अपने दोस्तों के साथ इस तरह भी आनंद उठा सकते हैं और स्कूल के घंटों के दौरान भी वे मौज-मस्ती कर सकते हैं, लेकिन याद रखें कि जिस चीज को लेकर आप खौफजदा हैं, वह स्कूल में, या घर पर या दिन के ट्रिप के दौरान भी घट सकती है। अगर आप लड़के-लड़कियों के बेहद करीब आने और नाजायज फायदा उठाने को लेकर चिंतित हैं और इस बात से सशंकित हैं कि लड़के-लड़कियाँ गलत हरकत की तरफ उन्मुख हो सकते हैं, तो यह ध्यान रखें कि ये सारी चीजें आपकी नाक के नीचे भी हो सकती हैं और शायद आपको भनक तक न लगे। आपने स्वयं कहा कि शिक्षकों की मौजूदगी के बावजूद आप आश्वस्त नहीं हैं। इसी तरह, लंबे ट्रिप पर न भेजने के बावजूद, आप किसी चीज को लेकर आश्वस्त नहीं हो सकेंगी। आप जिन चीजों को लेकर सशंकित हैं, जरूरी नहीं कि वे चीजें हों ही। हर चीज के बावजूद सकारात्मक रवैया बनाए रखना चाहिए।

क्या आपने उस राजा की कहानी नहीं सुनी, जो अपने राज्य का दौरा करने के बारे में सोचता है? वह अपने महल से नंगे पाँव ही निकलता है और चलना शुरू करता है तो उसके पाँवों में धूल और कीचड़ लग जाते हैं। यह देखकर वह वापस अपने महल में लौट आता है और आदेश देता है कि वह जहाँ भी जाए, उस राह में कालीन बिछा दिया जाए, जो कि बिल्कुल वैसा हो, जैसा कि राजमहल में बिछा होता है, ताकि उसके पाँव फिर से मैले न हों। इसके बाद दरबारी उस तरह के कालीन की व्यवस्था में जुट गए, ताकि पूरे शहर को कालीन से पाटा जा सके, लेकिन वैसी कालीन नहीं मिला, जैसा राजमहल में बिछा हुआ था। जैसे-तैसे कालीनों का जुगाड़ किया गया, ताकि कुछ हद तक राजा के पाँव सुरक्षित रखे जा सकें, लेकिन सारी कोशिशों के बावजूद उतने कालीन नहीं एकत्र किए जा सके,

जिन्हें पूरे राज्य की सड़कों पर बिछाया जा सके। फिर भी राजा के आक्रोश से बचने के लिए दरबारी किसी नए उपाय की तलाश में जुट गए। एक बुद्धिमान मंत्री उपाय लेकर सामने आया। वह बहुत तेजी के साथ राजा के पास पहुँचा और बहुत बड़ा जोखिम उठाते हुए राजा के कानों में फुसफुसाते हुए बोला, 'महाराज, बजाय कि पूरे राज्य को कालीन से पाट देने के, आप ऐसा क्यों नहीं करते कि अपने पाँवों को किसी ऐसी चीज से ढक लें, ताकि उनमें धूल लगे ही न?' यह विचार काम कर गया और संभवत: इसके साथ ही पैरों में जूते पहनने की खोज भी हो गई हो और चलन भी शुरू हो गया हो!

हम किसी भी तरह से किसी के मन में चल रही विचार प्रक्रिया को बदल नहीं सकते और न हम लोगों को उनका रवैया बदलने के लिए ही बाध्य कर सकते हैं, बल्कि हमारे हाथ में जो है, उसे हम निश्चित रूप से बदल सकते हैं। हमारे पास बदलने के नाम पर केवल हमारे विचार और व्यवहार ही हैं। आप लड़कियों और लड़कों के आपत्तिजनक व्यवहार को नहीं बदल सकती, लेकिन आप निश्चित रूप से अपनी बेटी को यह सिखा सकती हैं कि उससे किस तरह का व्यवहार अपेक्षित है और किस तरह के व्यवहार से उसे बचकर रहना है। आपने अपनी बेटी को पाला है, तो उसे यह जरूर बताया होगा कि क्या चीजें तहजीब के दायरे में हैं और किन चीजों पर उसे सजग रहना चाहिए। तो जिस तरह का प्रशिक्षण आपने बेटी को दिया है, उस पर भरोसा करें और मानकर चलें कि आपकी नसीहतों को वह उचित समय पर अमल में ले आएगी, क्योंकि वह भी एक सजग बच्ची है और अपने साथ किसी भी तरह की गलत चीज होने नहीं देगी। अपनी बेटी पर भरोसा करें।

और अगर वह अच्छे और बुरे में अंतर नहीं पहचान पाएगी तो निश्चित रूप से अपनी गलतियों से सीखेगी, लेकिन क्या आप सोचती हैं कि केवल लंबे ट्रिप पर जाने की वजह से वह गलतियाँ करेगी? कुछ देर के लिए सोचिए। आपने भी कभी-न-कभी गलतियाँ की होंगी, आपके फैसलों में भी कुछ कमियाँ रही होंगी और कभी बेवकूफी आपसे भी हुई होगी। क्या मौके-बेमौके हुई उन सारी गलतियों के लिए लड़कों की संगत ही जिम्मेदार रही होगी? बजाय अपनी हिचक हावी करने के, बच्चों को बाहर निकलने देना चाहिए, ताकि वे अपने मामले खुद सँभालना सीखें और आत्मनिर्भर बनें। उन्हें गलतियों और प्रयोगों के आधार पर खुद सीखने दें कि हालातों के मद्‌देनजर कैसे पेश आएँ, कैसे अपना सामान बाँधें और कैसे शिक्षकों की आवाज पर सुबह उठें और समय पर तैयार हों और इसके साथ ही अपने दिन को उचित तरीके से नियोजित करें। इसके अलावा, सफर करने और नई

जगहों को देखने से हमारा नजरिया व्यापक बनता है। आपको स्कूल के शिक्षकों पर भी भरोसा करना चाहिए, जो अनुशासन और व्यवस्था बनाए रखने में कसर नहीं छोड़ेंगे और आपके बच्चे में भी इन बातों का समावेश करेंगे। अपने साथियों के साथ-साथ रहने से बच्चों के संबंध भी गहरे होते हैं, जो कि आज के दौर की गैजेट से भरी दुनिया में एक महत्त्वपूर्ण जरूरत है। अगर हमारे बच्चे नई जगहों पर जाते हैं और कुछ सीखते हैं तो वे नई संस्कृति के तौर-तरीके देखेंगे, कुछ ग्रहण करेंगे और अगर वे साथ-साथ हँसेंगे, खेलेंगे और मौज-मस्ती करेंगे (शिक्षकों की देखरेख में), तो हमें भी उनके लिए खुशी होगी।

अगर बाहरी दुनिया खतरनाक है तो समाधान यह नहीं है कि हम अपने बच्चों को अलग-अलग पिंजड़ों में बंद करते रहें, बल्कि उन्हें उन जरूरी तरीकों से लैस करने की जरूरत है, जिससे वे संभावित खतरों को पहचान सकें और उनसे निपट सकें। आपने छोटी सी उम्र से ही उसे पाला-पोसा है और उसे दोस्ती और आकर्षण में अंतर बताया होगा, प्रेम और प्रेमांधता के बीच उसे अंतर पता होगा। अगर आपने उसे अपनी बनाई सीमाओं का सम्मान करना सिखाया है और दूसरे की भावनाओं को ताड़कर अपने हितों को कैसे बचाना है, अगर यह उसे पता है तो उसे कहीं कोई दिक्कत आएगी ही नहीं। हम अकसर वर्तमान पीढ़ी या आधुनिक विचारों या आधुनिक साधनों को समाज की सभी बुराइयों की जड़ मानते हैं, जबकि यह एक गलत नजरिया है। बीते दौर में भी हमारे समाज में तमाम अनैतिक और अमानवीय घटनाएँ होती रही हैं। क्या आप सोचती हैं कि गाँवों में रहनेवाली लड़कियों से छेड़खानी नहीं होती या युवा उन जगहों से नहीं गायब हो जाते हैं, जहाँ मॉल नहीं हैं और जहाँ लड़के-लड़कियाँ हफ्ते भर के टूर पर बाहर नहीं जाते? हमें एक बेहद जरूरी चीज को लेकर स्पष्ट होना होगा—हम दुनिया को नियंत्रित नहीं कर सकते हैं, बल्कि हमें अपने आप पर और हमारे बच्चों पर ज्यादा ध्यान लगाना चाहिए। उन्हें कुछ इस तरह से पालें-पोसें कि उनके अंदर फैसले लेने की भावना का निरंतर विकास हो, ताकि समय और जरूरत पड़ने पर वे किसी पर निर्भरता न महसूस करें या असहाय या बेबस न हो जाएँ। हमारे बच्चों को दिया जानेवाला यह सर्वोत्तम उपहार होगा।

आपके लालन-पालन पर निर्भर करता है कि आपका बच्चा समाज में किस तरह से अंतर पैदा करेगा, इस बात से फर्क नहीं पड़ता कि वह बाहर टूर पर जाता है या नहीं।

□

23

क्या बच्चे पर उसके आसपास चल रही चूहा दौड़ के लिए दबाव बनाना चाहिए? या उसे पूरी तरह से इससे दूर रखना चाहिए?

हम दोनों ही सॉफ्टवेयर पेशेवर हैं और एक बेहतरीन कॉरपोरेट हाउस में वरिष्ठ पदों पर काम करते हैं। हमारा एक बेटा है, जो कि फिलहाल सातवीं कक्षा में है। पढ़ाई को लेकर उसका रुझान काफी गंभीर है और आज तक हमेशा अच्छे नतीजे ही लेकर आता रहा है। हालाँकि, वह ज्यादा बोलता नहीं और उसके दोस्त भी एक या दो ही हैं। ज्यादातर समय वह शांत रहता है, अपने कमरे में ही अधिकतर रहता है, चाहे पढ़ रहा हो या मोबाइल पर गेम खेल रहा हो, जो कि हमने उसे इसी साल दिया है।

अपनी उम्र के तमाम अन्य बच्चों की तरह वह न तो शरारती है, न ही किसी खेलकूद, संगीत, फिल्म आदि विधाओं के प्रति जुनूनी है। हम उसकी क्षमताओं को लेकर पूरी तरह आश्वस्त हैं और यही चाहते हैं कि वह हमारे पदचिह्नों पर चले और आई.आई.टी. की तैयारी करे। दूसरा पहलू यह है कि इन दिनों हम तमाम लेखों में पढ़ते हैं कि बच्चों पर अनावश्यक दबाव नहीं बढ़ाना चाहिए और इस तरह की चीजें पढ़ने से हम काफी भ्रमित महसूस करते हैं। क्या हमें उसे और प्रोत्साहित करने की जरूरत है, ताकि वह और बेहतर करे और आई.आई.टी. प्रवेश परीक्षा की तैयारी में जुट जाए? हम उलझन में हैं, क्योंकि जे.ई.ई. के लिए बहुत गहन तैयारी की जरूरत होती है और कठोर परिश्रम करना पड़ता है। हमें उसे बहुत मेहनत से

आगे बढ़ाना होगा, ताकि वह 12 से 15 घंटे रोज पढ़ाई कर सके। हम जानते हैं कि प्रतियोगिता बहुत जबरदस्त है और चूहा दौड़ की यह महज शुरुआत भर है, जो अनवरत जारी रहेगी। अगर हम उसे इस दौड़ से बाहर रखने का प्रयास करते हैं और जिस रफ्तार से वह पढ़ाई कर रहा है, उस पर ही उसे चलने दें और जो नंबर वह हासिल करता है, उसे ही काफी मानें तो कहीं ऐसा न हो कि वह दोयम दर्जे के किसी कॉलेज में दाखिला पा जाए और औसत दर्जे की शिक्षा ही हासिल कर पाए, जिसका नतीजा होगा कि उसे छोटी-मोटी नौकरी से ही काम चलाना पड़ेगा।

आगे चलकर अगर उसने हम पर ही दोष मढ़ना शुरू किया, तब क्या होगा? उसके दोस्त उससे ज्यादा सफल और आगे निकले हुए दिखेंगे और वह अकेला रह जाएगा। हमें क्या करना चाहिए, बच्चों के लिए क्या अच्छा है? आज का थोड़ा अतिरिक्त दबाव, कल के एक बेहतर सफल जीवन के लिए, या कोई दबाव या तनाव न डाला जाए, लेकिन इससे साधारण और रूखा जीवन हासिल हुआ तो?

प्रिय अभिभावक,

निश्चित रूप से आप दुविधा में हैं। इन हालात के तमाम पहलू हैं और निश्चित रूप से इस पर तमाम विश्लेषण और आत्मचिंतन की आवश्यकता है।

उदाहरण के लिए, हम इस तथ्य से शुरू करते हैं कि आपका बेटा अप्रत्याशित तौर पर बेहद शांत और शर्मीले स्वभाव का है। क्या आपने यह जानने का प्रयास किया कि वह ऐसा क्यों है? अगर एकांत में रहकर वह खुश और शांत है तो यह निश्चित रूप से बहुत बढ़िया है। व्यक्ति के सामाजिक होने और लोगों के अपने आसपास चाहने का पैमाना सभी के साथ अलग-अलग होता है। अगर वह आप दोनों से घर पर बात करके खुश है तो यह भी सर्वश्रेष्ठ है। फिर भी, अगर आप ऐसा कुछ पाते हैं, जो कि उसे परेशान कर रहा हो या वह अपना कुछ गुस्सा या कोई उलझन दबा रहा हो और इसलिए वह आत्मकेंद्रित रहता हो, तो आपको यह समझना चाहिए कि इसे लेकर गंभीरता से सोचने और जाँच की जरूरत है। क्या वह आप दोनों से डरा हुआ है? क्या आपने अपनी और अपनी पत्नी की जरूरत से ज्यादा बड़ी छवि उसके मन में बैठा दी है, उदाहरण के लिए—आप दोनों को वह सुपर-अचीवर के तौर पर देखता है, जैसा कि दूसरे अभिभावकों के साथ नहीं होता, जिनके बारे में वह जानता हो। यह जानने का प्रयास करें कि उसके मन में कहीं अपनी कमजोर छवि की गलतफहमी तो नहीं भरी हुई है या आप दोनों की तुलना

में खुद को कमतर आँकते हुए कहीं उसके मन में हीनभावना तो नहीं पनप रही है। उसके मनोविज्ञान के इन पहलुओं पर गौर करें। भले ही आप दोनों ने ऐसा कुछ न किया हो या ऐसा कुछ न कहा हो, जिससे वह कुछ नकारात्मक महसूस करे, लेकिन कभी-कभार दिल दुखानेवाली एक-दो बात या किसी रिश्तेदार या पड़ोसी की कोई टिप्पणी घातक नुकसान कर बैठती है।

एक बार जब आप यह जानकर आश्वस्त हो लें कि आपके बेटे के साथ छवि को लेकर किसी तरह की समस्या नहीं है और वह जिस तरह से रहता है, वह उसकी प्रकृति है, तो आप दोनों उसकी क्षमताओं का विस्तार कर सकते हैं। आप अपने बच्चे को गौर करते हुए और पिछले कुछ सालों की उसकी पढ़ाई को लेकर प्रदर्शन के आधार पर आगे की योजना पर काम कर सकते हैं या चाहें तो इसके लिए उसे कुछ परीक्षाओं में उतार सकते हैं, जिससे उसकी वास्तविक स्थिति का ठीक-ठीक पता चल सके। अगर उसके भीतर गणित या भौतिकी या किसी अन्य विषय को लेकर रुझान और दिलचस्पी है तो वह साफ-साफ नजर आएगा कि आई.आई.टी. में दाखिले के लिए किस स्तर के प्रयास की जरूरत है। इससे आपका आत्मविश्वास भी बढ़ेगा कि आप अपनी अपेक्षित दिशा में बच्चे को सुरक्षित तरीके से आगे बढ़ा सकते हैं। अगर वह काबिल है और इन विषयों या क्षेत्रों की तरफ उसका हलका सा भी सकारात्मक रुझान है, तो बच्चे पर थोड़ा-बहुत दबाव बढ़ाने में कोई हर्ज नहीं है। हालाँकि यह भी सुनिश्चित कर लें कि उसकी इच्छाएँ या सपने आपकी सोच या अपेक्षाओं से उलट तो नहीं हैं। अगर वह काबिल है और अगर उसकी दिलचस्पी आपके सपनों से मेल खाती है, तो आप उसे कुछ घंटे और बैठकर पढ़ने के लिए प्रेरित कर सकते हैं। इस प्रक्रिया में उसे एक सबक जरूर याद करना चाहिए—कोई भी फायदा बिना कष्ट उठाए नहीं मिलता।

क्या आप दोनों ने उससे बात करके यह जानने की कोशिश की है कि वह क्या बनना चाहता है, या जीवन में उसकी क्या अपेक्षाएँ हैं? निश्चित रूप से उसके भी कुछ सपने होंगे या वह जरूर कोई-न-कोई नजरिया रखता होगा। उससे पूछिए कि आज से 20 साल बाद वह खुद को कहाँ देखना चाहता है? निश्चित रूप से आप यह भी जान पाएँगे कि वह वाकई अपने दिल की बात कह रहा है या महज आपके बनाए प्रदर्शन के पैमाने पर खरा उतरने का प्रयास भर कर रहा है। आप यह भी अनुमान लगा सकते हैं कि बातचीत के दौरान किसी विषय या शख्सियत पर चर्चा करने के दौरान उसके चेहरे और आँखों में चमक आती है। उसके हाव-

भाव किस तरह बदलते हैं, इस पर भी आप गौर कर सकते हैं। उस चीज का पता लगाएँ, जिसके जिक्र से उसके चेहरे पर चौड़ी मुसकान बिखर जाती है। निश्चित रूप से उस पर फिलहाल भारी दबाव होगा, जिसे आप हलका कर सकते हैं। उसके आसपास की दुनिया, जिसमें उसके दोस्त और शिक्षक भी शामिल होंगे, में जिस तरह का माहौल है, उसने आपके बेटे को इस तरह से तैयार कर दिया होगा कि वह खुद-ब-खुद आपके पदचिह्नों पर चलने लगा होगा। आप यह आसानी से स्पष्ट कर सकते हैं कि आपका बेटा वाकई सूचना प्रौद्योगिकी की तरफ आकर्षित है या वह ऐसा केवल आप दोनों को और अपने दोस्तों को भ्रमित करने के लिए कर रहा है। अगर उसके अंदर दिलचस्पी है और उसके रुझान से यह जाहिर होता है तो उसे अपने लक्ष्य की तरफ बढ़ने के लिए प्रेरित करें। इसके साथ ही उसे अपने इस दौर का आनंद उठाने दें, भले ही इसके लिए उस पर थोड़ा दबाव बनाना पड़े! उसे प्रोत्साहित करें कि घर से निकलकर अपने दोस्तों के बीच जाए और फिल्में देखे, खेले-कूदे, साथ में पढ़ाई करे, आदि। माता-पिता अकसर यह भूल जाते हैं कि उन्हें अपने बच्चों की दिलचस्पी को उन क्षेत्रों में भी जगाना चाहिए, जो कि पढ़ाई से थोड़ा हटकर हों।

जहाँ तक चल रही चूहा दौड़ की बात है, तो अगर उसे एक निश्चित दिशा की तरफ बढ़ने के लिए प्रेरित किया जाए या उसे अपनी दिशा खुद चुनने में मदद की जाए, तो इसमें किसी तरह के दबाव की बात ही नहीं आएगी और ऐसा नहीं होगा कि भीषण प्रतिस्पर्धा को लेकर वह अनिश्चितताओं के अँधेरे भँवर में फँस जाएगा और तनावग्रस्त हो जाएगा। उसकी दिलचस्पी ही उसे ऊपर उठाएगी। वह चाहे जो भी क्षेत्र या दिशा चुने, हर जगह ऐसे लोग होंगे, जो रेस में व्यस्त रहना उचित समझते होंगे और दूसरों को पीछे छोड़ने में लालायित रहते होंगे, वहीं कुछ ऐसे युवा भी होंगे, जो अपने तरीके से प्रयास कर रहे होंगे और वास्तव में अंतर पैदा कर रहे होंगे। इसलिए नकारात्मक विचारों को अपने मन में लाकर खुद को परेशान न करें। एक बार जब आपका बेटा किसी क्षेत्र विशेष की तरफ उन्मुख हो जाएगा, तो उसे ही तय करने दें कि वह कैसे आगे बढ़ना पसंद करेगा। इसे उसका ही फैसला होने दें, यह फैसला उसके सुकून के हिसाब से होगा। प्रतिस्पर्धी दौर में हर कोई अपने-अपने हिसाब से ही प्रतिक्रिया देता है। कुछ बिल्कुल कटे-कटे रहते हैं, जबकि कुछ इस प्रतिस्पर्धा के इर्द-गिर्द रहते हैं, वहीं कुछ लोग ऐसे होते हैं, जो क्रूर प्रतिस्पर्धा के अंदर घुस जाते हैं।

प्रतिस्पर्धा तो हमेशा रहेगी और यह कठोर ही साबित होगी। आप इसमें ज्यादा कुछ कर भी नहीं सकते। पोजिशन और संसाधन सीमित हैं और दावेदार अनगिनत हैं। आपको यह देखना है कि वह इस तरह से तैयार हो कि विफलताओं, खारिज किए जाने पर और त्याग दिए जाने पर भी ज्यादा परेशान न हो और सारे झंझावातों को सहजता से झेल जाए। अगर वह अपने आप में शांत और सहज बना रहा और अपने मजबूत मूल्यों पर टिका रहा, जिससे उसे अपनी प्राथमिकताएँ तय करने में ज्यादा मेहनत नहीं करनी पड़ी, तो उसे कोई दिक्कत नहीं होगी। एक अभिभावक की हैसियत से आपको उसकी क्षमताओं का भलीभाँति पता होना चाहिए और यह भी सुनिश्चित करना चाहिए कि वह उसका अधिकतम इस्तेमाल कर रहा है अथवा नहीं। साथ-ही-साथ आपको यह भी सुनिश्चित करना है कि भले ही उसके सपने आपके सपनों से अलग हों, वे कुचले न जाएँ। अपनी इच्छाओं के कुचले जाने और मारे जा चुके सपनों का बोझ दिल पर लेकर जीना, दुनिया की चूहा दौड़ में शामिल होने से भी बुरा है।

आप जड़ों को मजबूत करने पर ध्यान लगाएँ। यह ध्यान रखें कि जड़ें जितनी मजबूत होंगी, उसके पंख उसे उतनी ही ऊँचाई पर आकाश में ले जाएँगे!

□

24

उनमें अनुशासन के भाव कैसे विकसित करें ?

आजकल के बच्चे बहुत स्मार्ट हैं, है न ? वे तेजी से सीखते हैं, उसे काफी अच्छे से सहेजते हैं और उनके आसपास जो भी मौजूद हो, वे उस पर अच्छी छाप भी छोड़ते हैं। आज के बच्चे तेज हैं और बहुत जल्दी चीजों को याद कर लेते हैं। हर बच्चा अपने माँ-बाप के लिए खास होता है। हम उन्हें हर चीज देना चाहते हैं, बढ़िया खाना और पोषण, आधुनिक खिलौने और गेम्स, हर तरह की संभव मौज-मस्ती और साथ ही वे जो भी सपना देखें। हम चाहते हैं कि उनके सपने पूरे हों। हम चाहते हैं कि उनके चेहरे की मुसकान फीकी न पड़ने पाए, है न ?

लेकिन हम इसके साथ ही उम्मीद करते हैं कि उनमें अनुशासन की भी थोड़ी-बहुत भावना हो, क्या ऐसा नहीं है ? हमारे दो बच्चे हैं और दोनों ही होशियार हैं, लेकिन उनमें अनुशासन की कमी साफ झलकती है। जब भी हम उनको कुछ बातें बता रहे होते हैं, तो वे उसे एक तरफ रख देते हैं और हँसी में उड़ा देते हैं। वे हमारी बात सुनने के लिए बैठते ही नहीं हैं और हमें शक है कि तमाम चीजें सीखने के क्रम में क्या वे स्कूल में अनुशासन में रहना सीखते हैं या नहीं ?

प्रिय अभिभावको,

यह जानकर अच्छा लगा कि आप भी उन अभिभावकों में से एक हैं, जो अपने बच्चों का उज्ज्वल भविष्य बनाने के लिए कठोर परिश्रम कर रहे हैं। माता-पिता अकसर बढ़-चढ़कर काम करते हैं और हद से आगे निकलकर अपने बच्चों को जितना हो सके, सबकुछ देना चाहते हैं। इस क्रम में एक तरफ जहाँ वे बच्चों

को आधुनिक दौर की हर चीज से लैस कर देते हैं, वहीं जब बारी जीवन के सबक देने की आती है तो बच्चे उसका स्वागत नहीं करते और आमतौर पर ऐसी बातों को कोई सीखना चाहता भी नहीं है!

आपकी राय इस मायने में दुरुस्त है कि स्कूल के चंद घंटों में उन्हें जो कुछ भी सीखने को मिलता है, उसमें अनुशासन सीखने पर जोर नहीं दिया जाता। अनुशासन तो रोज के रहन-सहन और बोलचाल में झलकना चाहिए, यह हमारी आदत में नजर आना चाहिए, हमारे चाल-चलन और विचारों में झलकना चाहिए। अपनी भावनाओं के चरम पर पहुँच जाना भी अनुशासनहीनता में गिना जाता है। ज्यादा-से-ज्यादा चीजें इकट्ठे करते जाना और माँग बढ़ाते जाना भी अनुशासनहीनता है। इसलिए बहुत ज्यादा या बहुत कम खर्च करना और बेशकीमती संसाधनों, जैसे कि पानी, खाना और बिजली को बरबाद करना भी घोर अनुशासनहीनता है।

और प्रिय अभिभावको, अच्छी खबर यह है कि वे आपकी सिखाई बातों से जितना अनुशासन सीखेंगे, उतना ही आपके रहन-सहन के तौर-तरीके से भी कुछ ग्रहण करेंगे। बच्चों की एक ऐसी उम्र भी होती है, जब आपके कहे शब्द बहुत महत्त्वपूर्ण होते हैं और जब आप उनको श्रेणीवार तरीके से बताते हैं कि कैसे और क्यों अपनी आदतों पर नियंत्रण जरूरी है, तो यह बात वे गौर करते हैं और उसके बाद एक ऐसी उम्र आती है, जब वे आपसे भाषण सुनना या आपकी सलाह पाना पसंद नहीं करते। उस दौर में आपका रहन-सहन का तौर-तरीका ही उन पर प्रभावी असर डालता है। आपको इस बात का अहसास नहीं होगा, लेकिन आप कैसा व्यवहार करते हैं और अपनी बोलचाल में किस तरह के शब्दों का प्रयोग करते हैं और लोगों से मिलते-जुलते समय किस तरह से अपनी प्रतिक्रिया देते हैं, ये सारी चीजें उनके अंदर हमेशा के लिए समाहित हो जाती हैं। अपने आप से पूछें कि क्या आपने दोनों स्तरों पर अपनी भूमिकाएँ बेहतर ढंग से निभाई हैं, जब वे बहुत छोटे थे, तब क्या आपने उन्हें स्पष्ट तौर पर आदतों और अभ्यासों की महत्ता समझाई है, और क्या अब आप अपने आप पर गौर करते हैं?

अपनी उम्र में वे आपसे भाषण नहीं सुनना चाहते। इसके बजाय, आप अपने ऊपर गौर करें और बेहतर-से-बेहतर तरीके से जीवन जीने पर ध्यान लगाएँ। वे आप पर गौर करेंगे और उनके संवेदनशील मस्तिष्क में आपके सारे गुण धीरे-धीरे अपने आप बैठते चले जाएँगे, वह भी बिना किसी अतिरिक्त बाहरी प्रयास के। अब सवाल यह उठता है कि क्या आप स्वयं अनुशासित हैं? क्या आप दोनों किसी चीज

में संलिप्तता या खपत के पैटर्न में सुधारवादी रवैया अपनाते हैं, क्या आप दोनों ही इस बात से वाकिफ रहते हैं कि दूसरों से बात करने के दौरान आप किस तरह से बातें करते हैं और क्या बातें करते हैं? क्या आप दोनों इस बात का खयाल रखते हैं कि घर पर खाना, पानी आदि बरबाद न होने पाए? इसके अलावा, क्या आप उन चीजों का खुद अनुसरण करते हैं, जिसकी सीख या नसीहत देते हैं या जिसमें विश्वास करते हैं? ये सारी चीजें और आपके चाल-चलन में समाहित तमाम बातें ही यह तय करेंगी कि आपके बच्चे अनुशासन के मूल्यों को अपने में समाहित करेंगे अथवा नहीं।

तमाम ऐसे अभिभावक हैं, जो खुद तो धूम्रपान करते हैं और शराब पीते हैं और जिन्हें अपनी सफलता इसी में जान पड़ती है कि कार्यस्थल पर वे किसी को नीचा दिखा दें, ऐसे भी हैं, जो दोमुँही बातें करते हैं और धोखाधड़ी में जुटे रहते हैं, जो अनैतिक व्यवहार करने से हिचकते नहीं और ये ही अभिभावक शिकायत करते हैं कि उनके बच्चे अनुशासित तरीके से व्यवहार नहीं करते हैं। ऐसे भी अभिभावक हैं, जो आदतन हमेशा व्यस्त रहते हैं और कुछ काम न होने पर बेचैन हो उठते हैं और ऐसे ही लोग शिकायत करते हैं कि उनके बच्चे हमेशा बेचैन नजर आते हैं और बहुत जल्दी आक्रामक हो उठते हैं। ऐसे भी माता-पिता हैं, जो अपने बच्चों के सामने ही दूसरों की आलोचना करते हैं और ऐसा करने के क्रम में उनका अपनी भाषा और भावनाओं पर कोई नियंत्रण नहीं रहता। ऐसे में एक बच्चा कैसे उचित मूल्यों को सीखेगा?

कृपया अपने आप की निगरानी सावधानीपूर्वक करें। जो भी बोलें और जो भी फैसले अपने जीवन में लें, उसमें सावधानी बरतें, यहाँ तक कि रोजाना की गतिविधियों में भी, वे आपकी नकल करके या तो सीखेंगे या कुछ भी ग्रहण नहीं करेंगे।

और हाँ, यह भी सौभाग्य है कि बच्चे अपने माता-पिता से ही पूरी तरह अनुशासन की भावना नहीं सीखते। यदि ऐसा होता, तो भविष्य के समाज से कोई उम्मीद ही नहीं होती, जिसमें बहुसंख्यक युवा नैतिकता के प्रतिरोध से लैस रहते हैं। अगर ऐसा होता तो इसका मतलब यह होता कि जिन अभिभावकों को नैतिकता और अनुशासन के बारे में नहीं पता होता, तो उनकी अगली पीढ़ी भी उसी के अनुरूप आचरण करती। हालाँकि शुक्र है कि ऐसा नहीं होता है। ऐसे तमाम वाकये हैं, जिनमें अभिभावक भले ही अनुशासनहीन माहौल में रह रहे हों, उनके बच्चे

उनका अनुसरण करने से खुद को अलग ही कर लेते हैं। चाहे किताबें पढ़कर हो या बुद्धिमत्तापूर्ण बातें सुनकर या अन्य स्रोतों के जरिए, वे अपना सबक आत्मसात् करते जाते हैं। ऐसे अनगिनत मामले हैं, जिनमें माँ-बाप पैसे पानी की तरह बहाते हैं, लेकिन उनके बच्चे अपनी आदतों और विचारों को लेकर बहुत समझदारी भरा रवैया अपनाते हैं। ऐसे माता-पिता भी हैं, जो शराब पीते हैं, लेकिन उनके बच्चे ऐसा नहीं करते। ऐसे अभिभावक हैं, जिनका अपनी जुबान पर काबू नहीं रहता, वे गाली-गलौज करते हैं, लेकिन उनके बच्चे खुद पर उचित नियंत्रण रख लेते हैं।

हालाँकि अगर अभिभावक अनुशासित तरीके से जीवन जीते हैं, विचारों और व्यवहार दोनों में, तो वे अपने बच्चों की उचित शिक्षा को सुचारु भी बना पाते हैं। अफसोस तो इस बात का होता है कि भले ही अपनी युवावस्था में हम बुलंद विचारों को अपने में समाहित कर लें, लेकिन दुनियावी आकर्षण के दबाव में बिखर जाने का जोखिम बना रहता है और जैसे-जैसे हम 30 की उम्र के आसपास या उससे आगे निकलते हैं, तो जोखिम बना रहता है कि हम अपने बुलंद विचारों और मूल्यों पर आधारित व्यवस्था को धीरे-धीरे दरकिनार करते जाते हैं।

इसलिए बच्चों में अनुशासन का समावेश करने के लिए सबसे पहले और सर्वाधिक उचित शिक्षक आप माता-पिता ही हैं और साथ ही, इसके लिए आपका आचरण भी गौरतलब है और अगर किसी वजह से आपको यह लगे कि आपका आचरण बच्चों के अनुसरण योग्य नहीं है, तो आप केवल यह प्रार्थना करें कि आपके बच्चे ऐसे लोगों, किताबों और अनुभवों के संसर्ग में आएँ, जो इस काम में उनकी मदद कर सकें। इसके अलावा, अनुशासन सिखाने का कोई और तरीका नहीं है।

□

25

हम उसके लिए चाहे कुछ भी कर दें, वह अपनी बहन से ईर्ष्या करना नहीं छोड़ती

मेरी दो बड़ी बहनें हैं और हम तीनों के लिए साथ-साथ बड़े होना काफी मजेदार रहा। हमारी प्यारी यादों में केवल साथ-साथ खेलना, लड़ना और एक-दूसरे से हर चीज साझा करना और एक-दूसरे का खयाल रखना ही शामिल है। इसलिए जब ईश्वर ने दो बेटियों के रूप में हमें आशीर्वाद दिया तो मुझे बेहद प्रसन्नता हुई। मेरे मन-मस्तिष्क में एक खुशनुमा मेलजोल भरे संबंधों की एकदम सटीक तसवीर खिंची हुई थी और मैं यही उम्मीद करती थी कि आगे चलकर मेरी बेटियाँ भी आपस में अपनी गुड़िया, कपड़े, साजो-सामान और अपनी गोपनीय जानकारियाँ भी एक-दूसरे से साझा करेंगी। हालाँकि कुछ ऐसा हुआ, जो हम नहीं समझ पाए, उन दोनों के बीच दूरियाँ बढ़ने लगीं, उनमें अविश्वास बढ़ गया और छोटी बेटी तो बड़ीवाली बेटी के साथ खुलेआम ईर्ष्यालु हो गई।

हमने भरसक कोशिश की कि दोनों के बीच मेल-मिलाप बढ़े और सभी से समानता का व्यवहार ही किया। हमने दोनों की बातें सुनीं और उन्हें उनके हिस्से का स्नेह, लगाव और ध्यान दिया। शुरू में हमने यह माना कि उनके बीच की लड़ाइयाँ मासूमियत में हो रही हैं और जल्दी ही उनमें दोस्ताना भी बढ़ जाएगा। हालाँकि ऐसा नहीं हुआ। वे लगातार एक-दूसरे की शिकायतें करती रहतीं और न तो किसी बात का खयाल रखतीं, न एक-दूसरे से कोई चीज साझा करतीं। इसमें भी छोटी बेटी जरूरत से ज्यादा ईर्ष्या से भरी हुई थी और यहाँ तक कि बड़ी बहन के स्कूल के कामों को भी खराब करने की फिराक में रहती थी और इसी तरह की तमाम हरकतें करती रहती थी।

हम चिंतित हैं कि अगर उन दोनों के बीच ईर्ष्या की भावना इसी तरह बढ़ती रही, तो इसका नतीजा क्या होगा?

प्रिय अभिभावक,

आप काफी हद तक सही हैं, जब आपने यह बताया कि दो बहनों के बीच किस हद तक संबंध बेहतरीन रह सकते हैं। जिस तरह से दो बहनें एक-दूसरे से हर चीज साझा कर सकती हैं और एक-दूसरे से गोपनीय बातें भी साझा कर सकती हैं, वह अतुलनीय है। इसकी कोई बराबरी नहीं कर सकता। आगे के वर्षों में दोनों के बीच ईर्ष्या और द्वेष की भावनाएँ पनपेंगी, यह भी कोई अनोखी बात नहीं है और ऐसा अमूमन होता ही है। बहनें तो एक-दूसरे से ईर्ष्या के लिए जानी भी जाती हैं, खासतौर पर तब, जब उनके बीच पैसे, रुपए या संपत्ति या रुतबे को लेकर काफी अंतर होता है। हालाँकि ऐसे भी मामले रहे हैं, जिसमें देखा गया है कि बहनें एक-दूसरे पर जान छिड़कती हैं और एक-दूसरे का इस हद तक खयाल रखती हैं कि एक-दूसरे के लिए जान देने को भी तैयार रहती हैं।

हालाँकि अपने मामले में आपको जरा भी आतंकित होने की जरूरत नहीं है। इस तरह के हालात को सँभालने के लिए जरूरी चीज यह है कि माता-पिता को अपने बच्चों से निपटने के लिए पहले से सतर्क रहना होता है। 'बात' करना भी जरूरी है। एक ही समय पर दोनों बच्चों से बात करना, काफी हद तक समाधान होता है। शुरू में, यह समझना जरूरी है कि दोनों में ईर्ष्या की वजह क्या है। अगर आप कारणों से वाकिफ होंगे, तो सावधानी से समाधान के लिए योजना तैयार कर पाएँगे। हालाँकि अगर आपको पता न हो इस बारे में, तो दोनों बच्चियों से बात करके इस मामले में सहजता से अपनी पड़ताल कर सकते हैं और नतीजे पर पहुँच सकते हैं।

अगर आपका व्यवहार या उनके लिए प्रयोग करनेवाले शब्द या आपका रवैया या आपके पति का उनके प्रति व्यवहार उनके बदले हुए व्यवहार की वजह बन रहा है, तो आपको अपने अंदर भी यह पड़ताल करनी होगी और सोचना होगा कि इसे बदलने के लिए क्या करें? सबसे पहले तो अगर आपके मन में कोई पक्षपातवाली चीज चल रही हो, तो उसे निकाल बाहर करें और उन दोनों के मन में यह बात बैठाने का प्रयास करें कि आप दोनों को ही समान भाव से प्रेम करती हैं। क्या आप आश्वस्त हैं कि आप बड़ी बेटी को जरूरत से ज्यादा स्नेह तो नहीं देतीं

या बड़ी बेटी की माँग बिना सोचे-समझे पूरी तो नहीं कर देतीं? क्या आप दोनों की तारीफ समान रूप से करती हैं और जब भी जरूरत हो, तब उन्हें उनके हिस्से का श्रेय देती हैं? क्या आप उन दोनों पर बराबर अपना समय देती हैं, या क्या आप शायद बड़ी बेटी की बातों को ज्यादा गहराई और गंभीरता से सुनती हैं, जबकि छोटी बेटी को उतना तवज्जो नहीं देतीं? यहाँ तक कि आप कुछ इस तरह की टिप्पणियाँ करती होंगी—

(बड़ी बेटी से) तुम्हें देखकर मुझे मेरी सबसे प्यारी चाची याद आ जाती हैं।

(छोटी बेटी से) तुम तो कोई काम ठीक से नहीं कर सकती, अपनी बहन से कुछ सीखती क्यों नहीं?

(बड़ी बेटी से) मुझे पूरा विश्वास है कि तुम घर पर हो और हर चीज का पूरा खयाल रखोगी।

(छोटी बेटी से) जब तुम्हारी बड़ी बहन तुम्हारी उम्र की थी तो वह तुमसे कहीं ज्यादा काम करती थी!

यह संभव नहीं है कि आप पूरे दिन सजग होकर और सतर्क दिमाग से बात कर सकें। इसलिए माता-पिता को यह महसूस ही नहीं होता कि वे अपनी बातों में किस तरह के शब्दों का प्रयोग कर रहे हैं और इसका दूसरे सुननेवाले लोगों पर क्या असर पड़ेगा। इसलिए ज्यादा चेतनावस्था और सक्रिय रहने की शुरुआत करना बहुत जरूरी है। अपने शब्दों और व्यवहार पर बेहद करीबी नजर रखें। हो सकता है कि आपके शब्दों और व्यवहार के चलते दोनों में से किसी एक बेटी के भीतर ईर्ष्या के बीज बहुत तेजी से पनपे हों। इसलिए एकदम सावधान हो जाएँ और आप खुद-ब-खुद जान जाएँगे कि आपके किन शब्दों में चोट पहुँचाने की क्षमता है। अगर कोई करीबी रिश्तेदार या बच्चे के दादा-दादी बच्चियों से दोहरा व्यवहार करते हैं और उनमें आपस में कटुता बढ़ाने के लिए जिम्मेदार लगें, तो उनको ऐसा व्यवहार करने को लेकर सचेत करना और स्पष्ट रूप से मना करना चाहिए या उनको बच्चों से अलग-थलग कर देना ही चाहिए। अगर यह संभव नहीं है तो आपको अपने दोनों बच्चों से बेहद प्यार से बात करनी चाहिए और अकसर यह बात करनी चाहिए और परिवार या पड़ोस से आए नकारात्मक शब्दों या ऐसे क्रियाकलापों के प्रभाव को बेअसर करना चाहिए।

कुछ हद तक, अपने आसपास रहनेवाले लोगों से तुलना और किसी-न-किसी के प्रति ईर्ष्या को सामान्य रूप से लिया जाता है। दो भाई-बहन एक-दूसरे को बहुत

करीब से देखते हैं, एक-दूसरे की गतिविधियों पर नजर रखते हैं और खासतौर पर माता-पिता से एक-दूसरे को क्या चीजें मिल रही हैं, इसे वे बड़े गौर से देखते हैं। कभी-कभार वे एक-दूसरे की कुशलता और क्षमताओं से भी द्वेष भाव रखने लगते हैं। क्या आपकी दोनों बेटियाँ समान रूप से क्षमतावान हैं? जहाँ तक शैक्षिक प्रदर्शन की बात है या जहाँ अन्य प्रतिभा का सवाल आता है, अगर उनमें से कोई एक स्कूल में सर्वमान्य प्रतिभावान है और दूसरी, जो कि तुलनात्मक रूप से अज्ञात रहती हो या औसत हो, तो आपको दूसरी बेटी को बताना चाहिए कि उनके भीतर किस तरह के गुण निहित हैं या प्रतिभा छिपी हुई है। हर बच्चे में कुछ-न-कुछ ऐसा जरूर होता है, जिसे निखारने के लिए उस पर ध्यान देने की जरूरत होती है। छिपी हुई प्रतिभा या गुणों को सामने लाना पड़ता है। अगर किसी के भीतर हीनभावना बढ़ रही है, तो आपको उस गड़बड़ी को दूर करने के लिए अतिरिक्त प्रयास करने होंगे और वह भी बहुत तेजी से, साथ ही, आपसे यह भी गंभीरता से अपेक्षा की जाती है कि स्कूल में मिले ग्रेड या अंकों से अपने बच्चों की तुलना नहीं करेंगी, बल्कि दोनों को ही इस बात का इल्म होना चाहिए कि वे बेहद खास हैं और हर एक की विशेषता उसे समान रूप से बताई ही नहीं जानी चाहिए, बल्कि समय-समय पर उल्लिखित और उसके सामने ही साबित भी करनी चाहिए।

सुनने की कला भी आनी जरूरी है। आपको यह सिखाना होगा कि कैसे धैर्यपूर्वक किसी की बात सुनी जाए और इसे अपनी आदत में कैसे शुमार किया जाए। दोनों में से किसी को भी अपना फैसला बताने या सजा सुनाने से पहले कई बार सोचें। उन दोनों को ही यह लगना चाहिए कि उन्हें पूरी गंभीरता के साथ सुना गया है और जो उन्हें कहना है, उसे उनके दोनों ही अभिभावक पूरी तवज्जो देंगे। भले ही एक माँ के तौर पर आप बहुत निष्पक्ष और गंभीरता बरतें और अगर उनके पिता का झुकाव किसी एक की तरफ हुआ, तब भी ईर्ष्या की भावना को पनपने का मौका मिल जाएगा। लड़कियों का ज्यादातर झुकाव पिता की तरफ होता है। अगर उनका रवैया किसी के प्रति पक्षपातपूर्ण हो या अनुचित हो, तो इससे उस बेटी का नुकसान आपके अपने रवैये से कहीं ज्यादा घातक होगा।

हर बेटी के साथ कुछ समय अलग से बिताने से भी काफी फर्क पड़ता है। कभी-कभार बाहर ले जाकर उनको चौंका दें और कुछ इस तरह से योजना बनाएँ कि हर बेटी को यह लगे कि उसके लिए खासतौर पर माँ ने प्लान तैयार किया है। बाहर ले जाने पर वे आपसे कहीं ज्यादा बातें करेंगी और ज्यादा-से-ज्यादा मन में भरी बातें बताएँगी।

और जब भी वे सद्भावपूर्ण व्यवहार प्रदर्शित करें या मिल-जुलकर काम करना चाहें या एक-दूसरे का सहयोग करना चाहें, तो आपको इसे और बढ़ावा देना चाहिए और कोशिश करनी चाहिए कि वे ऐसा बार-बार करें। अगर वे आप दोनों का ध्यान अपनी तरफ खींचने का प्रयास करें, तो उनको बात अपने मन में बैठाने दें कि आप दोनों ही उनके मिल-जुलकर काम करने और एक-दूसरे का खयाल रखने के तरीके से बेहद खुश हैं।

इस दौरान, उन संकेतों या कारणों की तलाश में लगे रहें, जिनकी वजह से दोनों बेटियों में दुराव या दूरी बढ़ जाती है और ईर्ष्या की भावना पनपने लगती है। किसी समय विशेष पर अगर उनमें से कोई चीखने या चिल्लाने लगे या फट पड़े, तो सावधानीपूर्वक विचार करें कि आखिर ऐसा क्या हुआ कि यह नौबत आई। उसी समय आप पति-पत्नी इन विषयों पर मंथन करें और खुद से उन उपायों पर विचार करें कि ऐसे हालात को कैसे सँभालें। अभिभावकों का काम निरंतर चलता रहता है और साथ-ही-साथ सामने आनेवाले मामलों का हल भी निकालते जाना होता है, लेकिन यह भी सोचना चाहिए कि कोई भी मुद्दा अनायास ही सामने नहीं आता, उसके पीछे कोई-न-कोई वजह होती है, कोई-न-कोई आधार होता है, जो उसको उकसाता है या उसे शांत करता है। आपको उन पहलुओं का ध्यान रखना है और उन वजहों पर भी नजर रखनी है, जो बेटियों में इस तरह के व्यवहार को हवा देते हैं। इसके साथ ही आपको अपनी सोच पर भी भरोसा करके आगे बढ़ना होगा।

यह दौर भी गुजर जाएगा!

बेटियों के बड़े हो जाने पर, जब आप कभी इन दिनों को याद करेंगी तो मन-ही-मन यह सोचकर पुलकित होंगी कि आपने किस तरह से दोनों के बीच संतुलन साधा था!

□

26

वह बहुत ज्यादा बोलता नहीं... ज्यादातर समय चुपचाप कहीं खोया-खोया सा रहता है

हमारा नौ साल का बेटा है और वही हमारा एकमात्र बच्चा है। हम उसके साथ ज्यादा-से-ज्यादा समय बिताते हैं, उसका ध्यान रखते हैं और यथासंभव स्नेह भी देते हैं और साथ ही, जैसा कि और भी माँ-बाप करते होंगे, हम भी अपने बेटे से प्रेम करते हैं। हालाँकि 3 या 4 साल की उम्र से ही वह बहुत कटा-कटा और शांत रहने लगा था। वह किसी से रूखा व्यवहार भी नहीं करता है, लेकिन वह हमेशा अपने कमरे में ही रहना पसंद करता है। हमने अपनी पूरी कोशिश कर ली है कि खाने के दौरान उससे बातें करें और ऐसे भी जब-तब बात करने की कोशिश करते हैं, लेकिन वह बहुत ज्यादा बोलता नहीं है। कुछ भी पूछो तो संक्षिप्त जवाब देता है।

उसके व्यवहार को लेकर स्कूल से भी कोई शिकायत नहीं मिलती। उसके शिक्षक भी यही कहते हैं कि वह शांति से बैठा रहता है और काम के मामले में बेहद आज्ञाकारी है। हम यह महसूस करते हैं कि घर की तुलना में स्कूल में वह ज्यादा सामाजिक रहता है। वह शरारती नहीं है, लेकिन कम-से-कम मुसकराता तो है और अपने सहपाठियों से बात तो करता है। वह उनसे मेलजोल रखता है, हमसे कहीं ज्यादा।

प्रिय अभिभावक,

ऐसा कहीं लिखा नहीं है कि बच्चों को कितनी मात्रा में बात करनी चाहिए

और किस हद तक बातचीत से दूर रहना चाहिए और यह भी है कि सामान्य व्यवहार को किसी पैमाने से नहीं मापा जा सकता। अगर उसे असहज नहीं लगता या वह नाखुश नहीं दिखता या वह कोई परेशानी महसूस नहीं करता है, तो कोई चिंता की वजह नहीं बनती।

हालाँकि उम्र के हिसाब से देखें तो उसका यह व्यवहार बाकी बच्चों से अलग है। भले ही आप कह रहे हों कि सब ठीक है, लेकिन मेरी सलाह है कि एक बार फिर से जाँचें कि क्या उसके शरीर और मस्तिष्क के हिसाब से सबकुछ वाकई ठीक है। आप चाहें तो डॉक्टर की मदद लेकर भी बेटे की सामान्य शारीरिक जाँच करा लें, ताकि उसके शरीर की सभी गतिविधियाँ सामान्य ढंग से चल रही हैं, इसका पता चले। कभी-कभी पोषण या शरीर में किसी तत्त्व की कमी के चलते बच्चा अन्यमनस्क या आलस्य से भरा या असंतुलित-सा हो जाता है, जिसके चलते उसकी मन:स्थिति बदलती रहती है। हो सकता है कि पोषण में किसी तरह की कमी हो रही हो या शरीर के किसी हिस्से में परेशानी हो, जैसे कि पेट, लिवर, किडनी आदि में कोई दिक्कत हो सकती है। यह भी पता लगाना जरूरी है कि उसका पाचन-तंत्र कैसा काम कर रहा है और गौर करें कि क्या उसकी नींद, भूख, प्यास आदि सामान्य हैं। पेट साफ रहता है या नहीं।

एक बार जब उसकी शारीरिक जाँच पूरी हो जाए और सबकुछ सामान्य निकले तो इसकी पड़ताल शुरू करें कि क्या वह बेहतर महसूस करता है। पूछताछ के अंदाज में उससे बातें न करें, नहीं तो वह एक बार फिर से खुद को अपने आप में समेट लेगा। अब तक, बातचीत के जरिए आप यह भाँप ही लेंगे कि उसकी बातचीत या आपकी बातों पर उसकी प्रतिक्रिया कैसी है। क्या उसकी बातचीत में किसी तरह की चिंता की गुंजाइश है ? हममें से ज्यादातर लोग ऐसे होते हैं, जो शांत रहकर चीजों को गौर करना पसंद करते हैं और अगर आपका बेटा भी ऐसा ही है, तो इसमें चिंता की कोई बात नहीं है। चिंता की बात तब होगी, जब वह बहुत कुछ कहना चाहता होगा, लेकिन कह नहीं पाता होगा, क्योंकि तब वह यह सोच रहा होगा कि पता नहीं आप उसकी बात समझ पाएँगे या नहीं, या उसकी बात बहुत छोटी सी है या उसका कोई मतलब नहीं है। अगर वह असहज या परेशानी महसूस कर रहा हो या किसी तरह का सामाजिक अलगाव महसूस कर रहा हो, तब तुरंत इलाज शुरू करने की जरूरत है।

इस पर भी विचार करें कि कहीं आप अपने बच्चे से जरूरत से ज्यादा बातें तो

नहीं करते, जिसके चलते बच्चा अपने समय से आगे की चीजें भी अपने माँ-बाप से सुनता रहता है, जिससे उसका मन उचट जाता है? अमूमन ऐसा उन परिवारों में होता है, जिनका एक ही बच्चा होता है। ऐसे परिवारों में माता-पिता हर बात बच्चे के सामने ही करते हैं और उसे अपने जैसा ही मानकर बराबरी का व्यवहार करते हैं, जिसका नतीजा यह होता है कि बच्चा बहुत जल्दी थक जाता है और शांत रहना ज्यादा पसंद करता है। उम्मीद है कि आप उसके साथ इस तरह से नहीं रहते होंगे, साथ ही बच्चे को अपने साथ खेलने के लिए कोई-न-कोई चाहिए होता है, चाहे वह भाई-बहन हो या कोई अन्य साथी और वह भी अपने पहले जन्मदिन से पहले ही। हर बच्चा चाहता है कि वह अन्य बच्चों को देखे और उनके साथ रहे। आपने यह जिक्र नहीं किया है कि उसे कितना अवसर मिलता है, दूसरे बच्चों के साथ रहने का। क्या उसके आसपास हमेशा बच्चे उपलब्ध रहते हैं, खेलने-कूदने के लिए, चाहे वे परिवार के बच्चे हों या आपके पड़ोस के बच्चे हों। क्या आप उसे लेकर उन जगहों पर जाते हैं, जहाँ अन्य बच्चे खेलकूद रहे होते हैं, क्या उसे खेलकूद, मौज-मस्ती, उछल-कूद में मजा आता है, जैसा कि बच्चे सामान्यतया करते हैं? अगर उसके साथ ऐसा नहीं है, तो इससे आप समझ सकते हैं कि उसके सामाजिक कौशल को अभी उतना व्यापक माहौल नहीं मिला है।

उसकी दिलचस्पी किन चीजों में है, इस पर भी आप लोगों ने गौर किया ही होगा और निश्चित रूप से यह विषय आपकी बातचीत में रहता होगा। उसकी दिलचस्पीवाली गतिविधि में बढ़-चढ़कर आप भी भागीदार बनें। उदाहरण के लिए, शतरंज खेलना या वन्यजीवों के बारे में जानना। ऐसा माहौल बनाने की कोशिश करें, जिसमें आप तीनों ही उस गतिविधि में शामिल हो जाएँ, जो बच्चे को बेहद पसंद हो। एक बार, जब वह इस खेलकूद या गतिविधि में डूब जाएगा, तो निश्चित रूप से खुलकर बातें करेगा। उसे आभास भी नहीं होगा, लेकिन मौज-मस्ती के पल ऐसे होते हैं कि उसकी सारी भावनाएँ बाहर आने को बेताब होंगी।

यह भी याद करने की कोशिश करें कि बच्चे के शुरुआती वर्षों में कहीं कभी अनजाने में ही आपने गुस्से या आक्रामक तेवर में ऊँची आवाज में कुछ बोला हो या आपस में झगड़े हों, या बच्चा किसी तरह के विपरीत हालात से गुजरा हो? किसी दर्दनाक अनुभव के परिणामस्वरूप बच्चे खुद को एक आवरण में छिपा लेते हैं। हालाँकि अगर ऐसा हुआ है, तो आपको कुछ अन्य संकेत भी बच्चे से मिले होंगे, जैसे कि सोने में बिस्तर पर पेशाब कर देना या हकलाकर बात करना या गुमसुम

रहना या शायद सोचने और लगातार बोलने की क्षमता प्रभावित होना। इसके चलते अब तक उसकी भूख, नींद और प्यास पर भी बुरा प्रभाव पड़ा होगा, अगर उसे किसी तरह की प्रताड़ना के दौर से गुजरना पड़ा होगा तो।

अगर तनाव के अन्य संकेत नजर नहीं आते, तो यह भी हो सकता है कि बच्चे की प्रकृति ही शांत रहने की हो। सभी पहलुओं को ध्यान में रखते हुए पड़ताल करें और गहराई से पता करने की कोशिश करें कि बच्चे को कोई चीज भीतर से परेशान न कर रही हो, कोई चीज उसे अंदर-ही-अंदर न खाए जा रही हो। आप चाहें तो किसी पेशेवर काउंसलर की सलाह भी ले सकते हैं, यदि आप किसी निष्कर्ष पर नहीं पहुँच पा रहे हों तो।

अगर वह शांति और सुकून में हो और आप दोनों के साथ वह सहज तरीके से रह रहा हो तो आपको चिंता करने की जरूरत नहीं है।

□

27

वह नहीं चाहती कि उसके जीवन, पढ़ाई और दोस्तों के मामले में कोई दखलअंदाजी करे

तुम मुझे अकेला क्यों नहीं छोड़ देती, मेरे पीछे क्यों पड़ी हो, तुमको हर चीज जानने की जरूरत क्या है, क्या मुझे अपनी आजादी नहीं मिल सकती है ?—ये कुछ सवाल हैं, जो हमें अपनी 14 बरस की बेटी से अमूमन सुनने को मिलते ही हैं, लगभग रोज ही। हमारा एक बेटा भी है, जो कि बेटी से 10 साल बड़ा है। वह अपनी पढ़ाई लगभग पूरी कर चुका है और फिलहाल बेंगलुरु में काम कर रहा है। हमें अपने बेटे से कभी भी न तो इस तरह की चीजें सुनने को मिलीं, न उसने कभी खराब व्यवहार ही हमसे किया, वहीं, दूसरी तरफ हमारी बेटी है, जिससे हम अगर कुछ कहते हैं तो उसे वह उलटा ही समझती है, नकारात्मक तरीके से लेती है। वह हमारे हर सवाल को एक तरह से अपने दायरे में दखलअंदाजी समझने लगती है। अगर हम उससे उसके दोस्तों के बारे में पूछते हैं या सामान्य सी स्कूल में हुई गतिविधियों के संबंध में पूछते हैं तो उसे लगता है कि हम उसकी जासूसी कर रहे हैं और वह बेमतलब बड़बड़ाने लगती है।

हम अब 50 की उम्र के आसपास हो चुके हैं और वह शायद यह सोचती होगी कि इतनी उम्र के लोगों से वह अपनी बातें कैसे साझा करे। हम अगर कभी उसे उसकी पढ़ाई-लिखाई को लेकर उसके भविष्य के संबंध में किसी तरह की सलाह देना चाहें या कॅरियर विकल्पों पर ध्यान दिलाना चाहें, तो वह गौर तक नहीं करती है और ऐसा व्यवहार करती है, जैसे कि उसे कुछ लेना-देना ही न

हो। स्कूल से लौटकर वह अपना खाना खाती है, लेकिन खाने के दौरान उसका मिजाज हर दिन बदला हुआ ही रहता है। खाने के बाद वह सीधे अपने कमरे में चली जाती है और जोर से दरवाजा बंद कर लेती है, जिसका एक तरह का संकेत यह है कि अब हम उसे डिस्टर्ब न करें, जब तक कि वह खुद कमरे से बाहर न आना चाहे। शाम को, अगर हम उससे उसके स्कूल, या दोस्तों या भविष्य की योजनाओं पर या कार्यक्रमों पर चर्चा करना चाहें तो वह हमें ऐसे देखती है, मानो कितनी चिढ़ गई हो वह इन सवालों से।

प्रिय अभिभावक,

वह एक सामान्य किशोरी है और बिल्कुल उसी तरह व्यवहार कर रही है, जैसा कि उसे करना चाहिए। दूसरों की तुलना में वह और भी खराब रवैया अख्तियार कर सकती थी, लेकिन गनीमत है। यह किशोरावस्था का परंपरागत व्यवहार ही है। इसलिए अगर आप सकारात्मक तरीके से हालात को बदलना चाहते हैं, तो यह मानना या सोचना छोड़ दें कि यह कोई गंभीर समस्या है। दौर कठिनाई भरा हो सकता है, लेकिन कोई व्यक्ति समस्या नहीं होता। अगर हमने यह मान लिया कि किसी का व्यवहार अपने आप में समस्या है तो इसका मतलब यह होगा कि हमने पहले ही अपने मन में यह धारणा बना ली कि दूसरे की तरफ से हर चीज गड़बड़ ही है।

अगर आपको अपनी बेटी का व्यवहार चिंताजनक बात लगती है, तो उसके व्यवहार पर कोई ठप्पा लगाए बगैर नई शुरुआत करें और उस परिप्रेक्ष्य या उस कारण पर गौर करें, जिसके चलते उसका व्यवहार इस स्तर पर पहुँचा है। कोई भी बच्चा जन्म से ही न तो इस तरह की बातें करना सीखता है और न उस आक्रामक लहजे को। ये सारे लक्षण और रवैए बाहर से हासिल होते हैं। अगर बच्चे ने इस तरह का व्यवहार और यह लहजा बाहर से सीखा है और इसका घर के माहौल से कोई लेना-देना नहीं है, तो आप निश्चिंत रहें, क्योंकि बहुत ज्यादा गुंजाइश है कि यह उस बच्चे के व्यक्तित्व निर्माण की राह में एक क्षणिक दौर हो। जड़ों का ज्यादा महत्त्व होता है, जो बच्चों के पाँवों को उखड़ने नहीं देतीं, जब बाहरी हवाएँ कुछ देर के लिए हमारे बच्चों को अपने साथ उड़ा ले जाने की कोशिश करती हैं।

बेटी के व्यवहार में बदलाव की वजह यदि घर का कोई सदस्य बन रहा है,

तो किशोरावस्था का दौर खत्म होने से पहले ही तूफान आ सकता है। उदाहरण के लिए, क्या आपने अपनी बेटी को बहुत ज्यादा लाड़-प्यार से पाला, क्योंकि वह घर की सबसे छोटी बच्ची थी या शायद वह आपकी एकमात्र बेटी थी या आपके बेटे के पैदा होने के दस साल बाद दोबारा घर में किसी बच्चे ने जन्म लिया था? संभवतः आपने उसे हर सर्वश्रेष्ठ चीज देने का प्रयास किया और उसकी सारी इच्छाओं और अपेक्षाओं को बढ़-चढ़कर पूरा करने की कोशिश की। क्या आपने ऐसा किया, क्या आपने ऐसा कुछ महसूस किया कि बेटे को पालते वक्त आप बहुत ज्यादा गंभीर थे, लेकिन बेटी के पालन-पोषण को आप बहुत सामान्य ढंग से आगे बढ़ाएँगे, बेटी की पैदाइश के बाद आपने कहीं यह तो नहीं सोचा कि आपसे कुछ गलतियाँ हुईं और इस बार आप उन्हें सुधार लेंगे?

अमूमन, बेटी के जिस तरह के व्यवहार का आपने जिक्र किया, वह उन बच्चों में पाया जाता है, जिनके घर में कोई बड़ा भाई या बहन होते हैं और यदि वे 6 या 7 साल बड़े हों तो छोटे बच्चे को जरूरत से ज्यादा स्नेह मिलता है और जब बच्चा इस व्यवहार के मुताबिक ढल जाता है, लेकिन माता-पिता आगे चलकर ऐसा व्यवहार नहीं दे पाते, तो वहाँ आपके देखभालवाले दौर का दूसरा हिस्सा शुरू होता है, जहाँ माता-पिता अपने दोनों बच्चों के बीच तुलना करने लगते हैं, जिसमें बड़ा बच्चा तो तब तक परिपक्व हो चुका होता है और स्थायित्व भी पा चुका होता है। माता-पिता यह कहते हुए पाए जाते हैं, 'तुम अपने बड़े भाई को देखकर एक-दो चीजें क्यों नहीं सीख लेती?' या 'बड़े बेटे ने इतनी दिक्कतें हमारे सामने नहीं खड़ी कीं, जितनी तुम कर रही हो।' वगैरह-वगैरह।

बच्चों या भाई-बहनों की तुलना करना एकदम अनुचित है, लेकिन हालात तब ज्यादा बदतर हो जाते हैं, जब उनमें उम्र का अंतर ज्यादा हो और एक बड़ा हो चुका हो और दूसरा अपनी किशोरावस्था में हो। जैसा कि हम जानते हैं, किशोरों में मूड स्विंग भी होता है और वे हर चीज पर सवाल करने के लिए जाने जाते हैं और लंबी बातों से बहुत जल्दी ऊब जाते हैं और अपने एकांत में दखल या हस्तक्षेप का विरोध करते हैं और अगर एक-दूसरे की तुलना का दौर जल्दी-जल्दी आता हो, तो उनकी हताशा भरी या आक्रामक टिप्पणियाँ सुनने को मिलती हैं, जैसा कि आपने जिक्र भी किया है। क्या आप यह कह सकते हैं कि आप अपने दोनों बच्चों की तुलना नहीं करते? अगर आप उसके सामने बड़े बेटे से उसकी तुलना नहीं करते, फिर भी, जब बेटे की बात आती होगी तो

आपकी आँखों की चमक और चेहरे की रंगत बदल जाती होगी, जिसे आपकी बेटी ने भी महसूस किया होगा, या उसने स्कूल में अपने शिक्षकों से बड़े भाई के उल्लेखनीय प्रदर्शन का जिक्र और अपने लिए ताना सुना होगा (यदि दोनों एक ही स्कूल में पढ़े हों) या रिश्तेदारों से सुना होगा। तमाम तरह की प्रतिक्रियाओं और भावनाओं को लेकर किशोर अकसर भ्रमित हो जाते हैं। अगर आपने शुरू में बेइंतेहा स्नेह दिया है और उन्हें हर तरह का व्यवहार करने की छूट दी, तो वे यह नहीं समझ पाएँगे कि अब आपके व्यवहार में अचानक बदलाव क्यों आ गया और आपने टोका-टाकी क्यों शुरू कर दी या उनके तौर-तरीकों पर क्यों सवाल उठाने लगे या आप क्यों सवाल पूछने लगे या उनके दोस्तों को लेकर या उनके पहनावे आदि को लेकर असहमति क्यों जताने लगे?

अगर आपने उपर्युक्त जैसा कुछ भी नहीं किया है, तो एक बार आत्मचिंतन जरूर करें और आपस में चर्चा करके इसकी तस्दीक करें कि (बेटी से बातचीत के दौरान) कहीं आपके व्यवहार या रवैये में कोई बदलाव तो नहीं आया है या किसी ने आपके शब्दों में कोई बदलाव महसूस किया हो। अगर ऐसा नहीं है और यदि आप सोचते हैं कि आपका व्यवहार बेटी के प्रति संवेदनशील है, तो आपको थोड़ा धैर्य रखने की जरूरत है। वास्तव में, छोटी उम्र से ही दृढ़ता और स्नेह के साथ बच्चों में अनुशासन की भावना भरना बहुत जरूरी होता है। उनको स्पष्ट तौर पर यह पता होना चाहिए कि किस तरह का व्यवहार स्वीकार्य है और किस तरह का व्यवहार स्वीकार्य नहीं है।

हालाँकि अगर ऐसा नहीं किया गया और बेटी के 10 बरस की होने तक उसके प्रति आपके व्यवहार में तत्परता ज्यादा झलकी, तो दूसरी सबसे महत्त्वपूर्ण बात यह कि अब आप धैर्य रखने का अभ्यास करें। आप इंतजार करें और देखें। इन उथल-पुथल से भरे वर्षों को गुजर जाने दें और जल्दी ही आपको बेटी का शांत और स्थिर रवैया नजर आने लगेगा। तब उसके व्यवहार में आपको जरूर कुछ-न-कुछ उल्लेखनीय प्राकृतिक विशेषताएँ नजर आएँगी। हालाँकि इधर बीच के अनिश्चितता भरे और अप्रत्याशित वर्षों के दौरान आपके लिए यह जरूरी है कि चुप रहकर केवल उसके क्रियाकलापों पर नजर रखें। यह भी जरूरी है कि खुद को पीछे रखते हुए एक दर्शक का नजरिया विकसित कर लें। बेटी के सारे क्रियाकलाप देखें और एक गरिमामयी चुप्पी साधे रहें और जब जरूरत हो, तभी अपनी राय दें। जब आप अचानक शांत हो जाएँगे, तब भी बेटी को आश्चर्य होगा

और वह यह सोचेगी कि आपको अचानक क्या हुआ ? जब उसके पास आक्रामक होने या प्रतिक्रिया देने के लिए कोई वजह रहेगी ही नहीं, तो हालात अपने आप धीरे-धीरे शांत हो जाएँगे। जब तक कि वह कुछ ऐसा न करे, जिससे कि उसका गंभीर नुकसान हो जाए, तब तक दखलअंदाजी करने की जरूरत नहीं है।

जब आप किसी को उसके मुताबिक रहने देते हैं, तो वह तूफान हो या अंदर का आक्रोश, शांत हो ही जाता है।

□

28

हमारी बेटी सोचती है कि वह हमारा अनचाहा बच्चा है। वह हीनभावना के दौर से गुजर रही है

हमारी तीन बेटियाँ हैं और हम उन सभी को बराबर प्यार करते हैं। हालाँकि सबसे छोटी बेटी, जो कि अभी 12 साल की है, वह अकसर रोती है और बार-बार यही दावा करती है कि वह हमारी अनचाही औलाद है। हो सकता है कि हमारे किसी रिश्तेदार ने उसके दिमाग में यह बात भर दी हो कि लड़के की चाह में हमने बेटियाँ पैदा कर डालीं। हम यह बात दावे से नहीं कह सकते कि बेटी के मन में किसने यह बात भरी और इसलिए हमने उससे ही जानना चाहा, उसने इसका खुलासा नहीं किया कि वह ऐसा क्यों महसूस करती है। हमने अपनी पूरी कोशिश की उसे समझाने की कि जैसा वह सोचती है, वैसा नहीं है, लेकिन उसकी नकारात्मकता दूर नहीं हुई। वह ज्यादातर समय चुपचाप रहती है और यहाँ तक कि उसके शिक्षकों ने भी हमें उसके अंदर भरी हीनभावना के बारे में बताया। उसने अपने बारे में एक खराब धारणा बना रखी है।

हमें उस दिन ज्यादा चिंता हुई, जिस दिन उसकी एक दोस्त ने बताया कि हमारी बेटी रो रही थी और उसे बता रही थी कि वह खुद को जिंदा महसूस नहीं कर पाती, क्योंकि उसे लगता है कि वह हम पर बोझ है। हम उसे इस तरह से नकारात्मक विचारों के साथ बड़े होते नहीं देख सकते, न ही उसके दिल में खुद के प्रति घृणा भरने दे सकते हैं।

प्रिय अभिभावक,

हाँ, ज्यादा संभावना यही है कि परिवार के ही किसी सदस्य ने उसके मन में इस तरह के नकारात्मक विचार भर दिए हों। ऐसा शायद ही कभी होता हो कि हमारा पड़ोसी या परिवार का मित्र बच्चे के मन में यह भरे कि उसके माता-पिता नहीं चाहते थे कि वह पैदा हो। हालाँकि कोई विचार तभी गहरी जड़ें पकड़ता है, जब उसे बढ़ने लायक 'खाद और पानी' मिले। कोई भी विचार, भले ही वह कहीं बाहर से बेटी के दिमाग में भरा गया हो, ऐसा लगता है कि उसने गंभीरता से उसके दिमाग में जगह बना ली है और इसके पीछे तमाम वजहें जिम्मेदार हो सकती हैं। पहली, उम्र का तकाजा हो सकता है यह। वह 12 साल की है और किशोरावस्था के उतार-चढ़ाव भरे दौर के मुहाने पर खड़ी है। उस उम्र में तमाम तरह के विचार बच्चों के दिल में बैठने को संघर्ष कर रहे होते हैं। ऐसी तमाम जटिलताएँ हैं, जो बेवजह हैं, लेकिन वे जड़ें जमा लेती हैं। अकसर हमारी छोटी लड़कियाँ और लड़के अपने अंदर आ रहे शारीरिक और मानसिक बदलावों से सामंजस्य नहीं बैठा पाते। ऐसे में उनका मनोविज्ञान कुछ ऐसा होता है, जिसमें आधारहीन विचारों के तेजी से जगह बनाने और फलने-फूलने की गुंजाइश ज्यादा हो जाती है।

एक अन्य वजह यह हो सकती है कि उसने आप दोनों का कुछ ऐसा व्यवहार देखा हो, या शब्दों या हाव-भाव से उसे आप दोनों का ही रवैया खटका हो, जिससे उसे अपने सोच के आधार को बल मिला हो कि वह घर में अवांछित है। ज्यादातर (हालाँकि यह आपके मामले में सच नहीं भी हो सकता है) ऐसा पाया गया है कि आज के दौर में जिन घरों में 3 या 4 बच्चे होते हैं, वहाँ उन्हें पालना-पोसना मुश्किल हो जाता है और यह संघर्ष के आर्थिक स्तर पर ही नहीं होता, बल्कि हर बच्चे को उसके हिस्से का समय भी नहीं दे पाते हैं माँ-बाप और साथ ही उनके भीतर इतनी शारीरिक ताकत भी नहीं होती, उन्हें सँभालने की। वाकई माता-पिता खर्चों को सँभालने में, बच्चों के लिए समय निकालने में और हर चीज से समन्वय बैठाने में ही बुरी तरह थक जाते हैं। ऐसे हालात में, वे बुरी तरह हताश होकर अपने ही बच्चों से चिड़चड़े-से हो जाते हैं और रूखा व्यवहार करने लगते हैं। आपको भी सोचने और आत्मचिंतन करने की जरूरत है। क्या आप दोनों में से कोई इस तरह से नाराज हुआ है या चिड़चिड़ा व्यवहार दरशाया है या हताशा में अपने बच्चों को फटकार लगाई है, खासतौर पर सबसे छोटी बेटी को, क्या आप उसे भी उतना ही प्यार करते हैं और उसका खयाल रखते हैं, जितना कि किसी बच्चे के लिए जरूरी

होता है? क्या आपमें वह ताकत और वह क्षमता और समय रहता है, ताकि अपनी सबसे छोटी बेटी के संग भी उसी तरह से खेल सकें, जैसे आप अपनी पहली बेटी के संग खेलते थे? क्या आपके शब्द और हाव-भाव अब भी उसी तरह से नरम और प्रेम से भरे हुए हैं, जैसे पहली बेटी के वक्त रहा करते थे? क्या आप वाकई गंभीरता से अपने तीसरे बच्चे के बेटा होने की अपेक्षा कर रहे थे और बेटी पाकर थोड़ा निराश हुए? अगर ऐसा है, तो कृपया यह याद रखें कि बच्चे आपके हाव-भाव और आपके भीतर की भावनाओं को पढ़ पाने में बहुत तेज होते हैं। उसने यह चीज महसूस कर ली हो, भले ही आप उसके प्रति खुद को उदार दिखाने की कोशिश कर रहे हों और आपने भरसक कोशिश की हो अपने तीनों ही बच्चों को एक समान तरीके से पालने की।

यहाँ ये चीजें बताने का यह मतलब आप पर किसी तरह का आरोप लगाना नहीं है या उन लोगों की आलोचना करना नहीं है, जो ऐसे विचार रखते हैं, बल्कि अभिभावकों के स्तर से यह प्राकृतिक है कि हर बार बच्चे के जन्म के साथ उनके अंदर का जुनून कम होने लगता है और वे एक समान तरीके से मजबूत नहीं महसूस कर पाते हैं। हमारे मौजूदा दौर में, चिंताएँ भी बहुत ज्यादा हैं। बहुत कुछ है करने को और ढेर सारे विचार हैं, जो हमारी रातों की नींद उड़ा देते हैं। इस प्रक्रिया में, बच्चे निश्चित रूप से दरकिनार सा महसूस करते हैं।

इन सबके बीच भी आप दोनों अपने सभी बच्चों का बेहतर खयाल रखने की कोशिश करते होंगे, आपको जरा सा और ध्यान रखना है, ताकि बच्चों के मन में भर रही नकारात्मक बातों और विचारों को कुछ हद तक मिटाया जा सके और नकारात्मक चीजें अपनी जड़ें उनके मन में गहरी न करने पाएँ। आपकी बेटी अभी 12 साल की ही है, इस उम्र में विचार बहुत तेजी से मन में आते हैं और अगर उन्हें सहेजकर न रखा जाए तो तेजी से गायब भी हो जाते हैं। कुछ अतिरिक्त कदम बढ़ाएँ और अपने दायरे से आगे बढ़कर बेटी को ज्यादा-से-ज्यादा स्नेह दें और देखें, वह जल्दी ही ठीक हो जाएगी। आपको ज्यादा रकम खर्च करने की जरूरत नहीं है, न तो सामान और गैजेट्स खरीदने की जरूरत है। बेटी के विकास के वर्षों में उसके सामने प्रयोग होनेवाले शब्दों का सावधानी से प्रयोग करें, क्योंकि ये शब्द आनेवाले वर्षों में उसके दिमाग में कौंधते रहेंगे। इसलिए अगर आपके बोले शब्दों में गरमाहट होगी और आश्वस्ति के भाव होंगे, तो वे उसके मन को शांत करेंगे और अवांछित महसूस करने का दंश भी जाता रहेगा। बच्चों के दिमाग इस उम्र में बेहद उर्वर होते

हैं। जिन विचारों को पोषण और ध्यान मिलेगा, वे ही विकास करेंगे। अगर उसके दिमाग में अवांछित बच्चेवाला विचार जड़ जमा लेगा, तो वह पोषण और देखरेख के अभाव में वहीं जड़ें जमा लेगा और जीवन भर के लिए अभिशाप बन जाएगा। इस विचार को ज्यादा खाद-पानी मिलने से रोकें और आप खुद देखेंगे कि इस विचार की प्राकृतिक मौत हो चुकी है।

हालाँकि कुछ माता-पिता ऐसे भी होते हैं, जो यह सोचते हैं कि इस मामले में ज्यादा कुछ करने की जरूरत नहीं है, क्योंकि धीरे-धीरे बच्चा खुद समझ जाएगा कि किस तरह के विचार उसके लिए अच्छे नहीं हैं और वह उन्हें छोड़ता चला जाएगा। वे अपने बच्चों को ज्यादा-से-ज्यादा चीजें दिलाते हैं और कठोर मेहनत करते हैं, ताकि बच्चों को अच्छी शिक्षा और सुरक्षित भविष्य हासिल हो और वे उनको ज्यादा-से-ज्यादा चीजें दिलाने में व्यस्त हो जाते हैं। उनका यह हाल हो जाता है कि उन्हें अपने बच्चों से बात करने का भी समय नहीं मिलता कि वे जान सकें कि बच्चों को कोई चीज परेशान तो नहीं कर रही, या उनके मन की बात क्या है। माता-पिता आश्वस्त रहते हैं कि उनके बच्चे उन्हें मेहनत और प्रयास करते हुए देख सकते हैं, जो कि उनके ही सुख-चैन के लिए है। माता-पिता यह सोचते हैं कि उनकी मेहनत को देखते हुए उनके बच्चे भी कठोर परिश्रम करने के लिए प्रेरित होंगे और महसूस करेंगे कि उनके माता-पिता उन्हें कितना प्यार करते हैं। ऐसे माता-पिता लाख प्रयास और कठोर मेहनत के बावजूद जब यह पाते हैं कि उनके बच्चों के मन में तमाम शंकाएँ हैं, उन्हें लेकर कि क्या उनके माँ-बाप वाकई उनसे स्नेह करते हैं, तो ऐसे लोगों को आगे चलकर बड़ा झटका लगता है। हाँ, बच्चों को पालने-पोसने में शारीरिक श्रम और रोटी, कपड़ा और मकान की जरूरतें पूरी करना और अन्य जरूरतों का सामान जुटाना जरूरी है, लेकिन शब्दों की कमी कोई पूरी नहीं कर सकता। शायद कुछ दशक पहले तक ऐसी जरूरत नहीं होती थी, क्योंकि तब परिवार बड़े हुआ करते थे, संयुक्त परिवार का चलन था, लेकिन आज के दौर में बच्चों के लिए माँ-बाप ही हर चीज का केंद्र होते हैं, इसलिए उनके द्वारा उचित शब्दों का प्रयोग निहायत ही जरूरी गुण है।

हर चीज समय पर न छोड़ें और न ही अपने उद्देश्यों और संघर्षों पर छोड़ें, इस उम्मीद से कि कभी-न-कभी बात कर ही लेंगे। आप अपनी बेटी से बात करें और वह आपकी बातों के जरिए सबकुछ देखेगी और वह समझ जाएगी कि उसे आप लोग कितना प्यार करते हैं और उसकी कितनी सख्त जरूरत है परिवार में।

□

29

हम बेहद सामान्य माता-पिता हैं, जो मध्यमवर्गीय परिवार से आते हैं। हम बच्चों की सभी इच्छाएँ पूरी नहीं कर सकते

मेरी पत्नी नगर निगम में क्लर्क हैं और मैं एक प्राइवेट कूरियर कंपन में काम करता हूँ। हमारे पास साधन सीमित हैं और बचत भी लगभग नगण्य है। हमारे दो बच्चे हैं—एक बेटा और एक बेटी; हालाँकि वे अपनी माँगों को लेकर हमें ज्यादा परेशान नहीं करते, लेकिन हमें उनके चेहरे पर छाई नाखुशी समझ में तो आती ही है। ज्यादातर समय उनकी आँखें उम्मीदें करती दिखती हैं या उनमें निराशा नजर आती है। हमारे बच्चों को हम पर गर्व नहीं है, यह देखकर बड़ा दुःख होता है। वे हतोत्साहित नजर आते हैं, क्योंकि हम उनको तमाम चीजें सीखने के लिए नहीं भेज पाते और न ही कहीं घूमने के लिए भेज पाते हैं और यहाँ तक कि उनके लिए महँगे खेलकूद के सामान और गैजेट्स भी नहीं दिला पाते। हम अपने वित्तीय साधनों को बढ़ा नहीं पा रहे हैं और वे अपनी इच्छाएँ समेट पाने में विफल से हो रहे हैं। हम क्या करें?

प्रिय अभिभावक,

क्या आप यह इच्छा रखते हैं कि आपके बच्चे पियानो, कराटे, एबेकस, टेनिस, पेंटिंग और तैराकी सीखें?

क्या आप चाहते हैं कि आपके बच्चों के पास ढेरों खिलौने, कपड़े और गेम्स हों?

बिल्कुल, हर अभिभावक यह सब चाहेगा और इससे भी ज्यादा ही चाहेगा अपने बच्चे के लिए। हमारे बच्चे स्मार्ट और प्यारे हैं। उनको वाकई सर्वश्रेष्ठ से कम तो कुछ मिलना ही नहीं चाहिए, लेकिन सवाल यह है कि वह सर्वश्रेष्ठ है क्या चीज, बच्चों के किसी खास व्यवहार या गतिविधि पर हमारा पक्ष क्या होना चाहिए, क्या उन्हें चीजों के लिए रोते और विलाप करते देखना ठीक है, या यह कोई बड़ी बात नहीं है कि उनकी हर इच्छा पूरी हो और वे हमेशा मुसकराते ही नजर आएँ?

क्या आप अपने बच्चों को अपने इर्द-गिर्द बेचैन सा पाते हैं, शायद थोड़ा आक्रामक भी?

अगर आप उन्हें नजदीक से गौर करें, तो आप पाएँगे कि वे चैन से बैठ नहीं पाते होंगे, क्योंकि उनके पास करने को कुछ नहीं होता होगा। उनका व्यवहार और प्रतिक्रियाएँ कैसी होती होंगी, जिस दिन उन्हें गैजेट्स, टी.वी., दोस्त और मनोरंजन से मना कर दिया जाता होगा, जरा सोचिए?

उनको गौर से देखिए कि जब आपके घर कोई मिलने के लिए आता है (पारिवारिक मित्र या कोई रिश्तेदार, जिन्हें बच्चों ने पहले न देखा हो) तो क्या वे उनसे मिलनसार तरीके से घुलते-मिलते हैं और उनका आदर-सत्कार करते हैं, या वे उनसे व्यापक पैमाने पर सकुचाते हुए दूर चले जाते हैं, या शायद, अजीबोगरीब तरीके से व्यवहार करते हैं, ताकि उन पर लोगों का ध्यान जाए?

क्या अपनी मनचाही चीजें न मिलने पर वे तरह-तरह से नाटक करते हैं, जैसा कि इन दिनों अकसर देखने को मिलता है, क्या वे अधिकांशतः ईर्ष्यालु और सशंकित सा भी महसूस करते हैं?

सामान्य तौर पर, क्या आप नहीं सोचते कि माँ-बाप के लाख प्रयास के बावजूद बच्चे अमूमन असंतुष्ट ही रहते हैं?

दार्शनिक के तौर पर देखें तो ऐसा कुछ भी नहीं है, जिसे सर्वश्रेष्ठ कहा जा सके। हमारा व्यवहार भी ऐसा है, जिसमें बहुत सारी इच्छाएँ होती हैं। हालाँकि सबसे ज्यादा जो चीज दिल दुखाती है, वह यह कि हम पूरा जीवन गुजार देते हैं, या उसका एक बड़ा हिस्सा बच्चों को स्नेह और लगाव से पालने में इस उम्मीद में बिता देते हैं कि बच्चों को उस तरह से देख सकेंगे, जैसा हम देखना चाहते हैं और फिर जहाँ संतुष्टि और संपूर्णता झलकनी चाहिए, उसकी जगह असंतुष्टि और निराशा

झलकती है तो वाकई कष्ट होता है। एक अभिभावक के तौर पर हम खुश या संतुष्ट महसूस करते हों या नहीं, यह मायने नहीं रखता। मायने यह रखता है कि आपके सबकुछ करने के बाद बच्चे सुकून और सुरक्षित महसूस कर पाएँ। आखिरकार उनका ही जीवन है, जिसे अब खिलना है।

आप उदास महसूस कर रहे हैं, क्योंकि आपको लगता है कि आप उनकी इच्छाएँ पूरी नहीं कर पा रहे हैं, लेकिन कुछ देर ठहरें और सोचें। अपने चारों तरफ नजर दौड़ाएँ, खासतौर पर उच्च वर्ग में पलने-बढ़नेवाले बच्चों पर गौर करें और आप पाएँगे कि वे संभवत: आधिक्य से प्रेरित कमी (surplus-induced-deficit) से ग्रस्त हैं।

जो माता-पिता सक्षम हैं, वे अपने बच्चों को जरूरत से ज्यादा चीजें दे रहे हैं। एक तरह से वे उन पर अपने प्रेम और स्नेह की अभिव्यक्ति का भार बढ़ाते जा रहे हैं। ऐसे भी माता-पिता हैं, जो रोजाना अपने बच्चे की तसवीर खींचते हैं, उसके पैदा होने के दिन से ही शुरू कर देते हैं और 365 तसवीरों का खजाना इकट्ठा करना चाहते हैं! ऐसे माता-पिता भी हैं, जो बच्चे के पहले जन्मदिन पर बेहद खर्चीले तामझाम, सजावट के साथ केक काटते हैं और जश्न मनाते हैं। ऐसे माता-पिता भी हैं, जो बच्चे के 10 साल का होने से पहले ही उसे पियानो बजाना, कराटे और फुटबॉल तथा स्विमिंग आदि सबकुछ सिखा देना चाहते हैं। ऐसे माता-पिता भी हैं, जो अपने बच्चे के खिलाफ एक भी अटपटी बात सुनना पसंद नहीं करते और फिर बिल्कुल, ऐसे भी कुछ लोग समाज में पाए जाते हैं, जो गर्व से यह कहते नहीं अघाते, 'मेरा बच्चा तो आई-पैड से कम किसी चीज से खेलता ही नहीं है', या, 'मेरा बच्चा तो दो दिन में ही हर गेम का मास्टर बन जाता है और हर दिन उसे कुछ-न-कुछ नया चाहिए।'

क्या हम दोहरे चरित्रवाले लोग नहीं हैं? एक तरफ तो हम अपने बच्चों को दिनभर प्रेम करते हैं और उन्हें चूमते रहते हैं और रात-दिन सैकड़ों दफा यह दोहराते रहते हैं कि हमारे बच्चे ही इस दुनिया में सबसे कीमती हैं और जैसे ही वे किसी चीज की माँग करते हैं, हम तुरंत उसे उनके सामने हाजिर कर देते हैं, या जी-जान से उसे पूरा करने में जुट जाते हैं। हम उनकी इच्छाएँ उनके दिलों में ही नहीं रह जाने देते और उसके लिए उन्हें लालायित नहीं होने देते, ताकि उसकी कीमत उन्हें समझ में आए। जब वे उस चीज के लिए तड़पते और उसकी कीमत समझते तो उसे हासिल करने के लिए प्रेरित होते और उस दिशा में काम करते। हमें लोगों या वस्तुओं की कीमत

तब समझ में आती है, जब वह चीज हमें हासिल नहीं होती या दरकिनार कर दी जाती है या हमसे दूर कर दी जाती है। यहाँ यह बातें लिखने का यह मतलब कतई नहीं है कि हमारे बच्चों को लाचारी में जीना चाहिए, बल्कि एक संतुलन बनाकर चलने की जरूरत है, हमारी सोच और हमारे क्रियाकलाप में। क्या ऐसा करने में हर्ज है?

कुछ इनकार और कमियों के चलते किसी चीज का आधिक्य भी होता है, ऐसा नहीं है क्या? याद करें, शायद एक गुड़िया या एक साइकिल या पास की किसी पहाड़ी जगह घूमने जाने का प्लान हो, जिस भी चीज से आपको वंचित रखा गया होगा, उसकी कीमत आपको सबसे ज्यादा महसूस हुई होगी। एक छोटी सी गुड़िया से खेलने में जो आनंद आएगा, उसकी बराबरी घर में भरे हुए खिलौने कैसे कर पाएँगे? स्कॉलरशिप हासिल करके विदेश पढ़ाई के लिए जानेवाले बच्चे को देखकर जिस तरह सीना गर्व से चौड़ा हो जाता है, वह अहसास उस परिवार को मिल पाएगा, जिसके बच्चे के मन में बचपन से ही यह सनक भरी चीज भर दी गई हो कि विदेश में पढ़ाई के लिए माँ-बाप के पास 60-80 लाख रुपए रखे हैं।

अगर आप बच्चों के सामने सबकुछ उड़ेल देंगे तो उनके भीतर आनंद के भाव कैसे पनपेंगे? थोड़ा धैर्य रखें। उन्हें सारे खिलौने, सारे गैजेट्स और संभव सुरक्षा दे देने, उन पर स्नेह और गर्व भरे शब्दों की बौछार कर देने और उनके समक्ष हर तरह के अवसर हाजिर करके उनकी प्रतिभाओं और शौकों को एक दिशा दे देने से उनके भीतर एक अलग तरह की कमी पनपने लगेगी। शायद वे उस आनंद का अनुभव नहीं कर पाएँगे, जो उन्हें एक उन्मुक्त ठहाके में मिलता, या कठिन दौर को भी वे जिस शांति और सुकून से गुजार पाते, वह अनुभव या एक खास दावत पाकर मिलनेवाली खुशी की अनुभूति या वह एक खास पल जो याद आता, जिसमें कभी एक मनचाही ख्वाहिश पूरी हुई होती। अगर आप उन्हें पहले से तैयार और बने-बनाए आनंद के पल प्रदान करने का प्रयास करेंगे, तो वे अपने खुद के आनंद के पलों की रचना नहीं कर पाएँगे। सालभर बाद अपने जन्मदिन का इंतजार और उससे एक रात पहले का बेचैनी भरा रोमांच कि पता नहीं अगले दिन कौन सा गिफ्ट मिलेगा, उस बेकरारी की तुलना में वह जश्न कुछ भी नहीं, जिसमें किसी मॉल में जाकर खुद एक ट्रॉली लेकर जगह-जगह घूमकर अपने लिए गिफ्ट चुनने की आजादी दे दी जाए। सोचिए कि कहीं ऐसा तो नहीं कि हमारे सर्वश्रेष्ठ अभिभावक बनने की दौड़ और होड़ में हमारे बच्चे कहीं बचपन की छोटी-छोटी मासूम खुशियों से दूर या वंचित तो नहीं हो रहे हैं?

कभी-कभी, कोई चाहे जितना भी प्रयास कर ले, कुछ भी सफल होता नहीं दिखता। हमारे बच्चे तब भी शिकायत करते हैं, वे तब भी चीखते हैं और अपना सिर दीवार पर पटकते हैं, यदि उनकी इच्छा पूरी न की जाए तो वे तब भी विरोधी हाव-भाव अख्तियार कर लेते हैं और शायद बड़े होकर वे सनकी जैसा व्यवहार भी करें। परीक्षा या संबंधों में विफलता स्वीकार कर पाने में उन्हें दिक्कत होती है। जब भी उनके सामने वास्तविक और बड़े मुद्दे आ खड़े होते हैं तो उनकी हालत खराब हो जाती है और वे बुरी तरह बिखर जाते हैं। कभी-कभी, ऐसे लोगों की खुद से अपेक्षाएँ या दूसरों से उम्मीदें बेसिर-पैर की होती हैं और खराब पैरेंटिंग ही इसके लिए सीधे तौर पर जिम्मेदार होती है।

इसलिए अगर आपकी वित्तीय स्थिति ठीक नहीं है तो खुद को हताश न करें। मुद्दे, चुनौतियाँ और चिंताएँ हमारे जीवन से कभी दूर नहीं होतीं और हम सबको सामान्य तौर पर और कुल मिलाकर यह मानकर चलना चाहिए कि जीवन दिन-प्रतिदिन जटिल होता जा रहा है। इस दुनिया के जंजाल में अस्तित्व बचाना और विकास करना उतना आसान नहीं है, जितना कि इसे होना चाहिए था। दरअसल, हमें यह भी नहीं भूलना चाहिए कि आज हम जो कुछ भी हैं, वह हमें मिले अनुभवों, यादों, लोगों और कमियों की बदौलत ही है।

अगर आपके पास एक अच्छा दिल है और जिम्मेदारियों को गंभीरता से निभा रहे हैं और अगर आपका इरादा किसी को जानबूझकर चोट पहुँचाने का नहीं है और आप यह समझते हैं कि आपके पास जो भी है, वह बहुत कम भी नहीं है तो आपको यह समझ लेना चाहिए कि किसी चीज के आधिक्य के चलते यह दुनिया खूबसूरत नहीं बनती है। निश्चित रूप से बचपन में आपको कुछ चीजें नहीं मिल पाई होंगी और मौजूदा दौर में भी आप संघर्ष कर रहे हैं। इन सारे अनुभवों ने आपको गढ़ा है और आज जो आप हैं, वह इसी की बदौलत हैं। संतुष्टि धीरे-धीरे दिमाग में पनपती है और जब हमें इच्छित चीज नहीं मिलती, तो हम उनकी कद्र ज्यादा करते हैं। घर में एक संतुष्टिपरक माहौल बनाने के लिए हमारे बच्चों को इनकार का अनुभव लेने दें, थोड़ा-बहुत संघर्ष करने दें और अगर संघर्षों और कठिन परिश्रम के बावजूद यदि छोटी-छोटी चीजों में आप खुश और संतुष्ट नजर आते हैं, तो बच्चे भी इस पर गौर करेंगे। अगर हम चाहते हैं कि हमारे बच्चे अपने जीवन में बेहतर इनसान बनें, तो हमें भी अच्छा इनसान बनने की कोशिश करनी चाहिए।

□

30

अकसर वे एकदम अलग-थलग, निराश और कटे हुए से नजर आने लगते हैं

हमारा एक 13 साल का बेटा है, हालाँकि हमने उस पर भरपूर प्रेम और स्नेह उड़ेला, लेकिन वह बहुत ज्यादा दिलचस्पी नहीं दिखाता, हमारे प्रति उसका जुड़ाव नजर नहीं आता। यही बात उसके दोस्तों से रिश्ते को लेकर भी नजर आती है। वे सब भी अपनी ही दुनिया में खोए नजर आते हैं। कभी-कभी हम हैरानी में सोचते हैं कि क्या ये बच्चे कभी हमारे साथ हँसेंगे या रोएँगे, क्या वे वाकई हमसे जुड़े हुए हैं? जब भी ये शंकाएँ दिमाग में उभरती हैं, तो सबकुछ डरावना और अर्थहीन लगने लगता है! हम अपने बच्चे से बेहद प्यार करते हैं, लेकिन अगर वह हमारी परवाह नहीं करता या हमारे होने या न होने से उसे फर्क नहीं पड़ता तो क्या हमें इसके लिए खुद को जिम्मेदार मानना चाहिए?

प्रिय अभिभावक,

कुछ दिनों पहले, मेरी एम.बी.ए. की क्लास में एक छात्र अनमने ढंग से मेरा व्याख्यान सुन रहा था, जो कि भारत में मौजूदा कारोबारी माहौल पर आधारित था। मैं समान रूप से पूर्वी एशियाई देशों की अर्थव्यवस्था में आनेवाले विकास पर भी बात कर रही थी और उस छात्र के हाव-भाव मुझे डिस्टर्ब कर रहे थे। मैंने उससे इसकी वजह पूछी तो उसने जवाब दिया, 'मुझे क्या जरूरत है यह जानने की कि पूर्वी एशियाई देशों में क्या चल रहा है? मेरी वहाँ न जाने की इच्छा है और न काम करने की और हम यह भी क्यों पढ़ें कि यहाँ भारत में या उन देशों में राजनीतिक माहौल कैसा है। मेरी राजनीति में भी बिल्कुल दिलचस्पी नहीं है।'

मैं आपकी चिंताएँ समझ सकती हूँ। हम सब जिनसे प्रेम करते हैं, उनसे उसी समान तीव्रता में यदि हमें वे चीजें न मिलें तो हमारा निराश होना स्वाभाविक है, साथ-ही-साथ यह भी सच है कि हमारे बच्चों की दिलचस्पी हममें घटती जा रही है या हमारे परिवारों में, हमारे समाज या हमारे देश में क्या हो रहा है, इन सबसे मतलब नहीं रखना चाहते हैं। तो क्या इसका मतलब यह है कि उनकी दिलचस्पी उनके करीबी दोस्तों और अपने भाई-बहनों के जीवन को लेकर ज्यादा है ? इस पर किसी निष्कर्ष पर पहुँचना बहुत मुश्किल है।

हम बतौर अभिभावक, शिक्षक तथा चाचा और चाची इस बारे में क्या कर रहे हैं ?

अगर आप गंभीरता से इस मुद्दे पर मंथन करेंगे, तो पाएँगे कि परम सत्य यही है कि जब बच्चा जन्म लेता है तो उसका दिमाग पूरी तरह साफ और सादी स्लेट की तरह होता है। जिस तरह के विचार और नजरिया वे ग्रहण करते हैं, उसका हम सबसे कुछ लेना-देना होता है। उनके जन्म के बाद से ही, हम में से कोई उनको मातृभाषा से जोड़ता है, हर किसी से उस बच्चे से अंग्रेजी में बात करने पर जोर दिया जाता है। शहरों में एक अच्छी-खासी तादाद बच्चों की ऐसी है, जो अपनी मातृभाषा में बात नहीं कर पाते। हमारे बच्चों में से ही कितने ऐसे होंगे, जो अपनी संबंधित मातृभाषा में बोल और लिख पाते होंगे, इसका केवल अनुमान ही लगाया जा सकता है। अपनी मातृभाषा से दूर करने का यह मतलब है कि वे अपनी क्षेत्रीय भाषा की कविताओं और लोकगीतों का आनंद नहीं उठा पाएँगे या नाटक देखकर उसे ग्रहण नहीं कर पाएँगे या अपनी मातृभाषा में लिखित किताबें नहीं पढ़ पाएँगे (जहाँ की लिखावट ही बिल्कुल अलग होगी)। हमारी महान् भाषा को न समझ पाने का खामियाजा यह होगा कि वे संतुष्टि महसूस करने का अवसर गँवा देंगे। क्या हम सब अपनी क्षेत्रीय भाषाओं में रचे-बसे लोकगीतों या शादी के गीतों को सुनकर या क्षेत्रीय साहित्य को पढ़कर खिलखिलाते हुए और कभी-कभी भावुक होते बड़े नहीं हुए हैं ? बहुतों को गर्व हो सकता है कि उनका बच्चा अंग्रेजी, जर्मन और फ्रेंच बोल लेता है। यह देखना वाकई चौंकाता है कि किस तरह माता-पिता आगे बढ़कर अपने बच्चों की जड़ें गहरी करने की बजाय उनका भावनात्मक और सांस्कृतिक जुड़ाव ही खत्म करने पर आमादा होते हैं।

अगले कुछ सालों में, वे हमारे तमाम बयान सुनते हैं, जैसे हम उन खास अंकल का सपोर्ट क्यों करें, जिनके पास न पैसा है और न नौकरी ? या 'हम

उस रिश्तेदार के पास जाकर क्यों ठहरें, जो बीमार है ?' या 'एक अक्षम पड़ोसी के लिए दौड़-भाग करने का समय नहीं है हमारे पास' और ऐसी ही तमाम और बातें सामने आने लगती हैं। इस तरह का रवैया हमारी ओर से आगे बढ़ता है और उन्हें तमाम भावनात्मक संबंधों से एकदम अलग कर देता है। वे हमें गौर से देख रहे होते हैं, जब हम अपने करीबियों और प्रियजनों से संबंध रखने या न रखने को लेकर समीकरणों पर विचार कर रहे होते हैं। वे हमें देख रहे होते हैं, जब हम किन्हीं अप्रिय हालात से बचने के लिए अपने करीबियों से स्वार्थपरता से झूठ बोल रहे होते हैं या वे हमें उन दोस्तों या परिवार के किसी सदस्य से बहानेबाजी करते हुए भी सुनते हैं, जिन्हें उस वक्त हमारी जरूरत होती है। कभी-कभी वे हमें बूढ़े माँ-बाप या रिश्तेदारों से अजीबोगरीब अंदाज में पेश आते हुए भी देख रहे होते हैं। परिवार या दोस्तों से जब हमें जुड़ना पड़ता है तो हमारे बच्चे हमें चापलूसी करते, भड़कते और कोसते हुए देखते हैं। हमारे ये सारे क्रियाकलाप बच्चों को हमारे बारे में राय बनाने और अपनी राह तैयार करने में मददगार साबित होते हैं और वे सोचते हैं कि आत्मकेंद्रित रहना और केवल अपने हितों पर ध्यान देना ही बेहतर है।

मूलतः ये हम हैं—चाहे माता-पिता, शिक्षक या घर के अन्य बड़े-बूढ़े, जो बच्चों के मन में अलगाव और दूरी भरने का काम करते हैं। वास्तव में, जनसंचार का बढ़ता और प्रभावशाली होता दखल हमारे दिमाग पर इस कदर हावी होता जा रहा है कि हमारे भीतर अलग-थलग रहने और कट जाने की भावनाएँ घर करने लगी हैं। हालाँकि हम भी लगातार जोरदार तरीके से उन्हें यह बताते हैं कि हम सबको अपने जीवन पर ही ज्यादा ध्यान लगाना चाहिए और पड़ोसी या समाज या दोस्त या फिर देश या मानवता आदि के बारे में ज्यादा सोचने की जरूरत नहीं है। अगर हम अपने बच्चों से यह अपेक्षा रखते हैं कि वे हमारा खयाल रखेंगे या हमारी चिंता करेंगे, तो उसके लिए जरूरी है कि उन्हें सबसे पहले सिखाना होगा कि वे जीवन की चिंता करें और उनके आसपास जो मुद्दे हैं, उनके बारे में सोचें, पारिस्थितिकी की चिंता करें, बीमार और पीड़ितों का खयाल रखें, पौधों और पशुओं की हिफाजत करें, जरूरतमंदों और हाशिए पर पड़े लोगों की चिंता करें। हम अपने बच्चों को स्वार्थी तत्त्व के तौर पर विकसित करके यह उम्मीद नहीं कर सकते कि जब हमारा खयाल रखने की बारी आएगी तो वे आत्मकेंद्रित नहीं होंगे।

हम सब इस बात पर सहमत हैं कि भारत में लगभग सभी क्षेत्रों में समस्याओं का पूरा जखीरा भरा पड़ा है। हालाँकि क्या इसका यह मतलब है कि हम हर तरफ से खुद को अलग कर लें और कुछ इस तरह से दरशाएँ कि हमें अपने देश से कुछ लेना-देना नहीं है? परिवारों को ऐसा महसूस नहीं होता कि उन्हें बच्चों को देश के पहाड़ी इलाके या इतिहास या विलक्षणता से परिचित कराना चाहिए, लेकिन कम-से-कम हम ऐसा क्यों नहीं कर सकते कि अपनी बातचीत के क्रम में हम उन्हें भारत से परिचित कराएँ और उन्हें अपने देश की वास्तविकताओं (अच्छी या बुरी, दोनों) से रूबरू कराएँ?

हमारे देश के बच्चों की बहुत बड़ी आबादी अपनी 12वीं तक की पढ़ाई कर लेती है या युवा स्नातक और परास्नातक कर रहे होते हैं, लेकिन हमारा देश कैसा लोकतंत्र है या किस तरह की आर्थिक चुनौतियों का सामना हम कर रहे हैं, इसके बारे में उन्हें पता ही नहीं होता। वे भारत के महान् नेताओं (इतिहास के या वर्तमान के) के बारे में दिलचस्पी नहीं रखते या हमारे सामने पर्यावरण, राजनीति, आर्थिक और सामाजिक चुनौतियाँ किस तरह की हैं, इनसे इत्तेफाक नहीं रखते। कुछ अभिभावक यह कहकर पल्ला झाड़ लेते हैं कि उनके बच्चों को इंजीनियर या डॉक्टर ही बनना है, इसलिए उन्हें सरकार या इकोनॉमी के बारे में पढ़ने या जानने की जरूरत नहीं है, लेकिन सवाल यह है कि क्या डॉक्टर और इंजीनियर कहीं वैक्यूम में रहते या काम करते हैं, क्या वे किसी एक निश्चित परिप्रेक्ष्य में नहीं रहते और काम करते हैं, क्या हमारे बच्चों को बड़ा नहीं होना और खुद के बच्चे नहीं पालने होंगे, हम जहाँ रहते हैं और जहाँ से जुड़े हुए हैं, क्या उनके बारे में जागरूक रहना जरूरी नहीं है?

क्या आपने अपने बेटे को बड़े परिवार से, आस-पड़ोस, समाज और देश से जोड़ रखा है, जब वह छोटा था और आपसे बात करना चाहता था और आपके साथ समय गुजारना चाहता था, तो उस समय क्या आपने उसे अपने से जोड़ा? क्या आपने उसे जीवन, आसपास के लोगों और उनकी जीत और परीक्षणों से उसे जोड़ा? संवेदनशीलता एक गुण है, जिसे यदि आप अपने बच्चे में विकसित करेंगे, तो यह चुनिंदा रूप में लागू नहीं होगा। हमारे बच्चे महज चुनिंदा तौर पर संवेदनशील नहीं हो सकते कि वे हमारी पसंद, इच्छा और अपेक्षा या उम्मीद के मुताबिक ही व्यवहार करें।

हमें याद रखना होगा कि उनकी जुड़ने की क्षमता, उनकी तुलनात्मक क्षमता

को काटने-छाँटने के लिए ज्यादा जिम्मेदार हम हैं और जिस भी चीज से हम उन्हें रूबरू कराते हैं, हम उनकी समझ के स्तर को कमतर करके आँकने की गलती कर रहे होते हैं। जब ये बच्चे अपनी स्वार्थी चिंताओं से परे कुछ जानेंगे नहीं और अपनी खुशियों और दर्द के आगे किसी और के अनुभवों को महसूस नहीं कर पाएँगे, जब ये अपने अलावा किसी और को तवज्जो नहीं देंगे और जब वे किसी से जुड़ नहीं पाएँगे, तब ये सारी चीजें बूमरैंग की भाँति खतरनाक तरीके से वापस हम तक ही पहुँचेंगी।

□

सारांश

स्कूल के पहले दिन, पहली कक्षा के एक बच्चे ने अपने टीचर को एक नोट दिया, जो उसकी माँ ने लिखा था। नोट में लिखा था, 'यह बच्चा अगर कोई राय व्यक्त करता है तो जरूरी नहीं कि वह उसके माता-पिता द्वारा ही सिखाया हुआ हो।'

एक बात जो हमेशा मुझे उलझा देती है और कौतूहल भी जगाती है कि हम डॉक्टर, इंजीनियर, मैनेजर या जो कुछ भी बनें, उसे लेकर आपसी चर्चाएँ होती हैं, मंथन-पर-मंथन होते हैं परिवार में और दोस्तों के बीच, टेस्ट और तमाम पड़ताल की जाती है। हम अपने विकल्पों पर मंथन करते हैं, हम खुद से पूछते हैं कि क्या हम जो चुनने जा रहे हैं, उसे अगले 4 दशक या उससे आगे तक करते रहने में कोई बुराई तो नहीं है, हम अपने आपको एप्टिट्यूड टेस्ट से भी गुजारते हैं, ताकि अपनी क्षमता आँक सकें कि हम एक शिक्षक या एक इंजीनियर या एक खिलाड़ी बनने की क्षमता रखते हैं या नहीं। हालाँकि जब हम माँ-बाप या अभिभावक बनते हैं, तब ऐसा कुछ भी नहीं करते। दरअसल हममें से कुछ लोग ऐसे भी होते हैं, जो माँ-बाप बनने का फैसला सोच-समझकर लेते भी नहीं हैं। हम बस माँ-बाप बन जाते हैं। इसमें कोई सोच शामिल नहीं होता, कोई परीक्षा नहीं, कोई आपसी चर्चा नहीं और शायद ही किसी तरह की तैयारी करते हों! इसके लिए किसी तरह का प्रशिक्षण नहीं है और न ही प्रशिक्षण मैन्युअल ही है!

हममें से ज्यादातर के लिए माँ-बाप बनना एक ऐसे बॉक्स के समान होता है, जिस पर टिक करना ही है। 25 साल की उम्र तक हमसे उम्मीद की जाती है कि शादी कर लें और अगला तार्किक कदम, जिसकी उम्मीद पूरी दुनिया करती है कि शादीशुदा हैं तो बच्चा होना ही चाहिए, यहाँ तक कि कुछ लोग हैं, जो बच्चा पैदा करने के विषय पर चर्चा करते हैं, लेकिन उनकी चर्चा का विषय केवल वित्तीय

मजबूती के इर्द-गिर्द ही घूमता है कि क्या वे बच्चे का खर्च उठाने में सक्षम हैं। हालाँकि यह भी जरूरी है, लेकिन निश्चित रूप से सबसे गंभीर सवाल नहीं है। हमें खुद से पूछना चाहिए—बच्चों के पालन-पोषण के दौरान हमारी सारी चिंताओं और दबावों के बीच कितनी चिंताएँ उन्हें जीवन की मूलभूत चीजें प्रदान करने से जुड़ी होती हैं? इसमें यह शामिल नहीं है कि आप 60 इंचवाला कवर्ड टी.वी. कैसे खरीदें या आल्प्स की बेहद जरूरी यात्रा कैसे करें, या कैंब्रिज या ट्रिनिटी में पढ़ाई कैसे कराएँ।

हम बच्चों के पालन-पोषण में खर्च होनेवाले पैसे का हिसाब तो रखते हैं और कहाँ से उस पैसे की व्यवस्था होगी, इस पर भी जुट जाते हैं और इसमें एक स्वाभाविक उपाय यह होता है कि ज्यादा पैसे कमाने के लिए पति-पत्नी मिलकर काम करें, लेकिन क्या हम यह हिसाब लगा सकते हैं कि हमारे बच्चों को कितने घंटे हमारी जरूरत होती है, कितनी बार उन्हें हमसे गले लगने की जरूरत महसूस होती है, कितनी बार उन्हें पोषक तत्त्वों की जरूरत होती है, किस हद तक वे कमी महसूस करते हैं और कितने स्नेह की जरूरत महसूस करते हैं? कितने माता-पिता होते होंगे, जो अपने बच्चों को बगीचे या मॉल्स में ले जाने की जरूरत को महसूस करते हैं? अफसोस, यह संख्या ज्यादा नहीं है! पैदा होने के तीन से 6 महीने के भीतर बच्चा दाई के भरोसे कर दिया जाता है या उसे डे केयर सेंटर में डाल दिया जाता है। जिन बच्चों के दादा या दादी घर पर होते हैं, वे खुशकिस्मत होते हैं कि उन्हें स्नेह भरी देखभाल मिल जाती है।

अगर हम केवल अपने भीतर देख पाएँ और जाँच पाएँ कि हम माता-पिता बनने के लिए तैयार हैं या नहीं, अगर हम केवल यह जाँच पाएँ कि इस तरह की जिम्मेदारी उठाने में हमारी क्षमताएँ कैसी हैं, अगर हम केवल यह जाँच पाएँ कि हमारे सपने और मन:स्थिति क्या है (क्या वे वास्तविक और तार्किक हैं), तो हम अपने बच्चों को ज्यादा अच्छे तरीके से और यहाँ तक कि इस पूरी प्रक्रिया का आनंद उठाते हुए ऐसा कर पाएँगे।

माइकल लेविन ने सत्य ही कहा है, "महज बच्चों के होने मात्र से आप माता या पिता नहीं बन जाते, जिस तरह घर में एक पियानो होने मात्र से आप पियानो के माहिर नहीं हो जाते।"

मेरे एक मित्र के तीन बच्चे थे। सबसे बड़ा बेटा 10 साल का हो चुका है, सबसे छोटा दो साल का है, जबकि बीचवाला पाँच साल का है। सभी तीन बच्चों

की अपनी जरूरतें हैं, सबसे बड़ेवाले को स्पेलिंग और गणित में मदद की जरूरत है और बीचवाला खेलना और शरारतें करना चाहता है और सबसे छोटा माँ को नहीं छोड़ना चाहता, उसे केवल माँ से चिपके रहना और माँ का दूध पीते रहना ही अच्छा लगता है। अच्छी कमाई करने के लिए पति और पत्नी को मिलकर काम करना पड़ता है और उनके काम के घंटे काफी लंबे हैं। तीनों बच्चे दाई के हवाले हैं और जन्म के 6 महीने के अंदर ही उन्हें दाई के हवाले कर दिया गया। मेरे बार-बार पूछने पर कि पति या पत्नी में से कोई एक नौकरी छोड़ क्यों नहीं देता और अपने तीन प्यारे-प्यारे बच्चों की सामाजिक-मनोवैज्ञानिक जरूरतें पूरी क्यों नहीं करने पर ध्यान देता। उसने पहले तो कहा कि पैसे की जरूरत है। जब मैंने उसे समझाया कि हो सकता है कि किफायत से खर्च करके, कम कपड़े खरीदकर, सप्ताहांत बाहर खाने और पार्टियों आदि को रोककर वे खर्च बचा सकते हैं, तो उसने कहा कि अगर उसने नौकरी छोड़ दी और घर बैठ गई तो पति उसे उचित तवज्जो नहीं देंगे और बच्चे के साथ पति भी हमेशा खाना पकाने और कपड़े धोते रहने की ही अपेक्षा करने लगेंगे। उसने कहा कि घर पर रहना तो ऑफिस की तमाम जिम्मेदारियों से भी बड़ा 'सिरदर्द' है।

जिस तरह से हालात जबरन बनाए गए हैं, उनको लेकर मुझे काफी दुःख हुआ। यह निश्चित रूप से उचित नहीं कि केवल महिलाओं से ही अपेक्षा की जाए कि वे ही उन चीजों को त्यागें, जिन्हें उन्होंने बड़ी मुश्किल से हासिल किया है, यह बिल्कुल ही अन्याय कहा जाएगा कि वित्तीय आजादी का बलिदान केवल महिलाएँ ही करें और इसके बाद घर-परिवार में उन पर यह ठप्पा भी लग जाए कि वे तो कुछ करती ही नहीं हैं। हालाँकि हमारे नन्हे-मुन्नों का क्या दोष है, जिन्हें अपना ज्यादातर वक्त अपने माँ-बाप की गोद में बिताना चाहिए था, उसे उनको दाई के साथ गुजारना पड़ रहा है, जबकि माँ-बाप के साथ महज चंद घंटे ही वे बिता पा रहे हैं? क्या यह उचित है कि हम जीवन को धरती पर केवल इसलिए ले आएँ, ताकि परिपूर्ण महसूस कर सकें और समाज में हमारी हैसियत बढ़ जाए और अपनी आजादी, समय-समय पर प्रोन्नति और बोनस की लालसा में हम अपने नन्हे-मुन्नों को अजनबियों के हाथों में छोड़ देते हैं और केवल तभी चिंतित दिखते हैं, जब बच्चा किसी चीज की कमी की बात करता है?

एक पल के लिए अपनी आँखें बंद करें और कल्पना करें कि एक बेहद प्यारा, नन्हा सा मासूम बच्चा, जो कि अभी छह महीने का हुआ हो और जिसकी

बड़ी आँखें हों। अपने बच्चे को याद करें, जब वह भी उतना ही छोटा था—नाजुक त्वचा, गोल-गोल बड़ी आँखें, बगैर दाँतोंवाली वह मुसकान··· क्या आपने सोचा था कि एक दिन वह उस पर आक्रोश जताएगा? या कभी यह सोचा था कि वह चीखेगा और गुस्सा उतारेगा, या वह आप पर तमाम आरोप लगाएगा और उलटा-सीधा बोलेगा और यह भी कि वह आपसे ज्यादातर असहमत होगा और नाशुक्रगुजार होगा—क्या सोचते हैं आप कि आपका बच्चा ऐसा कैसे हो गया? स्वाभाविक है, उन्होंने कुछ गुण हमारे भी ग्रहण कर लिये और कुछ दूसरों के साथ उनके अपने अनुभवों से उनके भीतर आए।

हम अच्छी कमाई करना चाहते हैं और हम सोचते हैं कि आई पैड्स और विदेश यात्रा जरूरी हैं और इसलिए हम तय करते हैं कि सुबह से लेकर शाम तक हम मेहनत करेंगे, हम सोचते हैं कि बच्चों को लंदन या कनाडा भेजना उनके सर्वश्रेष्ठ हित में है और इसलिए हम संपत्तियाँ जुटाने की लालसा में जुट जाते हैं और तब चूँकि हम थक जाते हैं, हम उनको फोन पकड़ा देते हैं, ताकि वे उससे खेलने में उलझे रहें, क्योंकि हम दिखावा करना चाहते हैं, हम उन पर दबाव बनाते हैं कि परीक्षाओं में ज्यादा-से-ज्यादा नंबर ले आएँ तथा पियानो और फ्रेंच भी सीखें, क्योंकि हमें ब्रेक चाहिए, इसलिए हम बच्चों को लेकर मॉल जाते हैं और वहाँ उनके साथ जंक फूड खाते हैं और चूँकि हमारे पर घर पर बहुत कम समय बचता है, हम (यह मानते हुए कि हम बेहद सौम्य और स्मार्ट माता-पिता हैं) खाने के लिए तैयार पैकेट ले आते हैं, जिसमें दो मिनट नूडल्स, ब्रेड और चिप्स तथा कोला शामिल होते हैं। हम बच्चों के चेहरे पर खुशी देखना चाहते हैं और इसलिए हम उन पर खिलौने और तोहफे उड़ेल देते हैं। हालाँकि एक बार हमारे बच्चे और ज्यादा की माँग करते हैं या अधीर हो जाते हैं और आक्रामक होने लगते हैं और उलटा जवाब देने लगते हैं या जिद्दी होने लगते हैं या चोरी करने लगते हैं या झूठ बोलने लगते हैं, तो हम अधीर हो उठते हैं और आनन-फानन में इसका निदान खोजने के लिए इंटरनेट पर लेख तलाशने और किताबें पढ़ने लगते हैं या काउंसलरों और डॉक्टरों से मिलने का समय तय करने लगते हैं, उस बारे में बताने के लिए, जो हम साक्षात् अपने सामने होता देख रहे होते हैं।

खैर, यह एक इच्छा है कि अगर हम आत्मचिंतन करके और खुद को समय से पहले तैयार कर लें, तो शायद हम माता-पिता होने का दायित्व अच्छी तरह निभा पाएँ।

आइए, एक बार वर्तमान पर कुछ देर के लिए बात करें। अब हमारे पास बच्चे हैं, वे संभवत: किशोरावस्था के मोड़ पर हैं, हम उनको प्यार करते हैं और हमने उनके साथ अच्छा-खासा मजेदार वक्त भी बिताया है। हमारे बच्चों की वजह से हम मुसकराते हैं! ऐसे हजारों-लाखों पल रहे, जब हमने गौरवान्वित और संतुष्ट महसूस किया, लेकिन ऐसे भी लाखों पल आए, जिसमें हम यह नहीं समझ पाए कि क्या करना चाहिए। ऐसा भी समय रहा, जब हम हताश हुए, जब हमें यह लगा कि हम एक अंत के नजदीक पहुँच चुके हैं। ऐसा भी समय आया, जब हमारे सामने कोई समाधान ही नहीं दिख रहा था और हम इसी चिंता में पड़े रहते थे कि कैसे उनकी कुछ आदतें और रवैये में बदलाव लाएँ।

मेरी एक मित्र ने अपनी चिंता साझा की है कि कैसे अपनी दो शरारती बेटियों के साथ उसने वक्त बिताया—

'हमें हर समय सतर्क रहना पड़ता है। हर समय एक किनारे पर जीना और लगातार नजर बनाए रखना, बहुत तनावपूर्ण होता है। एक दौर था, जब 'ब्लू व्हेल' गेम उनको आकर्षित कर रहा था और अगले ही पल, वे किसी और खतरनाक गेम की पड़ताल कर रही थीं या स्लाइम कैसे बनाएँ, यह समझ रही थीं या ग्रुप चैट पर अपनी सेल्फी पोस्ट कर रही थीं।'

जब तक कि हम डर और सावधानी में जीने के विचार से सामंजस्य नहीं बैठाते, तब तक आइए, विचारों की स्पष्टता के साथ अभिभावकत्व की प्रक्रिया पर गौर करते हैं—

आप अपने बच्चों को किस तरह का बनाना चाहते हैं?

आज ही शुरू करें, अगर आपने अब तक वह तसवीर अपने मन में तैयार नहीं की है कि आप अपने बच्चों को कैसा देखना चाहते हैं। एक चेतावनी भी है—जीवन से या अपने बच्चों से आप क्या चाहते हैं, इससे फर्क नहीं पड़ता, क्योंकि जीवन के पास अपनी खुद की योजनाएँ होती हैं! इसलिए इस सत्य को दिमाग में रखते हुए भी, कमोबेश हम यह ख्वाब सँजो सकते हैं कि हम उन्हें किस तरह से बड़े होते देखना चाहते हैं। हमें इस पर बार-बार विचार करने की जरूरत है।

एक पत्रकार मित्र, जो कि वैसे तो काफी बुद्धिमान है, को खुद से इस कदर लगाव है कि जिस दिन उसे हलकी सी भी तकलीफ या असहजता महसूस होती है, वह सुबह उठने और काम पर जाने से छुट्टी ले लेती है। अगर कभी उसका मन नहीं करता काम पर जाने का, तो वह घर पर ही रह जाती है। वह यह पसंद

नहीं करती कि उस पर दबाव बनाया जाए, उसके लिए डेडलाइन का मायना ही कुछ नहीं था या बहुत नाममात्र का था और इसलिए 40 पार के मध्य में होने के बावजूद, वह लगातार अपनी नौकरियाँ बदल ले रही थी। हालाँकि जब उसकी बेटी कभी ट्यूशन छोड़ देती या स्कूल से छुट्टी मार जाती, क्योंकि उसे भी 'कभी-कभी मन नहीं होता', या जब वह कुछ मनमाना खाना चाहती और लंबे समय तक सोना चाहती, तो उसकी माँ इस बात पर नाराज हो जाती कि क्यों उसकी बेटी इस तरह अनुशासनहीन होती जा रही है, जबकि वह खुद इस तरह से नहीं है!

कभी-कभी इसे अलग तरह से देखना भी जरूरी है। अगर माँ या पिता के भीतर एक ऐसे गुण का आधिक्य है, जिसे लेकर वे जरूरत से ज्यादा जुनूनी हों और उसे ज्यादा-से-ज्यादा बढ़ावा भी देते हों, तब भी उनके बच्चे उनके वे गुण अपने अंदर लाने से परहेज ही करते हैं और उनकी लगातार कोशिश यही रहती है कि वे चीजें उनके अंदर न आने पाएँ। उदाहरण के लिए, साफ-सफाई को लेकर बहुत सारे माता-पिता जुनूनी होते हैं और उनके बच्चे इस चीज के गवाह भी होते हैं। बच्चों ने देखा होता है कि किस तरह माँ-बाप अपना कीमती समय इस एक चीज पर खर्च कर देते हैं। हर चीज में टोका-टाकी और खुद साफ-सफाई का वह स्तर न बना पाने के चलते, माता-पिता अपने बच्चों को या तो इस काम से अलग-थलग रखते हैं या सजा के तौर पर इस काम से दूर रखते हैं। ऐसे में वह बच्चा बहुत हद तक अव्यवस्थित और लापरवाह किस्म का बन जाता है। इसका मतलब यह कि अति हर चीज की बुरी होती है।

जब हम सोचते हैं कि हम अपने बच्चों को किस तरह से बड़े होते देखना चाहते हैं तो हमें केवल अपने अनुभवों के आधार पर ही कोई निष्कर्ष नहीं निकालना चाहिए। बहुत से माँ-बाप की यह राय होती है कि चूँकि उन्होंने बहुत झेला है, इसलिए वे चाहते हैं कि उनके बच्चे सुरक्षित रहें, क्योंकि वे बहुत पीड़ादायी दौर से गुजरे हैं, तो वे चाहते हैं कि बच्चों की वे ढाल बन जाएँ और दर्द उन्हें छूने भी न पाए! हालाँकि अगर आप वाकई एक समझदार इनसान हैं, तो ऐसा इसलिए है, क्योंकि जीवन के सफर में अब तक आपने दर्द भी झेला है और पीड़ा के दौर से भी गुजरे हैं और साथ-ही-साथ लगभग उतना ही खुशियों और आनंद के पलों का भी अनुभव किया है। हमेशा एक बात ध्यान में रखें कि आप हमेशा अपने बच्चों की सुरक्षा कर पाने में सफल नहीं होंगे। किस्मत भी आखिर कोई चीज होती है। भले ही आपने मन में एक तसवीर सँजो रखी हो कि आप बच्चों को बड़े होकर

कैसा देखना पसंद करेंगे और उनका जीवन कैसा बनाना चाहेंगे, लेकिन तथ्य यह है कि हम उनके जीवन के मालिक नहीं हो सकते! यदि एक विकल्प दिया जाए, तो कोई भी माँ-बाप अपने बच्चे की आँखों में आँसू नहीं देखना चाहेगा। इसलिए भले ही हम उन्हें साहसी और भद्र व्यक्ति बनाना चाहें, हम उन्हें पेड़ पर चढ़ते और नदी में छलाँग लगाते और नए खेलों में हाथ डालते नहीं देखना चाहते, क्योंकि हमें डर होता है कि कहीं वे चोटिल न हो जाएँ। उनकी सुरक्षा और सुरक्षित भविष्य की खातिर सारे उपक्रम करने में माता-पिता और बच्चे हँसी-खुशी रहने का बेशकीमती समय नष्ट कर देते हैं और उन पलने-बढ़ने के वर्षों के जरूरी सबक नहीं सीख पाते। नतीजा यह होता है कि जो साल मजेदार और रोमांचक होने चाहिए, वे डर और तनाव के बीच गुजर जाते हैं।

सारा दारोमदार 'हम पर' है—अपने अंदर झाँकें

जरा सा आँख खोलकर देखना जरूरी है, एक जागरूकता, एक चेतनावस्था जरूरी है।

हमें इस निर्विवाद सत्य को हमेशा ध्यान में रखना है कि जब हमारे बच्चों ने जन्म लिया, तब उनका दिमाग पूरी तरह खाली था। वे अपने साथ तमाम सिद्धांत, साजिशें या नजरिया आदि लेकर नहीं पैदा हुए थे। उनके मन में सबकुछ यहीं गढ़ा गया और इसका बहुत बड़ा हिस्सा उनके माँ-बाप की संगति में गढ़ा गया! जी हाँ, निश्चित रूप से सारा दारोमदार हम पर ही है!

मेरी एक दोस्त है, जिसे अपने माँ-बाप का खूब प्यार मिला और उसे हमेशा यह अहसास कराया गया कि वह हर चीज के बारे में सही सोचती है, वह हमेशा इस बात को लेकर आश्वस्त रही कि वह हर तरह से सर्वश्रेष्ठ है। उसका मानना है कि वह बहुत खूबसूरत है (वाकई वह है भी!), यह भी कि वह बहुत स्वादिष्ट पकवान बना सकती है, यह भी कि वो बहुत हाजिरजवाब है और दूसरों को बहुत अच्छी तरह समझती है। उसने यह कभी महसूस नहीं किया कि दूसरे उसके बारे में यह सोचते हैं कि वह अपने बारे में काफी बढ़ा-चढ़ाकर बातें करती है, बेहद घमंडी और अति आत्मविश्वास का शिकार भी है। आज, जब उसे पता चला कि उसकी बेटी किसी चीज को लेकर आश्वस्त नहीं है तो वह अवाक् रह गई। इस मामले में संभवत: यह हुआ कि उसके अपने श्रेष्ठता बोध के चलते उसकी किशोर उम्र बेटी के भीतर हीनभावना घर कर गई।

हम अकसर हैरान रह जाते हैं कि हमारा बच्चा इतना गुस्सैल या आक्रामक क्यों है? इसके पीछे वजह यह हो सकती है कि उसे बचपन में दरकिनार रखा गया हो या उसके आपत्तिजनक व्यवहार पर माँ-बाप ने आँखें मूँद रखी हों। स्वाभाविक है, माता-पिता में कहीं-न-कहीं अशांत भावनाएँ और शांति की कमी कहीं दबी हुई थी, जिसके चलते बच्चों में इस तरह के हाव-भाव पनपे। ऐसा बहुत कम ही देखने को मिलता है कि माता-पिता तो आंतरिक तौर पर संतुष्ट हों, सौम्यता से रहते हों और संतुलित विचारोंवाले भी हों, जबकि वहीं दूसरी तरफ उनका बच्चा उत्पाती स्वभाववाला हो और किसी चीज के लिए दीवार में सिर मारने लगता हो या दुकान जाने पर कोई सामान लेने की जिद में तमाम नाटक करने लगे।

अगर हमारा बच्चा अव्यवस्थित हो या रूखा व्यवहार करता हो या अन्यमनस्क सा रहता हो या मेहनती न हो या बहुत लालची हो, आदि जो कुछ भी उसके व्यवहार में ऐसा है, जो आपको दुःख पहुँचाता है तो हमें अपने अंदर झाँककर देखने की जरूरत है। हमें जवाब मिल जाएगा। निश्चित तौर पर मिलेगा! हमें पता चलेगा कि या तो बच्चे में वही गुण आ गए हैं, जो हमारे अंदर हैं, या हमारे भीतर कुछ ऐसे लक्षण हैं, जिनसे बच्चा चिढ़ा हुआ है या हमारे व्यवहार से ऊबा हुआ है और इसलिए हमारे उस व्यवहार से पूरी तरह उलट रुख अपना लिया है, या यह भी हो सकता है कि अगर हम असुरक्षित महसूस करते हों, तो बच्चे के अंदर भी असुरक्षाबोध पनपने लगे, लेकिन हो सकता है कि यह किसी ऐसे रूप में हो या बच्चे का अपने अंदर असुरक्षा का प्रकटीकरण कुछ अलग तरह से हो, जिसका हमें या तो अंदाजा न हो या निदान ही पता न हो। जैसे, हो सकता है कि आपको वित्तीय असुरक्षा महसूस होती हो, लेकिन आपका बेटा भावनात्मक रूप से असुरक्षित महसूस करता हो और आप यह सोचकर हैरान हों कि इतना लाड़-प्यार देने के बावजूद वह भयाक्रांत क्यों रहता है। आप अकसर लोगों से रूखा व्यवहार करते होंगे और आक्रामक हो जाते होंगे और हो सकता है कि उसके अवचेतन मन में आपके व्यवहार का यह पहलू घर कर जाए और वह भी आपकी तरह ही रूखा और आक्रामक बन जाए।

अपने आप से पूछें

क्या आप झूठ बोलते हैं?

क्या आपको डर लगता है?

क्या आप अंदर से ईर्ष्यालु हैं?

क्या आपका अहंकार बढ़ गया है?

क्या आप शिकायत ज्यादा करते हैं?

क्या आप अपने कार्यस्थल पर गेम खेलते हैं?

क्या आप लालची हैं?

क्या आप अपनी तुलना दूसरों से करते हैं, चाहे जानबूझकर या अनजाने में?

ईमानदारीपूर्वक अपने बारे में सोचिए। क्या हमारे भीतर उपर्युक्त आदतों के कुछ-न-कुछ लक्षण नहीं हैं? और फिर भी, हम सब यही चाहते हैं कि हमारे बच्चे न तो ज्यादा की माँग करें, न झूठ बोलें, न धोखा दें, न नकल करें और न शिकायत, नाशुक्र न बनें और न पलटकर जवाब दें। क्या यह उचित होगा?

याद रखें कि जिन आदतों को अपने बच्चों में देखकर हम दुःखी होते हैं, निश्चित रूप से बच्चे ने भी उन आदतों को अपने आसपास किसी-न-किसी में देखा होगा और वह कोई या तो आप हो सकते हैं या मैं, यहाँ तक कि अगर बच्चे ने कोई गलत आदत कहीं बाहर किसी और से सीखी है, तो इसका मतलब यह है कि हमारी तरफ से बच्चों की देखभाल में कहीं कमी रह गई कि बाहरी प्रभाव ने बच्चे पर ज्यादा गहरा असर डाला। जिम्मेदारी अब भी हम पर ही है।

यह बहुत जरूरी है कि हम अपने बोलने, अपने शब्दों के चयन और बोलने की तीव्रता पर गौर करें और हमेशा सतर्क बने रहें। ऐसे भी बच्चे होते हैं, जो दशकों तक अपने माता-पिता की कही बात याद रखते हैं, या उन्हें पता होता है कि जब वे किशोरावस्था में थे, तब उनके माँ या पिता ने अमुक बात कही थी (जैसे—तुम बेकार हो/तुम अपने जीवन में कभी कुछ नहीं कर पाओगे, आदि)। हमेशा जागरूक रहें, हमेशा अपनी आँखें और कान खुले रखें कि आप क्या बोल रहे हैं या कर रहे हैं, हमेशा बच्चों को लेकर भी जागरूक रहें कि वे क्या बोल रहे हैं या क्या कर रहे हैं। हम बिना दिमाग लगाए खाते जाते हैं और उसी तरह से बच्चों को भी देते जाते हैं। हमें पता होना चाहिए कि बच्चों को जो हम दे रहे हैं खाने के लिए, उसमें किस तरह के कैमिकल, किस तरह के प्रिजर्वेटिव, स्वाद बढ़ानेवाले तत्त्व, स्वाद और रंग डाले जाते हैं, जो उनके कोमल शरीर और मन पर कितना घातक असर डालेंगे। हम ही हैं वह, जो एक जीवन को धरती पर लेकर आए हैं। हम ही कैसे उन्हें मुरझा जाने दें? क्या हम उन्हें उनकी युवावस्था में किसी गंभीर बीमारी की जकड़न में जाता हुआ देख पाएँगे? सावधान रहें, छोटी-छोटी सावधानी बेहद जरूरी हैं। हम

चाहे जितने भी व्यस्त हो जाएँ, हमेशा गौर करें कि किस तरह के गैजेट्स उनके शरीर और मन पर क्या असर डालेंगे, क्योंकि हम उन्हें दीन-हीन, कमजोर आँखों, कमजोर गरदन और मांसपेशियोंवाले युवा के रूप में बड़े होते नहीं देखना चाहेंगे!

साथ ही, हमें अपने बच्चों को प्रेरित करना चाहिए कि दुनिया से लेन-देन में वे विचारों से खुले रहें और सजग रहें। बुद्धिमत्ता और खुशहाली किसी भी स्रोत से उन तक पहुँच सकती है। हमारे बच्चों को अपने सबसे मूल्यवान मित्र और गुरु की तलाश खुद करनी चाहिए, वे या तो उनके शिक्षक हो सकते हैं या चाचा या चाची या पड़ोसी या रिश्तेदार। अगर आप अपने आसपास के लोगों की बुराई की ही चर्चा करती रहेंगी और लोगों की पीठ पीछे निंदा ही करेंगी तो बच्चों के चारों तरफ नकारात्मक इनपुट का ढेर लग जाएगा और वे किसी से भी मिलना नहीं चाहेंगे। जिंदगी के थपेड़ों ने भले ही आपको थोड़ा खिन्न कर रखा हो, लेकिन इसका यह मतलब कतई नहीं है कि आप नाजुक दिलो-दिमागवाले युवाओं को लोगों की नकारात्मकता से भर दें, बल्कि उन्हें लोगों से स्नेह और भरोसा करने के लिए प्रेरित करें!

यह महत्त्वपूर्ण है कि पहले अपने अंदर बदलाव लाएँ। हमें अपने ज्यादातर जवाब अंदर ही तलाशने होंगे। जितनी जल्दी हम अपने समाधान खोज पाएँगे, उतनी जल्दी हम डैमेज कंट्रोल कर पाएँगे और चीजें बिखरने से पहले उन्हें समेट पाएँगे।

अतिरिक्त कदम उठाएँ या अगर जरूरी हो, आगे बढ़कर फैसला करें!

अगर हमें अपने मासूम छोटे देवदूतों और परियों के लिए, जिन्हें हम बेहद प्यार करते हैं, कुछ अतिरिक्त मेहनत भी करनी पड़े तो वह हमें खुशी-खुशी करनी चाहिए! कॉरपोरेट या पेशेवर लक्ष्यों को हासिल करने के लिए हम कठिन मेहनत करते हैं और करते जाते हैं (अतिरिक्त घंटे ऑफिस में काम करते हैं), तो जो जिंदगी हमारे लिए मायने रखती है, उसके लिए तो हमें निश्चित तौर पर और ज्यादा मेहनत करनी चाहिए।

हो सकता है कि आप खाना पकाने के मूड में न हों या हो सकता है कि इतने थके हुए हों कि बनाने की हिम्मत ही न बची हो, लेकिन आपको याद रखना होगा कि चूँकि वे बहुत आदर्श माहौल में पले-बढ़े नहीं हैं (जिस हवा में वे साँस लेते हैं या जो पानी वे पीते हैं और ट्रेंडी खाने-पीने की जगह में जो अस्वास्थ्यकर चीजें बिक रही होती हैं) और इसके अलावा, अगर हम स्वास्थ्यकर खाना बनाने में परेशानी नहीं उठाएँगे, तो वे आज नहीं तो कल परेशानी में पड़ जाएँगे। वास्तव में,

आप में से ज्यादातर निश्चित ही अपनी तरफ से सर्वश्रेष्ठ प्रयास कर रहे होंगे कि बच्चों के लिए स्वास्थ्यकर और लजीज पकवान बनाकर दिया जाए, ताकि हमारी शानदार पकवान की परंपरा जीवित रहे। जंक फूड की उनकी माँग के आगे घुटने टेकना, ताकि वे घर या बाजार में कोई बखेड़ा न खड़ा कर दें, कहीं से भी जायज नहीं ठहराया जा सकता।

इसी तरह, हमें कुछ अतिरिक्त मेहनत करके और (जहाँ तक संभव हो सके) उन्हें अनजान हाथों में पलने से भी बचाना चाहिए, चाहे वे हाथ कितने ही प्रभावकारी क्यों न हों। हमारे बच्चों में जो भावनात्मक शून्य बनेगा, उसकी भरपाई वे हाथ नहीं कर पाएँगे। हम सामाजिक प्राणी हैं और हमारे लिए यह जरूरी है कि बच्चों के पलने-बढ़ने की उम्र में हमारा गरमाहट भरा जुड़ाव बना रहे। उन्हें टी.वी. के सामने बैठाए रहना या उन्हें डे केयर सेंटर में दाखिल करा देना, जबकि इससे बचा जा सकता हो और उन्हें गैजेट्स पकड़ा देना, क्योंकि हम कुछ देर आराम करना चाहते हैं और उनके साथ खेलना नहीं चाहते या उनके साथ बात नहीं करना चाहते या उन्हें पढ़ाना नहीं चाहते, तो इससे उलटा असर हो सकता है।

वास्तव में, कभी-कभी हम जरूरत से कुछ ज्यादा ही कर गुजरते हैं और यह भी हमारे बच्चों को चिंतित कर सकता है।

दो बच्चे एक-दूसरे से बातें कर रहे थे। एक कहता है, 'मैं वाकई परेशान हूँ। मेरे पापा 12 घंटे रोज काम करते हैं, ताकि मुझे अच्छा खाना और घर मिल सके। मेरी माँ दिन भर कपड़े धोने और मेरे लिए खाना बनाने में व्यस्त रहती हैं। मैं तो सोच-सोचकर बीमार पड़ गया हूँ!'

दूसरा कहता है, 'तो इसमें परेशान होनेवाली क्या बात है, एमिगो? मुझे तो लगता है कि तुमको सबकुछ मिल रहा है!'

पहला बच्चा कहता है, 'कहीं वे बच निकलने की कोशिश करने लगे, तब क्या होगा?'

अपने सोच पर भरोसा करें

जब भी कभी आपका बच्चा कोई माँग करे, तो उसके जाल में न फँसें और ऐसे लोगों से भी प्रभावित न हों, जो यह कहते हैं कि वे अपने बच्चों को बढ़िया-से-बढ़िया चीज देना चाहते हैं। अगर आपका दिल करता है तो सख्ती से मना कर दें, यह मन में न लाएँ कि दुनिया क्या सोचेगी आपके बारे में। खुद को समझदार

अभिभावक साबित करनेवाली रेस में शामिल न करें।

अपने अंदर के भय के आगे हार मान लेना अपने सोच पर भरोसा करने जैसा नहीं है।

एक महिला की दो बेटियाँ हैं और वे कहती हैं कि अपनी बेटियों को अकेले बिल्डिंग से बाहर कदम भी नहीं रखने देतीं। उन्होंने बेटियों को कभी स्कूल पिकनिक पर या म्यूजिक क्लास या कहीं भी स्कूल से अलग जाने ही नहीं दिया, यहाँ तक कि जब बेटियाँ स्कूल में रहती हैं, तब भी महिला को डर लगा रहता है कि पता नहीं कब क्या हो जाए! बेटियों को स्कूल की किसी प्रतिस्पर्धा में भी शामिल नहीं होने देतीं, क्योंकि अभ्यास आदि के लिए लड़कियों को स्कूल में देर तक रुकना पड़ेगा या यह भी हो सकता है कि वे प्रतिस्पर्धा में जीत न पाएँ। इस तरह का रवैया अपने आप में तनाव की वजह होता है और इसमें तत्काल इलाज की जरूरत होती है या माता-पिता को अपनी काउंसलिंग कराने की जरूरत होती है और इसे किसी के सोच पर भरोसे से तुलना नहीं की जा सकती है।

हम अपने बच्चों पर नजर रख सकते हैं, ताकि वे किसी गलत जगह न फँसें, लेकिन इसका यह मतलब नहीं कि हम उनको प्रयास ही न करने दें, ताकि वे खुद किसी गड्ढे में गिरने से बचने के उपाय तलाश सकें। अगर कोई दो उपाय हों सामने, तो क्या आपको यह उचित नहीं लगता कि उनको गड्ढे में गिरने देनेवाला विकल्प चुनना चाहिए? गड्ढे में गिरने से कम-से-कम वे यह तो सीखेंगे कि बचना कैसे है। आगे से वे स्मार्ट बनेंगे, ताकि गड्ढे में न गिरने पाएँ और इससे उनका अनुभव भी बढ़ेगा, लेकिन उनको पूरे जीवन बचाकर रखना, चुनौतियों से सामना न होने देना उनके ही विकास को प्रभावित करेगा।

साथ ही, जब भी उलझन की स्थिति या विचित्र हालात सामने आएँगे, तो खुद डॉक्टर या काउंसलर बनने के लिए इंटरनेट खँगालने की जरूरत नहीं है, बल्कि अपने सोच पर भरोसा करें और अगर समस्या ज्यादा गंभीर न हो, तो किसी जानकार या पेशेवर शख्स के पास जाकर सलाह लेने की पहल करें।

अभिभावकत्व एक यात्रा की तरह है, जिसमें हर तरह के उतार-चढ़ाव सामने आते हैं। सभी हालात अपने में विशिष्ट होते हैं, क्योंकि हर घर अलग है और हर बच्चा खास होता है। केवल आप ही जानते हैं कि आपके प्रियजन के लिए क्या अच्छा है और क्या नहीं, लेकिन हड़बड़ी में यह निष्कर्ष न निकालें कि बच्चों के लिए क्या उचित है और क्या गलत, क्योंकि आपके सभी विचार तर्क पर आधारित न

होकर आपकी भावनाओं पर आधारित हो सकते हैं। आपको शांति से और गहराई से सोचना होगा और हर तरह के उचित जवाबों और समाधानों की तलाश करनी होगी।

अगर आप कभी-कभी गलत भी साबित हो जाते हैं तो भी कोई बात नहीं। घबराएँ नहीं और न ही अनावश्यक चिंता करें। यहाँ तक कि अगर आपके बच्चे आपको गलत साबित करने लगें, तो उनसे कहें कि आप भी सीखने की ही प्रक्रिया में हैं और इस तरह, आप भी गलतियाँ कर सकते हैं। उनको यह जानने दें कि गलतियाँ करने की वजह से आपको भी बुरा लगता है और उनको आश्वस्त करें कि संबंधों को लेकर किसी तरह का प्रशिक्षण कार्यक्रम न होने की वजह से आप उचित तरीके से देखभाल नहीं कर पाते। हाँ, हम सब गलतियाँ करते हैं, क्या ऐसा नहीं है ?

अपने किशोर पर भरोसा करें

एक बुद्धिमान व्यक्ति ने एक बार कहा था कि किशोरावस्था की सबसे कठोर चीज यह होती है कि हर चीज अपने आकार से बहुत बड़ी नजर आती है। परिप्रेक्ष्य या संदर्भ की थाह पता नहीं चलती, दर्द अंतहीन होता है और खुशियों की भी कोई सीमा नजर नहीं आती। उन्हें नहीं पता होता कि अपनी सीमा कहाँ खींचनी है। विचित्र है कि इसकी वजह वह उम्र नहीं होती, जिसमें वे होते हैं, बल्कि हम बहुत सारी चीजें समय के साथ सीखते हैं। अगर हम किशोरावस्था को सँभाल ले जाते हैं, तो हम बगैर किसी घाव के निशान के जिंदगी जीते हैं, लेकिन अगर उन वर्षों के दौरान किशोरों के मन पर किसी तरह की खरोंच लगती है तो ये घाव शायद ही कभी भर पाते हैं। यह अनिवार्य है कि जब भी हम चीजों को व्यापक नजरिए से देखते हैं तो हम अपने बच्चों पर भरोसा करते हैं और विशेष रूप से अपने किशोरवय बच्चों पर। हमें अपने किशोरों को हर समय मानसिक चोटों से बचाते रहने की जरूरत नहीं है, अगर वे बहुत ज्यादा निराश और अशिक्षित नहीं हैं।

गलतियाँ स्वाभाविक हैं और वे लगभग हर जीवन में होती होंगी। आप उनके विश्वासपात्र बन सकते हैं और अपने विचारों से उनको अवगत करा सकते हैं, ताकि वे गलतियाँ करने से बच सकें और गंभीर परिणाम भुगतने से बच सकें। आप चाहें तो स्पष्ट रूप से कह सकते हैं कि आप उन पर भरोसा करते हैं और अगर चाहें तो अव्यक्त रूप से ऐसा करते रहें। आप उन्हें बारंबार आश्वस्त करते रहें कि जब भी उन्हें संवेदना, समर्थन और/या सलाह की जरूरत हो तो वे हमेशा आपके पास ही आएँ। आखिरकार, किशोरावस्था में लड़के हों या लड़कियाँ, भ्रमित रहते ही हैं, उनका शरीर भी अजीबोगरीब रहता है, विकास के चलते उनके शरीर में अब भी

परिवर्तन हो रहे होते हैं, उनके हॉर्मोंस उनको असहज बनाते रहते हैं और उन्हें तमाम चीजों की वजह नहीं पता चलती। वे ऐसी उम्र में होते हैं, जब उनकी पूरी कोशिश होती है कि वे परिवार के दायरे से किसी तरह बाहर निकल पाएँ और अपना सामाजिक दायरा बड़ा करें और अपना नजरिया व्यापक करें, जहाँ वे विपरीत लिंगी से आकर्षित भी होते हैं। यह सब जरूरत से ज्यादा ही प्राकृतिक और उनके विकास से जुड़ा अनिवार्य पहलू है और आप इसे नियंत्रित नहीं कर सकते। संयोग से, यह सच हजारों साल से यों ही बना हुआ है। हालाँकि आप सतर्क रह सकते हैं, ताकि किशोर उम्र के बच्चों के दिमाग या शरीर को कोई गंभीर नुकसान न पहुँचने पाए।

यह याद रखना बुद्धिमानी होगी कि अगर आपका बेटा या बेटी गुपचुप तरीके से किसी से चैटिंग कर रहा/रही है, तो आप उस पर तमाम तरह की बंदिशें लगाना चालू नहीं कर सकते या उनके मोबाइल फोन की छानबीन करना शुरू नहीं कर सकते, यहाँ तक कि अगर आप उनका मोबाइल जाँचने की इच्छा भी रखते हों, तो कृपया इसे सावधानी से बिना किसी दिखावे के करें। कोई भी हो, वह अपनी प्राइवेसी में दखल नहीं चाहता और आपके बच्चे इसके लिए आपसे नफरत करना भी शुरू कर सकते हैं। इसके अलावा, अगर आप उनमें कुछ अटपटा पाते भी हैं तो भी खुद को ऊपर से शांत और सौम्य बनाए रखें, बल्कि आप उन्हें दिखाएँ कि उनका पालन-पोषण जिस माहौल में हुआ है, उस पर आपको पूरा भरोसा है और जिस स्तर की परिपक्वता आप उनमें देखते हैं, वह काबिलेतारीफ है। आप उनको यह बार-बार बताते रहिए कि आपको उन पर कितना भरोसा है और यह भी कि बच्चों को सही और गलत का अंतर पता है, इस बात को लेकर भी आप आश्वस्त हैं। कभी-कभार आप चाहें तो बच्चों से किसी-न-किसी तरीके से चर्चा कर सकते हैं कि अपने दोस्तों से फोटो शेयर करने में किस तरह से सावधानी बरतनी चाहिए। प्यार से उन्हें सतर्क करिए कि अगर वे यह सोचते हैं कि वे प्यार में हैं तो भी किस तरह से सावधान रहने की जरूरत है। उनको बताइए कि किसी से प्यार करना ठीक है, लेकिन इस चीज को लेकर बड़ी स्वीकारोक्ति और भावनाओं का प्रदर्शन करने के लिए उनको कुछ वर्षों का इंतजार करना चाहिए, ताकि वे एक-दूसरे की तमाम अच्छी-खराब चीजों से अच्छी तरह वाकिफ हो जाएँ और उस दौरान एक अच्छे दोस्त की तरह रहें। हमें उनकी पसंद-नापसंद को एकदम से खारिज नहीं कर देना चाहिए या उनकी पसंद का मजाक नहीं उड़ाना चाहिए। अगर आप उनकी पसंद से नाखुश हैं और सीधे-सपाट तरीके से उसे नकार देते हैं या अनावश्यक आदेशात्मक लहजे में मना करते हैं, तब भी वे अपने मन की करेंगे, लेकिन आपकी पीठ पीछे।

इसकी बजाय, आप एक सहयोगी दोस्त की तरह पेश आएँ और उनके निर्णयों को समझने की कोशिश करें। इस दौरान, उन्हें वास्तविकता का हलका डोज भी देते रहें और कोई भी निर्णयात्मक कदम उठाने से पहले अगले कुछ वर्षों का इंतजार करें।

ऐसे बहुत ही कम बच्चे होते हैं, जो अपने सहयोगी, शांत और भरोसा रखनेवाले माँ-बाप को धोखा देकर उनका दिल दुखाते हैं। जिन बच्चों के माता-पिता के अंदर नुक्ताचीनीवाली आदतें होती हैं, उनके भीतर भड़कने और विद्रोह करने की प्रवृत्ति ज्यादा देखी जाती है। जब माता-पिता बच्चों पर नियम और कायदे थोपने लगते हैं और बच्चों की गतिविधियों पर खुफिया नजर रखने लगते हैं, तब बच्चे शुरू में तो आहत महसूस करते हैं, लेकिन आगे चलकर निष्ठुर हो जाते हैं और फिर वे चोट पहुँचानेवाली हरकतें दोहराने का खयाल मन में नहीं लाते।

अपने किशारों के साथ रहने में धैर्य हमारी मदद कर सकता है, मुसकान मदद कर सकती है और ठंडे दिमाग से काम लेने से रास्ता निकल सकता है। सबसे महत्त्वपूर्ण यह है कि हम अपने व्यवहार पर नजर रखें। क्या आप खुद को सौम्य और संवेदनशील मानते हैं? क्या आप परिपक्व और समझदार हैं, या क्या आप भी उनकी ही तरह हैं, जो चीखते-चिल्लाते और डाँटते-फटकारते रहते हैं? ऐसे भी माँ-बाप हैं, जो खुद भी मन:स्थिति में उतार-चढ़ाववाला रवैया रखते हैं और वे जीवन में क्या चाहते हैं, इसे लेकर वे दोनों ही भ्रम में रहते हैं। ऐसा कहीं आपके मामले में भी तो नहीं है?

एक महीन संतुलन बरकरार रख पाना मुश्किल होता है, लेकिन इसके लिए प्रयास करते रहना चाहिए। जब आप अपना जीवन जी रहे होते हैं, तो वे आपको गौर से देख रहे होते हैं। इसलिए असलियत यह है कि आप उनको वे चीजें नहीं सिखा पाएँगे, जिसका अनुसरण या पालन आप स्वयं नहीं करते। आप उनको रिश्तों का मूल्य नहीं समझा सकते, अगर आप रिश्तों में बहुत सोच-समझकर चलते हैं और आपके अंदर स्वार्थवाली भावना है और लोगों का इस्तेमाल करने की प्रवृत्ति है तो। दूसरा, अगर आप उनको कुछ चीजों के बारे में बताना चाहते हैं, जैसे—समय, लोगों और भरोसे की कीमत सिखाना चाहते हैं तो सबसे पहले आपको इनका पालन करना होगा। अगर इसके बाद भी वे आपके सिखाए मूल्यों को नहीं अपनाते या एक अलग ही फलक पर जाते नजर आते हैं, तो उनको वैसा ही बना रहने दें। दुनिया खत्म नहीं हो जाएगी, अगर वे एक अलग राह चुनते हैं तो। उनके दूसरी राह चुनने से दुनिया खत्म नहीं होनेवाली। वे भी बच जाएँगे! यदि वे सफल और धनाढ्य या जो भी आप उन्हें देखना चाहते थे, नहीं बन पाते हैं, तब भी उनके पास खुद का

हासिल किया हुआ अनुभव होगा और संघर्ष की राह में कुछ बेहतरीन पल और प्रेरणा हासिल हुई होगी, जो उनको आगे बढ़ाएगी।

वे जैसे हैं, उन्हें वैसा ही रहने दें। उन्हें उनके मुताबिक साँस लेने दें और जीने दें। हफ्ते भर आत्मचिंतन करके देखें कि रोजाना आप उनको कितने निर्देश देते हैं। सोचें कि कितनी बार आप अपने सपनों और इच्छाओं की पूर्ति के लिए किसी-न-किसी महीन तरीके से उनको धकेलते रहते हैं। क्या आप ऐसी स्थिति को पसंद करेंगे, जबकि वे सभी महत्त्वपूर्ण मसलों, जैसे कि धर्म, भावनाएँ, सत्य और रिश्तों को लेकर पूरी तरह से आपसे विपरीत सोच रखते हों? हमारे अहं को चोट पहुँचेगी न! हमें इसी चीज से खुद को बचाना है। अगर आप इस तथ्य से वाकिफ हैं कि आपके बच्चे एक अलग इकाई हैं, जो भले ही आपके जरिए इस दुनिया में आए हैं, लेकिन आप उनके पूरी तरह मालिक नहीं हैं और उनका अपना नजरिया भी हो सकता है तो आप शांतचित्त होकर जीवन के प्रति भी एक अलग नजरिया रखेंगे और बच्चों के प्रति भी। इस तरह हम कम-से-कम नुकसान पहुँचाएँगे। अगर हम कम-से-कम लाड़-प्यार पर जोर दें और कम-से-कम नियंत्रण रखने का अभ्यास करें तो आज हम जहाँ भी हैं, वहाँ से अपने बच्चों को बहुत आगे तक ले जा सकते हैं।

धैर्य ही कुंजी है! वक्त की जरूरत है!

आत्मचिंतन के दौरान जब हमें कुछ संकेत हाथ लग जाएँ, तो प्रतिक्रिया और हालात को सँभालने के लिए सोच-विचार और दृढ़ता की जरूरत होगी। हमारे भीतर और हमारे व्यवहार में जिस जमीनी काम और मरम्मत की जरूरत है, उस पर ध्यान केंद्रित करने के बाद हमारा फोकस मुद्दे को हल करने पर विशेष रूप से आ जाना चाहिए।

आइए, *मौखिक दृढ़ता* से शुरू करते हैं। हमें ध्यान रखना होगा कि हम प्रतिक्रिया के तौर पर बेहद सक्रिय इनसान से रूबरू हो रहे होते हैं, न कि ऐसी किसी वस्तु से, जिस पर हमारे शब्दों और आक्रोश का असर न पड़े। किसी मुद्दे पर विचार करते समय, हमें लंबी बातचीत में नहीं पड़ना चाहिए या बेवजह टीका-टिप्पणी नहीं करनी चाहिए या बच्चे पर लगातार मौखिक हमला नहीं करके उसे यह नहीं कहना चाहिए कि वह क्या करे और क्या न करे। बच्चे अपनी निजता चाहते हैं, ताकि वे अपने भीतर के व्यक्तित्व को विकसित कर सकें, जिस पर अब तक काम नहीं हुआ है, लेकिन हम लगातार उनके हिस्से में घुसपैठ करते रहते हैं, जबकि लगातार इस घुसपैठ से इनकार भी करते रहते हैं! माता-पिता लगातार यह कहते हुए पाए जाते हैं—तुम क्या कर रहे हो, तुम किससे बातें कर रहे हो, तुम क्या सोच रहे

हो, आप उनके सोच को भी नियंत्रित करना चाहते हैं, उफ्!

माता-पिता को चौकन्ना रहना चाहिए कि कहीं उनके बच्चे खुद को या किसी अन्य इनसान को चोट न पहुँचाने पाएँ। केवल इतना ही काफी है! इससे ज्यादा दखल बेवजह ही मानी जाएगी।

हम इस कदर बेसब्र हो जाते हैं कि ज्यादातर समय बच्चों पर हमला ही करते रहते हैं और जो हमने अपने दौर में सीखा होता है, उसे उन पर थोपने की कोशिश करते हैं, हम जो सोचते हैं कि यह अच्छा है और हम जो सोचते हैं कि यह बुरा है, वह सब उन पर लादना चाहते हैं। हम अपने बच्चे को जिस तरह की परिस्थितियाँ देते हैं, वह सब हमारे खुद के अनुभव पर ही आधारित होती हैं। इससे भी बदतर तो यह कि अपने अनुभव के मुताबिक उन पर अपनी चीजें थोपने के अलावा हम सुनी-सुनाई चीजों को उन पर थोपने की कोशिश करते हैं! उदाहरण के लिए, हमने भले ही कभी प्यार में पड़ना महसूस न किया हो, लेकिन हम बच्चों को यह बताना कभी नहीं भूलते कि इन सब कामों के लिए सही उम्र क्या है और उन्हें किस तरह से सतर्क रहना चाहिए, ताकि यह उनके जीवन में अजीबोगरीब ढंग से न घुसने पाए। हम उन्हें लगातार चेताते रहते हैं—अपराध को लेकर, अँधेरे को लेकर, अजनबियों से बातचीत को लेकर, जोखिम उठाने को लेकर, साहसिक गतिविधियों में शामिल होने को लेकर, आदि और वह भी तब, जबकि हमें खुद इन सबका रत्तीभर भी अनुभव नहीं होता। हम खुद इन सबसे गुजरे नहीं होते, फिर भी हम उनको आगाह कर रहे होते हैं, कितनी अजीब बात है। हालाँकि बारीक दूरदृष्टि एक अच्छी चीज है और बच्चों को आगाह करना भी चाहिए, लेकिन इसकी एक सीमा भी होनी चाहिए! उनका आधा जीवन केवल हमें सुनने और हमारे आदेशों का पालन करने में ही बीत जाता है। इसके बाद एक ऐसा दौर आता है, जब बच्चे अपनी जिज्ञासाओं और साहस के जरिए सीखना शुरू करते हैं, लेकिन यहाँ भी हमारी ओर से उनके दिमाग में भरा गया डर और नकारात्मकता आड़े आ जाती है, जो उनको रोकती है और फिर वे अपने जीवन में उदासीनता और खुशियों की कमी की शिकायत करते हैं। कुछ संवेदनशील युवा तो अपना जीवन ही खत्म करने का रास्ता चुन लेते हैं, क्योंकि तब तक उनके जीवन में किसी बदलाव की गुंजाइश खत्म हो चुकी होती है और 20 या 30 की उम्र होते-होते काफी देर हो चुकी होती है।

अपने बच्चों को लाख हम उपहार और गैजेट्स से लाद दें और चाहे जितना सप्ताहांत बाहर घूमने पर समय खर्च कर डालें, लेकिन उनके लिए जीवन वास्तव में फूलों की सेज नहीं होता। उनके स्तर पर सहपाठियों से प्रतिस्पर्धा का दबाव होता

है, सूचनाओं की भरमार होती है, ढेर सारी चीजें खरीदारी के लिए होती हैं, ढेर सारी चीजों की खपत करनी होती है, तमाम चीजें साबित करनी होती हैं और अनगिनत अपेक्षाओं पर खरा उतरने का दबाव होता है। यह सबकुछ वैसे ही उनके लिए बहुत मुश्किल हालात पैदा कर देता है।

तमाम बच्चे तो अपना बचपन ही ढंग से नहीं जी पाते हैं, क्योंकि वे अपनी इच्छा के अनुसार बाहर खेलने जाने से वंचित रह जाते हैं। क्या यह निर्दयता उनके साथ काफी नहीं है, क्या आपको नहीं लगता कि बच्चों के पालन-पोषण में थोड़े धैर्य और अपनी तरफ से रणनीति की दरकार होती है?

समय एक बड़ा और निर्णायक कारक है।

समय बनाएँ, समय दें।

आपकी अपेक्षा के विपरीत बच्चों की तरफ से यदि कुछ घटित हो, तो तुरंत मौके पर बगैर देर किए प्रतिक्रिया या जवाब न दें और जहाँ तक संभव हो सके, किसी भी चीज पर प्रतिक्रिया देने से बचने की कोशिश करें। कुछ मुद्दे तो समय के साथ ही हवा हो जाते हैं और यह भी तो है कि हमें हमेशा अपने बच्चों के पीछे ही भागते नहीं रहना है या दिन भर उन्हें डाँटना-फटकारना ही हमारा काम नहीं है! इसे सहजता से लें।

एक मामूली कमी या घाटा?

एक किशोर हमेशा अपने पिता से पूछता था कि क्या वह अपनी कार चला सकता है? जब पिता उसकी बात सुन-सुनकर तंग आ गया तो उसने पूछा कि उसे कार की क्या जरूरत है, जब सर्वशक्तिमान ईश्वर ने उसे दो पाँव दे रखे हैं। बगैर हिचके बेटे ने जवाब दिया, 'ताकि मैं एक पैर से कार का क्लच सँभाल सकूँ और दूसरे से ऐक्सिलरेटर।'

थोड़ी कमी या घाटा निश्चित तौर पर सहायक होता है। बच्चों की सभी माँगें पूरी करने पर न जाएँ। बच्चे एक सिंड्रोम से गुजर रहे होते हैं, जिसे कहते हैं—आधिक्य से उपजी कमी, यानी सरप्लस-इंड्यून्ड डेफिसिट (SID) कहते हैं, जिसका मतलब होता है—जितना ज्यादा, उतना ही कम लगना। उनके पास सबकुछ इतना ज्यादा होता है कि उसमें भी उनको खुशी नहीं मिलती और इसके चलते वे कमी महसूस करनेवाली श्रेणी में चले जाते हैं। उनके पास खुशी और संतुष्टि की इस कदर कमी होती है, क्योंकि ऐसी कोई चीज नहीं बचती, जो उनके पास न हो। इसलिए हमें उनके भीतर एक नाराजगी बढ़ने देनी चाहिए। आज आप जो हैं, वह आप ही हैं और ऐसे इसलिए हैं, क्योंकि बचपन में संभवत: आपके

माता-पिता ने तमाम चीजों से आपको वंचित कर रखा था। हम ओवरलोडेड लोग नहीं थे कभी और इसलिए हमारी अधूरी माँगों के चलते दुःखी होकर हमें आँसू बहाने पड़ते थे, तब भी हम सहजता से रहते थे। हम रोते थे, लेकिन इसके साथ ही हमने चीजों की कीमत भी पहचाननी सीखी। जब हमें किताबें उपहार में दी जाती थीं, तो हम उनको तवज्जो देते थे और जब हमें जन्मदिन पर कपड़े मिलते थे, तब हम उनकी कद्र करते थे। हम इस चीज की शिकायत नहीं कर सकते हमारे बच्चे किसी चीज को महत्त्व नहीं देते या उसकी कीमत नहीं समझते, क्योंकि हमने खुद ही उन पर तमाम चीजें लाद रखी हैं।

माता-पिता के बीच इस तरह की बातें सुनना बहुत आम है, 'हमने 80 हजार रुपए का बंक-बेड बनवाया है अपने बच्चों के लिए।' 'हम तो सोच रहे हैं कि अपनी बेटी को उसके तीसरे जन्मदिन पर आई-पैड गिफ्ट में दे दें, क्योंकि हम इतना खर्च उठा सकते हैं, तो क्यों न उसे बेहतरीन चीज दें।' 'मैं अपने बच्चों को आज रात खाने पर हार्ड रॉक कैफे ले जा रहा हूँ।' 'दो साल की उम्र से ही वह जब भी कार माँगता था, हम उसे हर हफ्ते एक नई खिलौना कार दिलाते आए हैं।' 'हम अपनी बेटी का निराशा में उतरा हुआ चेहरा नहीं देखना चाहते। हम उसे इतना प्यार करते हैं और जब हम उसकी इच्छाओं के मुताबिक खर्च कर सकते हैं, तो क्यों न अपने बच्चे के चेहरे पर खुशी चमकती हुई देखें।'

हममें से कुछ लोग ऐसा सोचते हैं कि ऐसे सुनहरे और शहद में पगे और प्रेम में डूबे शब्दों के साथ बच्चों को पुचकारने और प्यार करने से उन्हें ऐसा लगेगा कि इस दुनिया में वे कुछ खास हैं और वे इसी सोच के साथ बड़े होंगे। हालाँकि जब वे बड़े होते हैं तो उनको महसूस होता है कि वे खास नहीं हैं, वे भी अन्य लोगों की तरह ही सामान्य, औसत किशोर हैं और हम या औरों जैसे ही वयस्क हैं। ऐसे मोड़ पर आकर वे वास्तविकता से सामंजस्य नहीं बैठा पाते! हम उनके द्वारा किए किसी सामान्य से काम की भी बढ़-चढ़कर तारीफ करते हैं, जबकि हम यह जानते हैं कि उनको आगे चलकर दुनिया में इस तरह से प्रोत्साहन नहीं मिलेगा, फिर भी ऐसा करते हैं। आपका बच्चा भी अन्य सामान्य बच्चों जैसा ही है, यहाँ तक कि अगर वह बेहद खूबसूरत और मेधावी भी हो, तो भी इस दुनिया में खूबसूरती और मेधा की कमी नहीं है। अगर आप इस बात को अपने दिमाग में रखेंगे, तो आप उनके भीतर 'उत्कृष्टता मनोग्रंथि' को जड़ें जमाने से रोक पाएँगे। थोड़े सुधार और संतुलन से आपको बड़ा फायदा हो सकता है।

□

उपसंहार

हमारे प्यारे बच्चों को ढेर सारी समस्याएँ झेलनी पड़ती हैं। हमें उनके साथ सहानुभूति होनी चाहिए। समय आसान नहीं है। उन पर चौतरफा दबाव होता है और हर तरह का होता है और वे अमूमन भ्रमित रहनेवाले लोग होते हैं। तमाम ऐसे बच्चे होते हैं, जो माँ-बाप के बीच तनाव या झगड़ों या तलाक या धोखाधड़ी जैसे कठिन हालातों के बीच अपना समय गुजार रहे होते हैं और तमाम परिवारों में एक बच्चे की प्रवृत्ति बढ़ने से वे ज्यादा खतरनाक तरीके से प्रभावित होते हैं, क्योंकि उनको भाई या बहन का साथ नहीं मिलता।

कुछ बच्चों के लिए, उनके माता-पिता स्वार्थी भाव से अपने संबंधित पेशों में लगे होते हैं और कुछ के लिए माता-पिता स्वयं भ्रमित रहते हैं और यहाँ तक कि अंदर-ही-अंदर खुद टूटे या निराश रहते हैं। ऐसे बच्चों को कहाँ सांत्वना या दिलासा मिलेगी?

हमें आत्मचिंतन करना चाहिए और अपने व्यवहार, शब्दों के प्रयोग और अपने रवैये को लेकर सोचना चाहिए। सोचें—आप अपने बच्चे को कैसा देखना चाहते हैं? अव्यावहारिक अपेक्षाएँ पालने या अत्यधिक खरीदारी या सामानों का जमावड़ा करने या चूहा दौड़ में शामिल होने की प्रवृत्ति से बचें और खुद को रोकें। सोचें, सोचें और आत्मचिंतन करें।

धैर्य रखना सीखें, भले ही यह कितना भी कठिन हो। हर मौके पर हर समय प्रतिक्रिया देनी जरूरी नहीं है। बहुत ज्यादा मानकर न चलें। बहुत जल्दी किसी नतीजे पर न पहुँचें। सोचें—सब ठीक है, वे (बच्चे) भी अपनी जगह दुरुस्त हैं। यह दौर गुजर जाएगा। समय सब ठीक कर देगा।

इंटरनेट-पैरेंटिंग जरा कम करेंगे, तो निश्चित फायदा मिलेगा। हर चीज के

लिए गूगल पर ही तुरंत न कूद पड़ें! यदि आप अपनी आशंकाओं को लेकर चिंतित हैं, तो अपने माता-पिता और शिक्षकों के सकारात्मक व्यवहार को याद करने की कोशिश करें।

थोड़ी-बहुत कमी से मिलेगी मदद

बच्चे जिस भी चीज की जिद करें, वह हर चीज उनके हाथों में न पकड़ा दें। वे नहीं जानते कि उनके लिए क्या अच्छा है और उनको देने से पहले स्पष्ट तौर पर विचार कर सकते हैं।

अगर आप संतुलित जीवन जिएँगे, तो वे भी आपकी तरह ही रहना चाहेंगे। अगर आप खूबसूरती या पैसे या पद या संपत्ति के पीछे भागनेवालों में से नहीं हैं, तो आप अपने बच्चों को सहजतापूर्वक जीने का नेतृत्व दे रहे हैं, अन्यथा तनाव में बँटकर वे जल्दी ही एक उपलब्धि से दूसरी की तरफ दौड़ते दिखाई देंगे और उनका जीवन जल्दी ही खत्म हो जाएगा और कुछ मामलों में तो आधा-अधूरा, अनायास। आप खुश और सुकून से रहें, फिटनेस पर ध्यान दें और खानपान और संग्रहण में संतुलन बरतें और यही गुण आपके बच्चे भी आपसे सीखेंगे।

आध्यात्मिक तौर पर देखें, तो इस कथन, 'आपके बच्चे इस दुनिया में आए जरूर हैं आपके जरिए, लेकिन वे आपके नहीं हैं' (खलील जिब्रान), से आपको जरूर मार्गदर्शन मिल सकता है, यदि निम्नलिखित पक्तियाँ पढ़कर एक बार मनन करें तो—

आपके बच्चे आपके अपने नहीं हैं।

जीवन ने जिस तरह से तय कर रखा है, वे उसके बेटे और बेटियाँ हैं।

वे इस दुनिया में आपके जरिए आए हैं, लेकिन आपसे नहीं आए हैं।

और भले ही वे आपके साथ हैं, फिर भी आप उनके मालिक नहीं हैं।

आप उन्हें अपना प्यार दे सकते हैं, लेकिन अपने विचार नहीं, क्योंकि उनके पास उनके अपने खुद के विचार मौजूद हैं।

आप उनके शरीर को अपने साथ रख सकते हैं, लेकिन उनकी आत्मा को नहीं, क्योंकि उनकी आत्मा आनेवाले कल के घर में रहती है, जहाँ आप नहीं जा सकते, सपने में भी नहीं।

आप उनके जैसा बनने की कोशिश कर सकते हैं, लेकिन उनको अपने जैसा बनाने का प्रयास न करें।

जीवन को न तो पीछे ले जाया जा सकता है और न ही बीते हुए कल के साथ रोका जा सकता है।

खलील जिब्रान आगे कहते हैं कि अगर हम धनुष हैं, तो हमारे बच्चे बाण हैं, जबकि सर्वशक्तिमान ईश्वर ही असली धनुर्धर है। एक ओर जहाँ धनुर्धर की इच्छा है कि बाण हवा में उड़ें, वहीं वह धनुष को भी स्थिर देखना चाहता है।

□□□